KB109337

현진건 중단편 14선

운수 좋은 날

현진건 중단편 14선

운수 좋은 날

초판 1쇄 인쇄	2014년 08월 22일		
초판 1쇄 발행	2014년 08월 29일		
지은이	현 진 건		
엮은이	편 집 부		
펴낸이	손 형 국		
편집인	선 일 영	편 집	이소현 이윤채 김아름 이탄석
디자인	이현수 신혜림 김루리	제 작	박기성 황동현 구성우
마케팅	김회란 이희정		
펴낸곳	에세이퍼블리싱		
출판등록	2004. 12. 1(제2011-77호)		
주소	153-786 서울시 금천구 가산디지털 1로 168, 우림라이온스밸리 B동 B113, 114호		
홈페이지	www.book.co.kr		
전화번호	(02)2026-5777	팩스	(02)2026-5747

ISBN 979-11-85742-24-3 04810 978-89-6023-773-5 04810(SET)

이 책의 판권은 에세이퍼블리싱에 있습니다.
내용의 일부와 전부를 무단 전재하거나 복제를 금합니다.

에세이퍼블리싱은 ㈜북랩의 문학 전문 브랜드입니다.

이 도서의 국립중앙도서관 출판예정도서목록(CIP)은 서지정보유통지원시스템 홈페이지(http://seoji.nl.go.kr)와 국가자료공동목록시스템(http://www.nl.go.kr/kolisnet)에서 이용하실 수 있습니다.
(CIP제어번호: CIP2014024725)

일제강점기 한국현대문학 시리즈

023

현진건 중단편 14선

운수 좋은 날

편집부 엮음

ESSAY

일러두기

※ 〈일제강점기 한국현대문학 시리즈〉로 출간하는 한국 근현대 작품집은 공유 저작물로 그 작품을 집필하신 저자의 숭고한 의지를 받들어 최대한 원전을 유지하였다.

※ 오기가 확실하거나 현대의 맞춤법에 의거하여 원전의 내용 이해에 문제가 없을 정도의 선에서만 교정하였다.

※ 이 책은 현대의 표기법에 맞춰서 읽기 편하게 띄어쓰기를 하였다.

※ 이 책은 원문을 대부분 살려서 옛글의 맛과 작가의 개성을 느끼도록 글투의 영향이 없는 단어는 현대식 표기법을 따랐다.

※ 한자가 많이 들어간 글의 경우는 의미 전달이 어려운 경우에 한해서 한글 뒤에 한자를 병기하여 그 뜻을 정확히 했다.

※ 이 책은 낙장이나 원전이 글씨가 잘 안 보여서 엮은이가 찾아 볼 수 없는 경우에는 굳이 추정하여 쓰지 않고 원전의 내용을 그대로 살렸다.

※ 중학생 수준의 독자가 이해하기 어려운 단어, 어휘에 대해서는 본문 밑에 일일이 각주를 달아 가독성을 높였다.

들어가는 글

현진건은 한국 단편소설의 기초를 세운 선구자이다. 20세의 젊은 나이로 단편소설 「희생화」를 《개벽》에 발표함으로써 문단에 혜성같이 등장하여 「빈처」로 소설가로서의 입지를 확고히 하였다. 현진건의 대표작으로 「운수 좋은 날」을 손에 꼽지만 「B사감과 러브레터」 「술 권하는 사회」 등 심리묘사가 탁월한 주옥같은 작품들도 많이 남긴 그는 44세의 젊은 나이로 세상을 떠나기까지 20여 년간 집필활동을 하였다. 이 책에는 현진건의 대표적인 단편소설 13편과 중편소설 1편을 엮어 보았다.

그는 소설가로서의 위치도 견고하지만 《동아일보》 사회부장으로 있으면서 손기정 선수가 베를린 올림픽 마라톤에서 세계를 놀라게 했을 때 사진의 가슴 부분에 박힌 일장기를 삭제하고 보도해 구속됨으로써 일제강점기하의 살아있는 신 언론인이기도 했다.

문인으로서, 그리고 언론인으로서 일제강점기의 현실을 직시하고 꿋꿋한 자세로 일관한 그는 현대인들이 귀감으로 삼을만한 인물임에 틀림이 없다.

2014년 8월

편집부

차 례

현진건 단편소설

술 권하는 사회

운수 좋은 날

B사감과 러브레터

할머니의 죽음

고향 – 그의 얼굴

빈처

희생화

불

까막잡기

사립정신병원장

신문지와 철창

정조와 약가

그리운 흘긴 눈

현진건 단편소설

술 권하는 사회

"아이그, 아야."

홀로 바느질을 하고 있던 아내는 얼굴을 살짝 찌푸리고 가늘고 날카로운 소리로 부르짖었다. 바늘 끝이 왼손 엄지손가락 손톱 밑을 찔렀음이다. 그 손가락은 가늘게 떨고 하얀 손톱 밑으로 앵두 빛 같은 피가 비친다. 그것을 볼 사이도 없이 아내는 얼른 바늘을 빼고 다른 손 엄지손가락으로 그 상처를 누르고 있다. 그러면서 하던 일가지를 팔꿈치로 고이고이 밀어 내려놓았다. 이윽고 눌렀던 손을 떼어 보았다. 그 언저리는 인제 다시 피가 아니 나려는 것처럼 혈색血色이 없다. 하더니, 그 희던 꺼풀 밑에 다시금 꽃물이 차츰차츰 밀려온다. 보일 듯 말 듯한 그 상처로부터 좁쌀 낟 같은 핏방울이 송송 솟는다. 또 아니 누를 수 없다. 이만하면 그 구멍이 아물었으려니 하고 손을 떼면 또 얼마 아니 되어 피가 비치어 나온다.

인제 헝겊 오락지[1]로 처매는 수밖에 없다. 그 상처를 누른 채 그는 바느질고리에 눈을 주었다. 거기 쓸만한 오락지는 실패 밑에 있다. 그 실패를 밀어내고 그 오락지를 두 새끼손가락 사이에 집어 올리려고 한동안 애를 썼다. 그 오락지는 마치 풀로 붙여둔 것 같이 고리 밑에 착 달라붙어 세상 잡혀지지 않는다. 그 두 손가락은 헛되이 그 오락지 위를 긁적

---

1) 오락지: 오라기의 방언.

거리고 있을 뿐이다.

"왜 집혀지지를 않아!"

그는 마침내 울듯이 부르짖었다. 그리고 그것을 집어 줄 사람이 없나 하는 듯이 방안을 둘러보았다. 방안은 텅 비어 있다. 어느 뉘 하나 없다. 호젓한 허영虛影만 그를 휩싸고 있다. 바깥도 죽은 듯이 고요하다. 시시로 퐁퐁 하고 떨어지는 수도의 물방울 소리가 쓸쓸하게 들릴 뿐, 문득 전등불이 광채光彩를 더하는 듯하였다. 벽상壁上에 걸린 괘종掛鍾의 거울이 번들하며, 새로 한 점을 가리키려는 시침時針이 위협하는 듯이 그의 눈을 쏜다. 그의 남편은 그때껏 돌아오지 않았었다.

아내가 되고 남편이 된 지는 벌써 오랜 일이다. 어느덧 7, 8년이 지냈으리라. 하건만 같이 있어 본 날을 헤아리면 단 일 년이 될락 말락 한다. 막 그의 남편이 서울서 중학을 마쳤을 제 그와 결혼하였고, 그러자마자 고만 동경東京에 부급한 까닭이다. 거기서 대학까지 졸업을 하였다. 이 길고 긴 세월에 아내는 얼마나 괴로왔으며 외로왔으랴! 봄이면 봄, 겨울이면 겨울, 웃는 꽃을 한숨으로 맞았고 얼음 같은 베개를 뜨거운 눈물로 데웠다. 몸이 아플 때, 마음이 쓸쓸할 제, 얼마나 그가 그리웠으랴! 하건만 아내는 이 모든 고생을 이를 악물고 참았었다. 참을 뿐이 아니라 달게 받았었다. 그것은 남편이 돌아오기만 하면! 하는 생각이 그에게 위로를 주고 용기를 준 까닭이었다. 남편이 동경에서 무엇을 하고 있나? 공부를 하고 있다. 공부가 무엇인가? 자세히 모른다. 또 알려고 애쓸 필요도 없다. 어찌하였든지 이 세상에 제일 좋고 제일 귀한 무엇이라 한다. 마치 옛날이야기에 있는 도깨비의 부자富者방망이 같은 것이어니 한다. 옷 나오라면 옷 나오고, 밥 나오라면 밥 나오고, 돈 나오라면 돈 나오고… 저 하고 싶은 무엇이든지 청해서 아니 되는 것이 없는 무엇을, 동경에서 얻어가지고 나오려니 하였었다. 가끔 놀러오는 친척들이 비단 옷 입은 것과 금지환金指環 낀 것을 볼 때에 그 당장엔 마음 그윽히 부러워도 하였지만 나중엔 '남편만 돌아오면…' 하고 그것에 경멸하는 시선을 던지었다.

남편이 돌아왔다. 한 달이 지나가고 두 달이 지나간다. 남편의 하는 행동이 자기의 기대하던 바와 조금 배치背馳[2]되는 듯하였다. 공부 아니 한 사람보다 조금도 다른 것이 없었다. 아니다, 다르다면 다른 점도 있다. 남은 돈벌이를 하는데 그의 남편은 도리어 집안 돈을 쓴다. 그러면서도 어디인지 분주히 돌아다닌다. 집에 들면 정신없이 무슨 책을 보기도 하고 또는 밤새도록 무엇을 쓰기도 하였다.

"저러는 것이 참말 부자 방망이를 맨드는 것인가 보다."

아내는 스스로 이렇게 해석한다.

또 두어 달 지나갔다. 남편의 하는 일은 늘 한 모양이었다. 한 가지 더한 것은 때때로 깊은 한숨을 쉬는 것뿐이었다. 그리고 무슨 근심이 있는 듯이 얼굴을 펴지 않았다. 몸은 나날이 축이 나 간다.

"무슨 걱정이 있는고?"

아내는 따라서 근심을 하게 되었다. 하고는 그 여윈 것을 보충하려고 갖가지로 애를 썼다. 곧 될 수 있는 대로 그의 밥상에 맛난 반찬가지를 붙게하며 또 고음 같은 것도 만들었다. 그런 보람도 없이 남편은 입맛이 없다 하며 그것을 잘 먹지도 않았다.

또 몇 달이 지나갔다. 인제 출입을 뚝 끊고 늘 집에 붙어 있다. 걸핏하면 성을 낸다. 입버릇 모양으로 화난다, 화난다 하였다.

어느 날 새벽, 아내가 어렴풋이 잠을 깨어, 남편의 누웠던 자리를 더듬어 보았다. 쥐이는 것은 이불자락뿐이다. 잠결에도 조금 실망을 아니 느낄 수 없었다. 잃은 것을 찾으려는 것처럼, 눈을 부시시 떴다. 책상 위에

---

2) 배치(背馳): 반대(反對)로 되어 어긋남.

머리를 쓰러뜨리고 두 손으로 그것을 움켜쥐고 있는 남편을 보았다. 흐릿한 의식이 돌아옴에 따라, 남편의 어깨가 덜석덜석 움직임도 깨달았다. 흑 흑 느끼는 소리가 귀를 울린다. 아내는 정신을 바짝 차리었다. 불현듯이 몸을 일으켰다. 이윽고 아내의 손은 가볍게 남편의 등을 흔들며 목에 걸리고 나오지 않은 소리로,

"왜 이러고 계셔요."라고 물어 보았다.

"…."

남편은 아무 대답이 없다. 아내는 손으로 남편의 얼굴을 괴어 들려고 할 즈음에, 그것이 뜨뜻하게 눈물에 젖는 것을 깨달았다.

또 한 두어 달 지나갔다. 처음처럼 다시 출입이 자주로왔다. 구역이 날 듯한 술 냄새가 밤늦게 돌아오는 남편의 입에서 나게 되었다. 그것은 요사이 일이다. 오늘 밤에도 지금까지 돌아오지 않았다. 초저녁부터 아내는 별별 생각을 다 하면서 남편을 고대고대하고 있었다. 지리한 시간을 속히 보내려고 치웠던 일가지를 또 꺼내었다. 그것조차 뜻같이 아니 되었다. 때때로 바늘이 헛되이 움직이었다. 마침내 그것에 찔리고 말았다.

"어데를 가서 이때껏 오시지 않아!"

아내는 이제 아픈 것도 잊어버리고 짜증을 내었다. 잠깐 그를 떠났던 공상과 환영이 다시금 그의 머리에 떠돌기 시작하였다. 이상한 꽃을 수놓은, 흰 보褓 위에 맛난 요리를 담은 접시가 번쩍인다. 여러 친구와 술을 권커니 잡거니 하는 광경이 보인다. 그의 남편은 미친 듯이 껄껄 웃는다. 나중에는 검은 휘장이 스르르 하는 듯이 그 모든 것이 사라져 버리더니 낭자狼藉[3]한 요리상만이 보이기도 하고, 술병만 희게 빛나기도 하고, 아까 그 기생이 한 팔로 땅을 짚고 진저리를 쳐가며 웃는 꼴이 보이기도

---

3) 낭자(狼藉): 여기저기 흩어져 어지러움.

하였다. 또한 남편이 길바닥에 쓰러져 우는 것도 보이었다.
"문 열어라!"
문득 대문이 덜컥하고 혀가 꼬부라진 소리로 부르는 듯하였다.
"네."
저도 모르게 대답을 하고 급히 마루로 나왔다. 잘못 신은, 발에 아니 맞는 신을 질질 끌면서 대문으로 달렸다. 중문은 아직 잠그지도 않았고 행랑방에 사람이 없지 않지마는 으레히 깊은 잠에 떨어졌을 줄 알고 자기가 뛰어 나감이었다. 가느름한 손이 어둠 속에서 희게 빗장을 잡고 한참 실랑이를 한다. 대문은 열렸다.
밤바람이 선득하게 얼굴에 안친다. 문 밖에는 아무도 없다! 온 골목에 사람의 그림자도 볼 수 없다. 검푸른 밤빛이 허연 길 위에 그믈그믈 깃들였을 뿐이었다.
아내는 무엇에 놀란 사람 모양으로 한참 멀거니 서 있었다. 문득 급거히 대문을 닫친다. 마치 그 열린 사이로 악마나 들어올 것처럼.
"그러면 바람소리였구먼." 하고 싸늘한 뺨을 쓰다듬으며 해쭉 웃고 발길을 돌리었다.
"아니 내가 분명히 들었는데… 혹 내가 잘못 보지를 않았나? …길바닥에나 쓰러져 있었으면 보이지도 않을 터야…."
중간 문까지 다다르자 벼란간 이런 생각이 그의 걸음을 멈추게 하였다.
"대문을 또 좀 열어볼까? …아니야, 내가 헛들었지. 그래도 혹… 아니야, 내가 헛들었지."
망설거리면서도 꿈꾸는 사람 모양으로 저도 모를 사이에 마루까지 올라왔다. 매우 기묘한 생각이 번개같이 그의 머리에 번쩍인다.
"내가 대문을 열었을 제 나 몰래 들어오지나 않았나?"
과연 방안에 무슨 소리가 나는 것 같았다. 확실히 사람의 기척이 있다.

어른에게 꾸중 모시러 가는 어린애처럼 조심조심 방문 앞에 왔다. 그리고 문간 아래로 손을 대며 하염없이 웃는다. 그것은 제 잘못을 용서해 줍시사 하는 어린애 같은 웃음이었다. 조심조심 방문을 열었다. 이불이 어째 움직움직 하는 듯하였다.

"나를 속이랴고 이불을 쓰고 누웠구먼." 하고 마음속으로 소곤거렸다. 가만히 내려앉는다. 그 모양이 이것을 건드려서는 큰일이 나지요 하는 듯하였다. 이불을 펄쩍 쳐들었다. 비인 요가 하얗게 드러난다. 그제야 확실히 아니 온 줄 안 것처럼,

"아니 왔구먼, 안 왔어!"라고 울듯이 부르짖었다.

남편이 돌아오기는 새로 두 점이 훨씬 지난 뒤였다. 무엇이 털썩 하는 소리가 들리고 잇달아,

"아씨, 아씨!"라고 부르는 소리가 귀를 때릴 때에야 아내는 비로소 아직도 앉았을 자기가 이불 위에 쓰러져 있음을 깨달았다. 기실, 잠귀 어두운 할멈이 대문을 열었으리만큼 아내는 깜박 잠이 깊이 들었었다. 하건만 그는 몽경夢境에서 방황하는 정신을 당장에 수습하였다. 두어 번 얼굴을 쓰다듬자마자 불현듯 밖으로 나왔다.

남편은 한 다리를 마루 끝에 걸치고 한 팔을 베고 옆으로 누워있다. 숨소리가 씨근씨근 한다. 막 구두를 벗기고 일어나 할멈은 검붉은 상을 찡그려 붙이며,

"어서 일어나 방으로 들어가세요."라고 한다.

"웅, 일어나지."

나리는 혀를 억지로 돌리어 코와 입으로 대답을 하였다. 그래도 몸은 꿈적도 않는다. 도리어 그 개개풀린 눈을 자려는 것처럼 스르르 감는다. 아내는 눈만 비비고 서 있다.

"어서 일어나셔요. 방으로 들어가시라니까."

이번에는 대답조차 아니 한다. 그 대신 무엇을 잡으려는 것처럼 손을 내어젓더니,

"물, 물, 냉수를 좀 주어."라고 중얼거렸다.

할멈은 얼른 물을 따라 이취자泥醉者[4]의 코밑에 놓았건만, 그 사이에 벌써 아까 청請을 잊은 것같이 취한 이는 물을 먹으려고도 않는다.

"왜 물을 아니 잡수셔요."

곁에서 할멈이 깨우쳤다.

"응 먹지 먹어." 하고, 그제야 주인은 한 팔을 짚고 고개를 든다. 한꺼번에 물 한 대접을 다 들이켜 버렸다. 그리고는 또 쓰러진다.

"에그, 또 눕네." 하고, 할멈은 우물로 기어드는 어린애를 안으려는 모양으로 두 손을 내어민다.

"할멈은 고만 가 자게."

주인은 귀치않다는 듯이 말을 한다.

이를 어찌해, 하는 듯이 멀거니 서 있는 아내도, 할멈이 고만 갔으면 하였다. 남편을 붙들어 일으킬 생각이야 간절하였지마는, 할멈이 보는데 어찌 그럴 수 없는 것 같았다. 혼인 한 지가 七, 八년이 되었으니 그런 파수破羞[5]야 되었으련만 같이 있어 본 날을 꼽아보며, 그는 아직 갓 시집온 색시였다.

"할멈은 가 자게."란 말이 목까지 올라왔지만 입술에서 사라지고 말았다. 마음 그윽히 할멈이 돌아가기만 기다릴 뿐이었다.

"좀 일으켜 드려야지."

가기는커녕, 이런 말을 하고, 할멈은 선웃음을 치면서 마루로 부득부

---

4) 이취자(泥醉者): 술에 많이 취한 사람.

5) 파수(破羞): 부끄러움이 없어지는 것

득 올라온다. 그 모양은 마치, 주인 나리가 약주가 취하시거든, 방에까지 모셔다 드려야 제 도리에 옳지요, 하는 듯하였다.

"자아, 자아."

할멈은 아씨를 보고 히히 웃어가며, 나리의 등 밑으로 손을 넣는다.

"왜 이래, 왜 이래. 내가 일어날 테야." 하고, 몸을 움직이더니, 정말 주인이 부시시 일어난다. 마루를 쾅쾅 눌러 디디며, 비틀비틀, 곧 쓰러질 듯한 보조步調[6]로 방문을 향하여 걸어간다. 와지끈 하며 문을 열어젖히고는 방안으로 들어간다. 아내도 뒤따라 들어왔다. 할멈은 중간 턱을 넘어설 제, 몇 번 혀를 차고는, 저 갈 데로 가 버렸다.

벽에 엇비슷하게 기대어 있는 남편은 무엇을 생각하는 듯이 고개를 숙이고 있다. 그의 말라붙은 관자놀이에 펄떡거리는 푸른 맥脈을 아내는 걱정스럽게 바라보면서 남편 곁으로 다가온다. 아내의 한 손은 양복 깃을, 또 한 손은 그 소매를 잡으며 화和한 목성으로,

"자아, 벗으셔요." 하였다.

남편은 문득 미끄러지는 듯이 벽을 타고 내려앉는다. 그의 쭉 뻗친 발끝에 이불자락이 저리로 밀려간다.

"에그, 왜 이리 하셔요. 벗자는 옷은 아니 벗으시고."

그 서슬에 넘어질 뻔한 아내는 애타게 부르짖었다. 그러면서도 같이 따라 앉는다. 그의 손은 또 옷을 잡았다.

"옷이 구겨집니다. 제발 좀 벗으셔요."라고 아내는 애원을 하며, 옷을 벗기려고 애를 쓴다. 하나, 취한 이의 등이 천근千斤같이 벽에 척 들러붙었으니 벗겨질 리가 없다. 애를 쓰다쓰다 옷을 놓고 물러앉으며,

"원 참, 누가 술을 이처럼 권하였노."라고 짜증을 낸다.

---

6) 보조(步調): 걸음걸이의 속도(速度)나 모양(模樣).

"누가 권하였노? 누가 권하였노? 흥 흥."

남편은 그 말이 몹시 귀에 거슬리는 것처럼 곱삶는다.

"그래, 누가 권했는지 마누라가 좀 알아내겠소?" 하고 낄낄 웃는다. 그것은 절망의 가락을 띤, 쓸쓸한 웃음이었다. 아내도 따라 방긋 웃고는 또 옷을 잡으며,

"자아, 옷이나 먼지 벗으셔요. 이야기는 나중에 하지요. 오늘 밤에 잘 주무시면 내일 아침에 이르켜 드리지요."

"무슨 말이야, 무슨 말이야. 왜 오늘 일을 내일로 미루어. 할 말이 있거든 지금 해!"

"지금은 약주가 취하셨으니, 내일 약주가 깨시거든 하지요."

"무엇? 약주가 취해서?" 하고 고개를 쩔레쩔레 흔들며,

"천만에, 누가 술이 취했단 말이요. 내가 공연히 이러지, 정신은 말뚱말뚱하오. 꼭 이야기하기 좋을 만해. 무슨 말이든지… 자아."

"글쎄, 왜 못 잡수시는 약주를 잡수셔요. 그러면 몸에 축이 나지 않아요." 하고 아내는 남편의 이마에 흐르는 진땀을 씻는다.

이취자泥醉者는 머리를 흔들며,

"아니야, 아니야, 그런 말을 듣자는 것이 아니야." 하고 아까 일을 추상하는 것처럼, 말을 끊었다가 다시금 말을 이어,

"옳지, 누가 나에게 술을 권했단 말이요? 내가 술이 먹고 싶어서 먹었단 말이요?"

"자시고 싶어 잡수신 건 아니지요. 누가 당신께 약주를 권하는지 내가 알아낼까요? 저… 첫째는 홧증이 술을 권하고 둘째는 하이칼라가 약주를 권하지요."

아내는 살짝 웃는다. 내가 어지간히 알아맞췄지요 하는 모양이었다.

남편은 고소苦笑한다.

"틀렸소, 잘못 알았소. 홧중이 술을 권하는 것도 아니고, 하이칼라가 술을 권하는 것도 아니요. 나에게 술을 권하는 것은 따로 있어. 마누라가, 내가 어떤 하이칼라한테나 홀려 다니거나, 그 하이칼라가 늘 내게 술을 권하거니 하고 근심을 했으면 그것은 헛걱정이지. 나에게 하이칼라는 아무 소용도 없소. 나의 소용은 遁 술뿐이요. 술이 창자를 휘돌아, 이것저것을 잊게 맨드는 것을 나는 취取할 뿐이요." 하더니, 홀연 어조語調를 고쳐 감개무량하게,

"아아, 유위유망有爲有望[7])한 머리를 알코올로 마비 아니시킬 수 없게 하는 그것이 무엇이란 말이요." 하고, 긴 한숨을 내어 쉰다. 물큰물큰한 술 냄새가 방안에 흩어진다.

아내에게는 그 말이 너무 어려웠다. 고만 묵묵히 입을 다물었다. 눈에 보이지 않는 무슨 벽이 자기와 남편 사이게 깔리는 듯하였다. 남편의 말이 길어질 때마다 아내는 이런 쓰디쓴 경험을 맛보았다. 이런 일은 한두 번이 아니었다. 이윽고 남편은 기막힌 듯이 웃는다.

"홍 또 못 알아듣는군. 묻는 내가 그르지, 마누라야 그런 말을 알 수 있겠소. 내가 설명해 드리지. 자세히 들어요. 내게 술을 권하는 것은 홧중도 아니고 하이칼라도 아니요, 이 사회란 것이 내게 술을 권한다오. 이 조선 사회란 것이 내게 술을 권한다오. 알았소? 팔자가 좋아서 조선에 태어났지, 딴 나라에 났더면 술이나 얻어먹을 수 있나…."

사회란 무엇인가? 아내는 또 알 수가 없었다. 어찌하였든 딴 나라에는 없고 조선에만 있는 요리집 이름이어니 한다.

"조선에 있어도 아니 다니면 그만이지요."

남편은 또 아까 웃음을 재우친다. 술이 정말 아니 취한 것같이 또렷또

---

7) 유위유망(有爲有望): 쓸모도 있고 희망도 있음.

렷한 어조로,

"허허, 기막혀. 그 한 분자分子된 이상에야 다니고 아니 다니는 게 무슨 상관이야. 집에 있으면 아니 권하고, 밖에 나가야 권하는 줄 아는가 보아. 그런 게 아니야. 무슨 사회란 사람이 있어서 밖에만 나가면 나를 꼭 붙들고 술을 권하는 게 아니야… 무어라 할까… 저 우리 조선 사람으로 성립된 이 사회란 것이, 내게 술을 아니 못 먹게 한단 말이요. …어째 그렇소? …또 내가 설명을 해 드리지. 여기 회를 하나 꾸민다 합시다. 거기 모이는 사람 놈 치고 처음은 민족을 위하느니, 사회를 위하느니 그러는데, 제 목숨을 바쳐도 아깝지 않으니 아니하는 놈이 하나도 없어. 하다가 단 이틀이 못 되어 단 이틀이 못되어…."

한층 소리를 높이며 손가락을 하나씩 둘씩 꼽으며,

"되지 못한 명예싸움, 쓸데없는 지위 다툼질, 내가 옳으니 네가 그르니, 내 권리가 많으니 네 권리 적으니… 밤낮으로 서로 찢고 뜯고 하지, 그러니 무슨 일이 되겠소. 회會뿐이 아니라, 회사이고 조합이고… 우리 조선 놈들이 조직한 사회는 다 그 조각이지. 이런 사회에서 무슨 일을 한단 말이요. 하려는 놈이 어리석은 놈이야. 적이 정신이 바루 박힌 놈은 피를 토하고 죽을 수밖에 없지. 그렇지 않으면 술밖에 먹을 게 도무지 없지. 나도 전자에는 무엇을 좀 해 보겠다고 애도 써 보았어. 그것이 모다 수포야. 내가 어리석은 놈이었지. 내가 술을 먹고 싶어 먹는 게 아니야. 요사이는 좀 낫지마는 처음 배울 때에는 마누라도 아다시피 죽을 애를 썼지. 그 먹고 난 뒤에 괴로운 것이야 겪어 본 사람이 아니면 알 수 없지. 머리가 지끈지끈 아프고 먹은 것이 다 돌아 올라오고… 그래도 아니 먹은 것보담 나았어. 몸은 괴로와도 마음은 괴롭지 않았으니까. 그저 이 사회에서 할 것은 주정군 노릇밖에 없어…."

"공연히 그런 말 말아요. 무슨 노릇을 못해서 주정군 노릇을 해요! 남이라서….”

아내는 부지불식간不知不識間[8]에 흥분이 되어 열기熱氣 있는 눈으로 남편을 바라보고 불쑥 이런 말을 하였다. 그는 제 남편이 이 세상에 가장 거룩한 사람이어니 한다. 따라서 어느 뉘보다 제일 잘 될 줄 믿는다. 몽롱하나마 그의 목적이 원대하고 고상한 것도 알았다. 얌전하던 그가 술을 먹게 된 것은 무슨 일이 맘대로 아니 되어 화풀이로 그러는 줄도 어렴풋이 깨달았다. 그러나 술은 노상 먹을 것이 아니다. 그러면 패가망신하고 만다. 그러므로 하루 바삐 그 화가 풀리었으면, 또다시 얌전하게 되었으면 하는 생각이 그의 머리를 떠날 때가 없었다. 그리고 그날이 꼭 올 줄 믿었다. 오늘부터는, 내일부터는 …하건만, 남편은 어제도 술이 취하였다. 오늘도 한 모양이다. 자기의 기대는 나날이 틀려간다. 좇아서 기대에 대한 자신도 엷어간다. 애닯고 원寃한 생각이 가끔 그의 가슴을 누른다. 더구나 수척해 가는 남편의 얼굴을 볼 때에 그런 감정을 걷잡을 수 없었다. 지금 저도 모르게 흥분한 것이 또한 무리가 아니었다.

“그래도 못 알아듣네 그려. 참, 사람 기막혀. 본 정신 가지고는 피를 토하고 죽든지, 물에 빠져 죽든지 하지, 하루라도 살 수가 없단 말이야. 흉장胸腸이 막혀서 못 산단 말이야. 에엣, 가슴 답답해.”라고 남편은 소리를 지르고 괴로와서 못 견디는 것처럼 얼굴을 찌푸리며 미친 듯이 제 가슴을 쥐어뜯는다.

“술 아니 먹는 다고 흉장이 막혀요?”

남편의 하는 짓은 본체만체하고 아내는 얼굴을 더욱 붉히며 부르짖었다.

그 말에 몹시 놀랜 것처럼 남편은 어이없이 아내의 얼굴을 바라보더니 그 다음 순간에는 말할 수 없는 고뇌苦惱의 그림자가 그의 눈을 거쳐 간다.

---

8) 부지불식간(不知不識間): 미처 생각지도 알지도 못하는 사이.

"그르지, 내가 그르지. 너 같은 숙맥菽麥더러 그런 말을 하는 내가 그르지. 너한테 조금이라도 위로를 얻으려는 내가 그르지. 후후."

스스로 탄식한다.

"아아 답답해!"

문득 기막힌 듯이 외마디 소리를 치고는 벌떡 몸을 일으킨다. 방문을 열고 나가려 한다. 왜 내가 그런 말을 하였던고? 아내는 불시에 후회하였다. 남편의 저고리 뒷자락을 잡으며 안타까운 소리로,

"왜 어디로 가셔요. 이 밤중에 어디를 나가셔요. 내가 잘못하였습니다. 인제는 다시 그런 말을 아니 하겠습니다. …그러게 내일 아침에 말을 하자니까…."

"듣기 싫어, 놓아, 놓아요." 하고 남편은 아내를 떠다 밀치고 밖으로 나간다. 비틀비틀 마루 끝까지 가서는 털썩 주저앉아 구두를 신기 시작한다.

"에그, 왜 이리 하셔요. 인제 다시 그런 말을 아니 한대도…."

아내는 뒤에서 구두 신으려는 남편의 팔을 잡으며 말을 하였다. 그의 손을 떨고 있었다. 그의 눈에는 담박에 눈물이 쏟아질 듯하였다.

"이건 왜 이래, 저리고 가!"

배앝는 듯이 말을 하고 휙 뿌리친다. 남편의 발길이 뚜벅뚜벅 중문에 다다랐다. 어느덧 그 밖으로 사라졌다. 대문 빗장소리가 덜컥 하고 난다. 마루 끝에 떨어진 아내는 헛되어 몇 번,

"할멈! 할멈!" 하고 불렀다. 고요한 밤공기를 울리는 구두소리는 점점 멀어간다. 발자취는 어느덧 골목 끝으로 사라져 버렸다. 다시금 밤은 적적히 깊어간다.

"가버렸구먼, 가버렸어!"

그 구두소리를 영구히 아니 잃으려는 것처럼 귀를 기울이고 있는 아내는 모든 것을 잃었다 하는 듯이 부르짖었다. 그 소리가 사라짐과 함께 자

기의 마음도 사라지고, 정신도 사라진 듯하였다. 심신心身이 텅 비어진 듯하였다. 그의 눈은 하염없이 검은 밤안개를 물끄러미 바라보고 있다. 그 사회란 독毒한 꼴을 그려보는 것같이.

쓸쓸한 새벽바람이 싸늘하게 가슴에 부딪친다. 그 부딪치는 서슬에 잠 못자고 피곤한 몸이 부서질 듯이 지긋하였다.

죽은 사람에게서나 볼 수 있는 해쓱한 얼굴이 경련적으로 떨며 절망한 어조로 소근거렸다.

"그 몹쓸 사회가, 왜 술을 권하는고!"

『개벽開闢』, 1921년

운수 좋은 날

새침하게 흐린 품이 눈이 올듯하더니 눈은 아니 오고 얼다가 만 비가 추적추적 내리는 날이었다.

이날이야말로 동소문 안에서 인력거꾼 노릇을 하는 김첨지에게는 오래간만에도 닥친 운수 좋은 날이었다 . 문안에(거기도 문밖은 아니지만) 들어간답시는 앞집 마마님을 전찻길까지 모셔다 드린 것을 비롯으로 행여나 손님이 있을까 하고 정류장에서 어정어정하며 내리는 사람 하나하나에게 거의 비는 듯한 눈결을 보내고 있다가 마침내 교원인 듯한 양복쟁이를 동광학교東光學校까지 태워다 주기로 되었다.

첫 번에 삼십 전 , 둘째 번에 오십 전 – 아침 댓바람에 그리 흉치 않은 일이었다. 그야말로 재수가 옴 붙어서 근 열흘 동안 돈 구경도 못한 김첨지는 십 전짜리 백동화 서 푼, 또는 다섯 푼이 찰깍 하고 손바닥에 떨어질 제 거의 눈물을 흘릴 만큼 기뻤었다. 더구나 이날 이때에 이 팔십 전이라는 돈이 그에게 얼마나 유용한지 몰랐다. 컬컬한 목에 모주 한 잔도 적실 수 있거니와 그보다도 앓는 아내에게 설렁탕 한 그릇도 사다 줄 수 있음이다.

그의 아내가 기침으로 쿨룩거리기는 벌써 달포가 넘었다. 조밥도 굶기를 먹다시피 하는 형편이니 물론 약 한 첩 써본 일이 없다. 구태여 쓰려면 못 쓸 바도 아니로되 그는 병이란 놈에게 약을 주어 보내면 재미를 붙여서 자꾸 온다는 자기의 신조信條에 어디까지 충실하였다. 따라서 의사에게 보인 적이 없으니 무슨 병인지는 알 수 없으되 반듯이 누워 가지고 일어나기는 새로 모로도 못 눕는 걸 보면 중증은 중증인 듯. 병이 이대도록 심해지기는 열흘 전에 조밥을 먹고 체한 때문이다. 그때도 김첨지가 오래간만에 돈을 얻어서 좁쌀 한 되와 십 전짜리 나무 한 단을 사다 주었더니 김첨지의 말에 의지하면 그 오라질 년이 천방지축으로 냄비에 대고 끓였다. 마음은 급하고 불길은 달지 않아 채 익지도 않은 것을 그 오라질년이 숟가락은 고만두고 손으로 움켜서 두 뺨에 주먹덩이 같은 혹이 불거지도록 누가 빼앗을 듯이 처박질하더니만 그날 저녁부터 가슴이 땡긴다, 배가 켕긴다고 눈을 흡뜨고 지랄병을 하였다. 그때 김첨지는 열화와 같이 성을 내며,

"에이, 오라질년, 조랑복은 할 수가 없어, 못 먹어 병, 먹어서 병! 어쩌란 말이야! 왜 눈을 바루 뜨지 못해!" 하고 앓는 이의 뺨을 한 번 후려갈겼다. 흡뜬 눈은 조금 바루어졌건만 이슬이 맺히었다. 김첨지의 눈시울도 뜨끈뜨끈하였다.

이 환자가 그러고도 먹는 데는 물리지 않았다. 사흘 전부터 설렁탕 국물이 마시고 싶다고 남편을 졸랐다.

"이런 오라질 년! 조밥도 못 먹는 년이 설렁탕은. 또 처먹고 지랄병을 하게."라고, 야단을 쳐보았건만, 못 사주는 마음이 시원치는 않았다.

인제 설렁탕을 사줄 수도 있다. 앓는 어미 곁에서 배고파 보채는 개똥이(세살먹이)에게 죽을 사줄 수도 있다 — 팔십 전을 손에 쥔 김 첨지의 마음은 푼푼하였다.

그러나 그의 행운은 그걸로 그치지 않았다. 땀과 빗물이 섞여 흐르는 목덜미를 기름주머니가 다된 왜목[1] 수건으로 닦으며, 그 학교 문을 돌

1) 왜목: 광목의 잘못. 무명실로 서양목처럼 너비가 넓게 짠 베.

아 나올 때였다. 뒤에서 "인력거!" 하고 부르는 소리가 난다. 자기를 불러 멈춘 사람이 그 학교 학생인 줄 김첨지는 한번 보고 짐작할 수 있었다. 그 학생은 다짜고짜로,

"남대문 정거장까지 얼마요."라고 물었다. 아마도 그 학교 기숙사에 있는 이로 동기방학을 이용하여 귀향하려 함이리라. 오늘 가기로 작정은 하였건만 비는 오고, 짐은 있고 해서 어찌할 줄 모르다가 마침 김첨지를 보고 뛰어나왔음이리라. 그렇지 않으면 왜 구두를 채 신지 못해서 질질 끌고, 비록 고구라 양복일망정 노박이로 비를 맞으며 김첨지를 뒤쫓아 나왔으랴.

"남대문 정거장까지 말씀입니까." 하고 김첨지는 잠깐 주저하였다. 그는 이 우중에 우장도 없이 그 먼 곳을 철벅거리고 가기가 싫었음일까? 처음 것 둘째 것으로 고만 만족하였음일까?

아니다 결코 아니다. 이상하게도 꼬리를 맞물고 덤비는 이 행운 앞에 조금 겁이 났음이다. 그리고 집을 나올 제 아내의 부탁이 마음이 켕기었다 — 앞집 마마님한테서 부르러 왔을 제 병인은 뼈만 남은 얼굴에 유일의 샘물 같은 유달리 크고 움푹한 눈에 애걸하는 빛을 띄우며,

"오늘은 나가지 말아요. 제발 덕분에 집에 붙어 있어요. 내가 이렇게 아픈데…."라고, 모기 소리같이 중얼거리고 숨을 걸그렁걸그렁하였다. 그때에 김첨지는 대수롭지 않은듯이,

"아따, 젠장맞을 년, 별 빌어먹을 소리를 다 하네. 맞붙들고 앉았으면 누가 먹여 살릴 줄 알아." 하고 훌쩍 뛰어나오려니까 환자는 붙잡을 듯이 팔을 내저으며,

"나가지 말라도 그래, 그러면 일찍이 들어와요." 하고, 목 메인 소리가 뒤를 따랐다.

정거장까지 가잔 말을 들은 순간에 경련적으로 떠는 손 유달리 큼직한

눈 울 듯한 아내의 얼굴이 김첨지의 눈앞에 어른어른하였다.

"그래 남대문 정거장까지 얼마란 말이요?" 하고 학생은 초조한 듯이 인력거꾼의 얼굴을 바라보며 혼자말같이,

"인천 차가 열한 점에 있고 그 다음에는 새로 두 점이든가."라고 중얼거린다.

"일 원 오십 전만 줍시요."

이 말이 저도 모를 사이에 불쑥 김첨지의 입에서 떨어졌다. 제 입으로 부르고도 스스로 그 엄청난 돈 액수에 놀랐다. 한꺼번에 이런 금액을 불러라도 본 지가 그 얼마 만인가! 그러자 그 돈 벌 용기가 병자에 대한 염려를 사르고 말았다. 설마 오늘 내로 어떠랴 싶었다. 무슨 일이 있더라도 제일 제이의 행운을 곱친 것보다도 오히려 갑절이 많은 이 행운을 놓칠 수 없다 하였다.

"일 원 오십 전은 너무 과한데."

이런 말을 하며 학생은 고개를 기웃하였다.

"아니올시다. 잇수로 치면 여기서 거기가 시오 리가 넘는답니다. 또 이런 진날은 좀 더 주셔야지요." 하고 빙글빙글 웃는 차부의 얼굴에는 숨길 수 없는 기쁨이 넘쳐흘렀다.

"그러면 달라는 대로 줄 터이니 빨리 가요."

관대한 어린 손님은 이런 말을 남기고 총총히 옷도 입고 짐도 챙기러 갈 데로 갔다.

그 학생을 태우고 나선 김첨지의 다리는 이상하게 거뿐하였다. 달음질을 한다느니보다 거의 나는 듯하였다. 바퀴도 어떻게 속히 도는지 구른다느니보다 마치 얼음을 지쳐 나가는 스케이트 모양으로 미끄러져 가는 듯하였다.

언 땅에 비가 내려 미끄럽기도 하였지만.

이윽고 끄는 이의 다리는 무거워졌다. 자기 집 가까이 다다른 까닭이다. 새삼스러운 염려가 그의 가슴을 눌렀다. "오늘은 나가지 말아요, 내가 이렇게 아픈데" 이런 말이 잉잉 그의 귀에 울렸다. 그리고 병자의 움쑥 들어간 눈이 원망하는 듯이 자기를 노리는 듯하였다. 그러자 엉엉 하고 우는 개똥이의 곡성을 들은 듯싶다. 딸국딸국 하고 숨 모으는 소리도 나는 듯싶다.

"왜 이리우, 기차 놓치겠구먼." 하고 탄 이의 초조한 부르짖음이 간신히 그의 귀에 들어왔다. 언뜻 깨달으니 김첨지는 인력거를 쥔 채 길 한복판에 엉거주춤 멈춰 있지 않은가.

"예, 예." 하고, 김첨지는 또다시 달음질하였다. 집이 차차 멀어 갈수록 김첨지의 걸음에는 다시금 신이 나기 시작하였다. 다리를 재게 놀려야만 쉴 새 없이 자기의 머리에 떠오르는 모든 근심과 걱정을 잊을 듯이.

정거장까지 끌어다 주고 그 깜짝 놀란 일 원 오십 전을 정말 제 손에 쥠에 제 말마따나 십리나 되는 길을 비를 맞아 가며 질퍽거리고 온 생각은 아니 하고 거저나 얻은 듯이 고마웠다. 졸부나 된 듯이 기뻤다. 제 자식뻘밖에 안 되는 어린 손님에게 몇 번 허리를 굽히며,

"안녕히 다녀옵시요."라고 깍듯이 재우쳤다.

그러나 빈 인력거를 털털거리며 이 우중에 돌아갈 일이 꿈밖이었다. 노동으로 하여 흐른 땀이 식어지자 굶주린 창자에서, 물 흐르는 옷에서 어슬어슬 한기가 솟아나기 비롯하매 일 원 오십 전이란 돈이 얼마나 괜찮고 괴로운 것인 줄 절절히 느끼었다. 정거장을 떠나는 그의 발길은 힘하나 없었다. 온몸이 옹송그려지며 당장 그 자리에 엎어져 못 일어날 것 같았다.

"젠장맞을 것, 이 비를 맞으며 빈 인력거를 털털거리고 돌아를 간담. 이런 빌어먹을 제 할미를 붙을 비가 왜 남의 상판을 딱딱 때려!"

그는 몹시 화증을 내며 누구에게 반항이나 하는 듯이 게걸거렸다[2]. 그럴 즈음에 그의 머리엔 또 새로운 광명이 비쳤나니 그것은 '이러구 갈 게 아니라 이 근처를 빙빙 돌며 차 오기를 기다리면 또 손님을 태우게 될는지도 몰라'란 생각이었다. 오늘 운수가 괴상하게도 좋으니까 그런 요행이 또 한 번 없으리라고 누가 보증하랴. 꼬리를 굴리는 행운이 꼭 자기를 기다리고 있다고 내기를 해도 좋을 만한 믿음을 얻게 되었다. 그렇다고 정거장 인력거꾼의 등쌀이 무서우니 정거장 앞에 섰을 수는 없었다. 그래 그는 이전에도 여러 번 해본 일이라 바로 정거장 앞 전차 정류장에서 조금 떨어지게 사람 다니는 길과 전찻길 틈에 인력거를 세워 놓고 자기는 그 근처를 빙빙 돌며 형세를 관망하기로 하였다. 얼마 만에 기차는 왔고 수십 명이나 되는 손이 정류장으로 쏟아져 나왔다. 그 중에서 손님을 물색하는 김첨지의 눈엔 양머리에 뒤축 높은 구두를 신고 망토까지 두른 기생 퇴물인 듯 난봉 여학생인 듯한 여편네의 모양이 띄었다. 그는 슬근슬근 그 여자의 곁으로 다가들었다.

"아씨, 인력거 아니 타시랍시요."

그 여학생인지 만지가 한참은 매우 때깔을 빼며 입술을 꼭 다문 채 김첨지를 거들떠보지도 않았다. 김첨지는 구걸하는 거지나 무엇같이 연해연방 그의 기색을 살피며,

"아씨, 정거장 애들보담 아주 싸게 모셔다 드리겠습니다. 댁이 어디신가요." 하고 추근추근하게도 그 여자의 들고 있는 일본식 버들고리짝에 제 손을 대었다.

"왜 이래, 남 귀치않게."

소리를 벽력같이 지르고는 돌아선다. 김첨지는 어랍시요 하고 물러섰다.

---

2) 게걸거리다: 상스러운 말로 소리를 지르며 불평스럽게 자꾸 떠들다.

전차는 왔다. 김첨지는 원망스럽게 전차 타는 이를 노리고 있었다. 그러나 그의 예감豫感은 틀리지 않았다. 전차가 빽빽하게 사람을 싣고 움직이기 시작하였을 제 타고 남은 손 하나가 있었다. 굉장하게 큰 가방을 들고 있는 걸 보면 아마 붐비는 차 안에 짐이 크다 하여 차장에게 밀려 내려온 눈치였다. 김첨지는 대어섰다.

"인력거를 타시랍시요."

한동안 값으로 승강이를 하다가 육십 전에 인사동까지 태워다 주기로 하였다. 인력거가 무거워지매 그의 몸은 이상하게도 가벼워졌고 그리고 또 인력거가 가벼워지니 몸은 다시금 무거워졌건만 이번에는 마음조차 초조해 온다. 집의 광경이 자꾸 눈앞에 어른거리어 인제 요행을 바랄 여유도 없었다.

나무 등걸이나 무엇 같고 제 것 같지도 않은 다리를 연해 꾸짖으며 질팡갈팡 뛰는 수밖에 없었다. 저놈의 인력거꾼이 저렇게 술이 취해 가지고 이 진땅에 어찌 가노, 라고 길 가는 사람이 걱정을 하리만큼 그의 걸음은 황급하였다. 흐리고 비 오는 하늘은 어둠침침하게 벌써 황혼에 가까운 듯하다. 창경원 앞까지 다다라서야 그는 턱에 닿은 숨을 돌리고 걸음도 늦추잡았다.

한 걸음 두 걸음 집이 가까워 갈수록 그의 마음조차 괴상하게 누그러웠다. 그런데 이 누그러움은 안심에서 오는 게 아니요 자기를 덮친 무서운 불행을 빈틈없이 알게 될 때가 박두한 것을 두리는 마음에서 오는 것이다. 그는 불행에 다닥치기 전 시간을 얼마쯤이라도 늘이려고 버르적거렸다. 기적奇蹟에 가까운 벌이를 하였다는 기쁨을 할 수 있으면 오래 지니고 싶었다. 그는 두리번두리번 사면을 살피었다. 그 모양은 마치 자기 집 — 곧 불행을 향하고 달아가는 제 다리를 제 힘으로는 도저히 어찌할 수 없으니 누구든지 나를 좀 잡아 다고, 구해 다고 하는 듯하였다.

그럴 즈음에 마침 길가 선술집에서 그의 친구 치삼이가 나온다. 그의 우글우글 살찐 얼굴에 주홍이 덧는 듯, 온 턱과 뺨을 시커멓게 구레나룻이 덮였거늘 노르탱탱한 얼굴이 바짝 말라서 여기저기 고랑이 패고 수염도 있대야 턱밑에만 마치 솔잎 송이를 거꾸로 붙여 놓은 듯한 김첨지의 풍채하고는 기이한 대상을 짓고 있었다.

"여보게 김첨지, 자네 문안 들어갔다 오는 모양일세그려. 돈 많이 벌었을 테니 한잔 빨리게."

뚱뚱보는 말라깽이를 보던 맡에 부르짖었다. 그 목소리는 몸집과 딴판으로 연하고 싹싹하였다. 김첨지는 이 친구를 만난 게 어떻게 반가운지 몰랐다.

자기를 살려 준 은인이나 무엇같이 고맙기도 하였다.

"자네는 벌써 한 잔 한 모양일세그려. 자네도 오늘 재미가 좋아 보이."
하고 김첨지는 얼굴을 펴서 웃었다.

"아따, 재미 안 좋다고 술 못 먹을 낸가. 그런데 여보게, 자네 왼몸이 어째 물독에 빠진 새앙쥐 같은가. 어서 이리 들어와 말리게."

선술집은 훈훈하고 뜨뜻하였다. 추어탕을 끓이는 솥뚜껑을 열 적마다 뭉게뭉게 떠오르는 흰김 석쇠에서 빼지짓빼지짓 구워지는 너비아니구이며 제육이며 간이며 콩팥이며 북어며 빈대떡…이 너저분하게 늘어 놓인 안주 탁자에 김첨지는 갑자기 속이 쓰려서 견딜 수 없었다. 마음대로 할양이면 거기 있는 모든 먹음먹이를 모조리 깡그리 집어삼켜도 시원치 않았다 하되 배고픈 이는 위선 분량 많은 빈대떡 두 개를 쪼이기도 하고 추어탕을 한 그릇 청하였다. 주린 창자는 음식 맛을 보더니 더욱더욱 비어지며 자꾸자꾸 들이라 들이라 하였다. 순식간에 두부와 미꾸리 든 국한 그릇을 그냥 물같이 들이켜고 말았다. 셋째 그릇을 받아 들었을 제 데우던 막걸리 곱배기 두 잔이 더웠다. 치삼이와 같이 마시자 원원이 비었던 속이라 찌르를 하고 창자에 퍼지며 얼굴이 화끈하였다. 눌러 곱배기 한 잔을 또 마셨다.

김첨지의 눈은 벌써 개개 풀리기 시작하였다. 석쇠에 얹힌 떡 두 개를 숭덩숭덩 썰어서 볼을 불룩거리며 또 곱배기 두 잔을 부어라 하였다.

치삼은 의아한 듯이 김첨지를 보며,

"여보게 또 붓다니, 벌써 우리가 넉 잔씩 먹었네, 돈이 사십 전일세."라고 주의시켰다.

"아따 이놈아, 사십 전이 그리 끔찍하냐. 오늘 내가 돈을 막 벌었어. 참 오늘 운수가 좋았느니."

"그래 얼마를 벌었단 말인가."

"삼십 원을 벌었어, 삼십 원을! 이런 젠장맞을 술을 왜 안 부어… 괜찮다 괜찮다, 막 먹어도 상관이 없어. 오늘 돈 산더미같이 벌었는데."

"어, 이 사람 취했군, 그만두세."

"이놈아, 그걸 먹고 취할 내냐, 어서 더 먹어." 하고는 치삼의 귀를 잡아 치며 취한 이는 부르짖었다. 그리고 술을 붓는 열다섯 살 됨직한 중대가리에게로 달려들며,

"이놈, 오라질 놈, 왜 술을 붓지 않어."라고 야단을 쳤다. 중대가리는 히히 웃고 치삼을 보며 문의하는 듯이 눈짓을 하였다. 주정꾼이 이 눈치를 알아보고 화를 버럭 내며,

"에미를 붙을 이 오라질 놈들 같으니, 이놈 내가 돈이 없을 줄 알고." 하자마자 허리춤을 훔칫훔칫하더니 일 원짜리 한 장을 꺼내어 중대가리 앞에 펄쩍 집어던졌다. 그 사품에 몇 푼 은전이 잘그랑 하며 떨어진다.

"여보게 돈 떨어졌네, 왜 돈을 막 끼얹나."

이런 말을 하며 일변 돈을 줍는다. 김첨지는 취한 중에도 돈의 거처를 살피는 듯이 눈을 크게 떠서 땅을 내려다보다가 불시에 제 하는 짓이 너

무 더럽다는 듯이 고개를 소스라치자 더욱 성을 내며,
"봐라 봐! 이 더러운 놈들아, 내가 돈이 없나, 다리뼉다구를 꺾어 놓을 놈들 같으니." 하고 치삼의 주워 주는 돈을 받아,
"이 원수엣돈! 이 육시를 할 돈!" 하면서 풀매질을 친다. 벽에 맞아 떨어진 돈은 다시 술 끓이는 양푼에 떨어지며 정당한 매를 맞는다는 듯이 쨍 하고 울었다.
곱배기 두 잔은 또 부어질 겨를도 없이 말려 가고 말았다. 김첨지는 입술과 수염에 붙은 술을 빨아들이고 나서 매우 만족한 듯이 그 솔잎 송이 수염을 쓰다듬으며,
"또 부어, 또 부어."라고 외쳤다.
또 한 잔 먹고 나서 김첨지는 치삼의 어깨를 치며 문득 껄껄 웃는다. 그 웃음소리가 어떻게 컸던지 술집에 있는 이의 눈은 모두 김첨지에게로 몰리었다. 웃는 이는 더욱 웃으며,
"여보게 치삼이, 내 우스운 이야기 하나 할까. 오늘 손을 태고 정거장에 가지 않았겠나."
"그래서."
"갔다가 그저 오기가 안됐데그려. 그래 전차 정류장에서 어름어름하며 손님 하나를 태울 궁리를 하지 않았나. 거기 마침 마마님이신지 여학생이신지(요새야 어디 논다니와 아가씨를 구별할 수가 있던가) 망토를 잡수시고 비를 맞고 서 있겠지. 슬근슬근 가까이 가서 인력거 타시랍시요 하고 손가방을 받으랴니까 내 손을 탁 뿌리치고 홱 돌아서더니만 '왜 남을 이렇게 귀찮게 굴어!' 그 소리야말로 꾀꼬리 소리지, 허허!"
김첨지는 교묘하게도 정말 꾀꼬리 같은 소리를 내었다. 모든 사람은 일시에 웃었다.
"빌어먹을 깍쟁이 같은 년, 누가 저를 어쩌나, '왜 남을 귀찮게 굴어!'

어이구 소리가 처신도 없지, 허허."

웃음소리들은 높아졌다. 그러나 그 웃음소리들이 사라도 지기 전에 김첨지는 훌쩍훌쩍 울기 시작하였다.

치삼은 어이없이 주정뱅이를 바라보며,

"금방 웃고 지랄을 하더니 우는 건 또 무슨 일인가."

김첨지는 연해 코를 들이마시며,

"우리 마누라가 죽었다네."

"뭐, 마누라가 죽다니, 언제?"

"이놈아 언제는, 오늘이지."

"엣기 미친놈, 거짓말 말아."

"거짓말은 왜, 참말로 죽었어, 참말로… 마누라 시체를 집에 뻐들쳐 놓고 내가 술을 먹다니, 내가 죽일 놈이야, 죽일 놈이야." 하고 김첨지는 엉엉 소리를 내어 운다.

치삼은 흥이 조금 깨어지는 얼굴로,

"원 이 사람이, 참말을 하나 거짓말을 하나. 그러면 집으로 가세, 가." 하고 우는 이의 팔을 잡아당기었다.

치삼의 끄는 손을 뿌리치더니 김첨지는 눈물이 글썽글썽한 눈으로 싱그레 웃는다.

"죽기는 누가 죽어." 하고 득의가 양양.

"죽기는 왜 죽어, 생때같이 살아만 있단다. 그 오라질 년이 밥을 죽이지. 인제 나한테 속았다." 하고 어린애 모양으로 손뼉을 치며 웃는다.

"이 사람이 정말 미쳤단 말인가. 나도 아주먼네가 앓는단 말은 들었는데." 하고 치삼이도 어느 불안을 느끼는 듯이 김첨지에게 또 돌아가라고 권하였다.

"안 죽었어, 안 죽었대도 그래."

김첨지는 화증을 내며 확신 있게 소리를 질렀으되 그 소리엔 안 죽은 것을 믿으려고 애쓰는 가락이 있었다. 기어이 일 원 어치를 채워서 곱배기 한 잔씩 더 먹고 나왔다. 궂은비는 의연히 추적추적 내린다.

김첨지는 취중에도 설렁탕을 사가지고 집에 다다랐다. 집이라 해도 물론 셋집이요 또 집 전체를 세든 게 아니라 안과 뚝 떨어진 행랑방 한 간을 빌려 든 것인데 물을 길어 대고 한 달에 일 원씩 내는 터이다. 만일 김첨지가 주기를 띠지 않았던들 한 발을 대문에 들여놓았을 제 그곳을 지배하는 무시무시한 정적靜寂 — 폭풍우가 지나간 뒤의 바다 같은 정적이 다리가 떨렸으리라. 쿨룩거리는 기침 소리도 들을 수 없다. 그르렁거리는 숨소리조차 들을 수 없다. 다만 이 무덤 같은 침묵을 깨뜨리는 — 깨뜨린다느니보다 한층 더 침묵을 깊게 하고 불길하게 하는 빡빡 하는 그윽한 소리, 어린애의 젖 빠는 소리가 날 뿐이다. 만일 청각聽覺이 예민한 이 같으면 그 빡빡 소리는 빨 따름이요, 꿀떡꿀떡 하고 젖 넘어가는 소리가 없으니 빈 젖을 빤다는 것도 짐작할는지 모르리라.

혹은 김첨지도 이 불길한 침묵을 짐작했는지도 모른다. 그렇지 않으면 대문에 들어서자마자 전에 없이,

"이 난장맞을 년, 남편이 들어오는데 나와 보지도 않아, 이 오라질 년."

이라고 고함을 친 게 수상하다. 이 고함이야말로 제 몸을 엄습해 오는 무시무시한 증을 쫓아 버리려는 허장성세인 까닭이다.

하여간 김첨지는 방문을 왈칵 열었다. 구역을 나게 하는 추기 — 떨어진 삿자리 밑에서 나온 먼지내 빨지 않은 기저귀에서 나는 똥내와 오줌내 가지각색 때가 켜켜이 앉은 옷내 병인의 땀 썩은 내가 섞인 추기가 무딘 김첨지의 코를 찔렀다.

방 안에 들어서며 설렁탕을 한구석에 놓을 사이도 없이 주정꾼은 목청을있는 대로 다 내어 호통을 쳤다.

"이런 오라질 년, 주야장천 누워만 있으면 제일이야. 남편이 와도 일어나지를 못해."라는 소리와 함께 발길로 누운 이의 다리를 몹시 찼다. 그러나 발길에 채이는 건 사람의 살이 아니고 나무등걸과 같은 느낌이 있었다. 이때에 빽빽 소리가 응아 소리로 변하였다. 개똥이가 물었던 젖을 빼어 놓고 운다. 운대도 온 얼굴을 찡그려 붙여서 운다는 표정을 할 뿐이다. 응아 소리도 입에서 나는 게 아니고 마치 뱃속에서 나는 듯하였다. 울다가 울다가 목도 잠겼고 또 울 기운조차 시진한 것 같다.

발로 차도 그 보람이 없는 걸 보자 남편은 아내의 머리맡으로 달려들어 그야말로 까치집 같은 환자의 머리를 꺼들어 흔들며,

"이년아, 말을 해, 말을! 입이 붙었어, 이 오라질 년!"

"…."

"으응, 이것 봐, 아무 말이 없네."

"…."

"이년아, 죽었단 말이냐, 왜 말이 없어."

"…."

"으응, 또 대답이 없네. 정말 죽었나 버이."

이러다가 누운 이의 흰 창을 덮은 위로 치뜬 눈을 알아보자마자,

"이 눈깔! 이 눈깔! 왜 나를 바라보지 못하고 천장만 보느냐, 응." 하는 말 끝엔 목이 메였다. 그러자 산 사람의 눈에서 떨어진 닭의 똥 같은 눈물이 죽은 이의 뻣뻣한 얼굴을 어룽어룽 적시었다. 문득 김첨지는 미친 듯이 제 얼굴을 죽은 이의 얼굴에 한데 비비대며 중얼거렸다.

"설렁탕을 사다 놓았는데 왜 먹지를 못하니, 왜 먹지를 못하니… 괴상하게도 오늘은! 운수가, 좋더니만…."

『개벽開闢』, 1924년

B사감과 러브레터

C 여학교에서 교원 겸 기숙사 사감 노릇을 하는 B 여사라면 딱장대[1]요 독신주의자요, 찰진 야소꾼[2]으로 유명하다. 사십에 가까운 노처녀인 그는 주근깨투성이 얼굴이, 처녀다운 맛이란 약에 쓰려도 찾을 수 없을 뿐인가, 시들고 거칠고 마르고 누렇게 뜬 품이 곰팡 슬은 굴비를 생각나게 한다.

여러 겹 주름이 잡힌 훨렁 벗겨진 이마라든지 숱이 적어서 법대로 쪽 찌거나 틀어 올리지를 못하고 엉성하게 그냥 빗겨 넘긴 머리, 꼬리가 뒤통수에 염소 똥만하게 붙은 것이라든지, 벌써 늙어 가는 자최를 감출 길이 없었다.

뾰족한 입을 앙다물고 돋보기 너머로 쌀쌀한 눈이 노릴 때엔 기숙생들이 오싹하고 몸서리를 치리만큼 그는 엄격하고 매서웠다.

이 B 여사가 질겁을 하다시피 싫어하고 미워하는 것은 소위 '러브 레터'였다. 여학교 기숙사라면 의례히 그런 편지가 많이 오는 것이지만 학교로도 유명하고 또 아름다운 여학생이 많은 탓인지 모르되 하루에도 몇 장씩 죽느니 사느니 하는 사랑 타령이 날아들어 왔었다. 기숙생에게 오는 사신을 일일이 검사하는 터이니까 그 따위 편지도 물론 B 여사의

---

1) 딱장대: 성질이 온순한 맛이 없이 딱딱한 사람.

2) 야소꾼: 예수교인을 초창기에 일컫던 말 비슷한말=야소쟁이.

손에 떨어진다. 달착지근한 사연을 보는 족족 그는 더할 수 없이 흥분되어서 얼굴이 붉으락푸르락 편지든 손이 발발 떨리도록 성을 낸다.

아모 까닭 없이 그런 편지를 받은 학생이야말로 큰 재변이었다. 하학하기가 무서웁게 그 학생은 사감실로 불리어 간다. 분해서 못 견디겠다는 사람 모양으로 쌔근쌔근하며 방안을 왔다 갔다 하던 그는, 들어오는 학생을 잡아먹을 듯이 노리면서 한 걸음 두 걸음 코가 맞닿을 만큼 바싹 다가들어서 딱 마주선다. 웬 영문인지 알지 못하면서도 선생의 기색을 살피고 겁부터 집어먹은 학생은 한동안 어쩔 줄 모르다가 간신히 모기만한 소리로,

"저를 부르셨어요?" 하고 묻는다.

"그래, 불렀다. 왜!"

팍 무는 듯이 한 마디 하고 나서 매우 못마땅한 것처럼 교의를 우당퉁탕 당겨서 철썩 주저앉았다가 학생이 그저 서 있는 걸 보면,

"장승이냐? 왜 앉지를 못해!" 하고 또 소리를 빽 질르는 법이었다.

스승과 제자는 조그마한 책상 하나를 새에 두고 마주 앉는다. 앉은 뒤에도,

"네 죄상을 네가 알지!" 하는 것처럼 아모 말없이 눈살로 쏘기만 하다가 한참만에야 그 편지를 끄집어내어 학생의 코앞에 동댕이를 치며,

"이건 누구한테 오는 거냐?" 하고 문초를 시작한다. 앞장에 제 이름이 쓰였는지라,

"저한테 온 것이야요." 하고 대답 않을 수 없다. 그러면 발신인이 누구인 것을 채쳐 묻는다.

그런 편지의 항용으로 발신인의 성명이 똑똑치 않기 때문에 주저주저하다가 자세히 알 수 없다고 내대일 양이면,

"너한테 오는 것을 네가 모른단 말이냐?"고 불호령을 나린 뒤에 또 사

연을 읽어 보라 하여 무심한 학생이 나직나직하나마 꿀 같은 구절을 입술에 올리면 B 여사의 역정은 더욱 심해져서 어느 놈의 소위인 것을 기어이 알려 한다. 기실 보도 듣도 못한 남성의 한 노릇이요 자기에게는 아모 죄도 없는 것을 변명변명하여도 곧이듣지를 않는다.

바른대로 아뢰어야 망정이지 그렇지 않으면 퇴학을 시킨다는 둥, 제 이름도 모르는 여자에게 편지할 리가 만무하다는 둥, 필연 행실이 부정한 일이 있었으리라는 둥, 하다못해 어디서 한 번 만나기라도 하였을 테니 어찌해서 남자와 접촉을 하게 되었느냐는 둥.

자칫 잘못하여 학교에서 주최한 음악회나 '바자'에서 '혹' 보았는지 모른다고 졸리다 못해 주워댈 것 같으면 사내의 보는 눈이 어떻더냐, 표정이 어떻더냐, 무슨 말을 건네더냐, 미주알고주알 캐고 파며 얼르고 볶아서 넉넉히 십년감수는 시킨다.

두 시간이 넘도록 문초를 한 끝에는 사내란 믿지 못할 것, 우리 여성을 잡아먹으려는 마귀인 것, 연애가 자유이니 신성이니 하는 것도 모두 악마의 지어낸 소리인 것을 입에 침이 없이 열에 띠어서 한참 설법을 하다가 닦지도 않은 방바닥(침대를 쓰기 때문에 방이라 해도 마룻바닥이다.)에 그대로 무릎을 꿇고 기도를 올린다. 눈에 눈물까지 글썽거리면서 말끝마다 하느님 아버지를 찾아서 악마의 유혹에 떨어지려는 어린 양을 구해 달라고 뒤 삶고 곱삶는 법이었다.

그리고 둘째로 그의 싫어하는 것은 기숙생을 남자가 면회하러 오는 일이었다. 무슨 핑계를 하는지 기어이 못 보게 하고 만다. 친부모, 친동기간이라도 규칙이 어떠니 상학 중이니 무슨 핑계를 하든지 따돌려 보내기가 일쑤다. 이로 말미암아 학생이 동맹 휴학을 하였고 교장의 설유까지 들었건만 그래도 그 버릇은 곤치려 들지 않았다.

이 사감이 감독하는 B 그 기숙사에 금년 가을 들어서 괴상한 일이 생졌다.

아니 괴상한 일이 '생겼다'느니보담 '발각되었다'는 것이 마땅할는지 모르리라. 왜 그런고 하면 그 괴상한 일이 언제 '시작된' 것은 귀신밖에 모르니까.

그것은 다른 일이 아니라 밤이 깊어서 새로 한 점이 되고 두 점이 되어 모든 기숙생들이 달고 곤한 잠에 떨어졌을 제 난데없는 깔깔대는 웃음과 속살속살하는 말낱이 새어 흐르는 일이었다. 하룻밤이 아니고 이틀 밤이 아닌 다음에야, 그런 소리가 잠귀 밝은 기숙생의 귀에 들리기도 하였지만 자던 잠결이라, 뒷동산에 구르는 마른 잎의 노래로나, 달빛에 나래를 번뜩이며 울고 가는 기러기의 소리로나 흘려들었다. 그렇지 않으면 도깨비의 장난이나 아닌가 하여 무시무시한 증이 들어서 동무를 깨웠다가 좀처럼 동무는 깨지 않고 제 생각이 너무도 어림없고 어이없음을 깨달으면, 밤 소리 멀리 들린다고 학교 이웃집에서 이야기를 하거나 또는 딴 방에 자는 제 동무들의 잠꼬대로만 여겨서 스스로 안심하고 그대로 자 버리기도 하였다.

그러나 이 수수께끼가 풀릴 때는 왔다. 어째 공교롭게 한방에 자던 학생 셋이 한꺼번에 잠을 깨었다. 첫째 처녀가 소변을 보려 일어났다가 그 소리를 듣고, 둘째 처녀와 셋째 처녀를 깨우고 만 것이다.

"저 소리를 들어 보아요. 아닌 밤중에 저게 무슨 소리야?" 하고, 첫째 처녀는 호동그래진 눈에 무서워하는 빛을 띤다.

"어젯밤에 나도 저 소리에 놀랬어. 도깨비가 났단 말인가?" 하고 둘째 처녀도 잠 오는 눈을 비비며 수상해 한다. 그 중에 제일 나이 많을 뿐더러 (많았자 열여덟 밖에 아니 되지만) 작난 잘 치고 짓궂은 짓 잘하기로 유명한 셋째 처녀는 동무 말을 못 믿겠다는 듯이 이윽히 귀를 기울이다가,

"따는 수상한걸. 나도 언젠가 한 번 들어본 법도 하구먼. 뭘 잠 아니 오

는 애들이 이야기를 하는 게지."

이때에 그 괴상한 소리는 깩때굴 웃었다. 세 처녀는 으쓱하며 귀를 소스라쳤다. 적적한 밤 가운데 다른 파동 없는 공기는 그 수상한 말낱을 곁에서나 나는 듯이 또렷또렷이 전해 주었다.

"오, 태훈 씨! 그러면 작히 좋을까요?"

간드러진 여자의 목소리다.

"경숙씨가 좋으시다면 내야 얼마나 기쁘겠습니까? 아아, 오즉 경숙 씨에게 바친 나의 타는 듯한 가슴을 인제야 아셨습니까?"

정열에 띤 사내의 목청이 분명하다.

한동안 침묵….

"인제 고만 놓아요. '키스'가 너무 길지 않아요? 행여 남이 보면 어떡해요?"

아양 떠는 여자 말씨.

"길수록 더욱 좋지 않아요? 나는 내 목숨이 끊어질 때까지 키스를 하여도 길다고는 못하겠습니다. 그래도 짧은 것을 한하겠습니다."

사내의 피를 뿜은 듯한 이 말 끝은 계집의 자지러진 웃음으로 묻혀 버렸다.

그것은 묻지 않아도 사랑에 겨운 남녀의 흐무러진 수작이다. 간검이 지독한 이 기숙사에 이런 일이 생길 줄이야! 세 처녀는 얼굴을 마주보았다. 그들의 얼굴은 놀랍고 무서운 빛이 없지 않았으되 점점 호기심에 번쩍이기 시작하였다. 그들의 머릿속에는 한결같이 '로맨틱'한 생각이 떠올랐다. 이 안에 있는 여자 애인을 보려고 학교 근처를 뒤돌고 곰돌던 사내 애인이 타는 듯한 가슴을 걷잡다 못하여 밤이 이슥하기를 기다려 담을 뛰어 넘은지 모르리라. 모든 불이 다 꺼지고 오직 밝은 달빛이 은가루처럼 서린 창문이 소리 없이 열리며 여자 애인이 흰 수건을 흔들어 사내

애인을 부른지도 모르리라. 활동사진에 보는 것처럼 기나긴 피륙을 나리어서 하나는 위에서 당기고 하나는 밑에 매달려 디룽디룽하면서 올라가는 정경이 있었는지 모르리라. 그래서 두 애인은 만나 가지고 저와 같이 사랑의 속살거림에 잦아졌는지 모르리라…. 꿈결 같은 감정이 안개 모양으로 흐릿하게 무지개 모양으로 부시게 세 처녀의 몸과 마음을 휩싸 돌았다. 그들의 뺨은 후끈후끈 달았다. 괴상한 소리는 또 일어났다.

"난 싫어요, 난 싫어요, 당신 같은 사내는 난 싫어요."

이번에는 매몰스럽게 내어대는 모양.

"나의 천사, 나의 하늘, 나의 여왕, 나의 목숨, 나의 사랑, 나를 살려 주어요, 나를 구해 주어요."

사내의 애를 졸이는 간청….

"우리 구경 가 볼까?"

짓궂은 셋째 처녀는 몸을 일으키며 이런 제의를 하였다. 다른 처녀들도 그 말에 찬성한다는 듯이 따라 일어섰으되 의아와 공구와 호기심이 뒤섞인 얼굴을 서로 교환하면서 얼마쯤 망설이다가 마츰내 가만히 문을 열고 나왔다.

쌀벌레 같은 그들의 발가락은 가장 조심성 많게 소리 나는 곳을 향해서 곰실곰실 기어간다. 컴컴한 복도에 자다가 일어난 세 처녀의 흰 모양은 그림자처럼 소리 없이 움직였다.

소리 나는 방을 어렵지 않게 찾을 수 있었다. 찾고는 나무로 깎아 세운 듯이 주춤 걸음을 멈출 만큼 그들은 놀래었다. 그런 소리의 출처야말로 자기네 방에서 몇 걸음 안 되는 사감실일 줄이야! 그렇듯이 사내라면 못 먹어하고, 침이라도 배알을 듯하던 B여사의 방일 줄이야! 그 방에선 여전히 사내의 비두발괄[3]하는 푸념이 되풀이하고 있다.

"나의 천사, 나의 하늘, 나의 여왕, 나의 목숨, 나의 사랑, 나의 애를 말려죽이실 테요? 나의 가슴을 뜯어 죽이실 테요? 내 생명을 맡으신 당신의 입술로….”

셋째 처녀는 대담스럽게 그 방문을 빠끔히 열었다. 그 틈으로 여섯 눈이 방안을 향해 쏘았다. 이 어쩐 기괴한 광경이냐! 전등불은 아즉 끄지 않았는데 침대 위에는 기숙생에게 온 소위 ‘러브 레터’의 봉투가 너저분하게 흩어졌고 그 알맹이도 여기저기 두서없이 펼쳐진 가운데 B여사 혼자 — 아모도 없이 제 혼자 일어나 앉았다. 누구를 끌어당길 듯이 두 팔을 벌이고 안경 벗은 근시안으로 잔뜩 한 곳을 노리며 그 굴비쪽 같은 얼굴에 말할 수 없이 애원하는 표정을 짓고는 ‘키스’를 기다리는 것같이 입을 쭝긋이 내어민 채 사내의 목청을 내어가면서 아깟말을 중얼거린다. 그러다가 그 넋두리가 끝날 겨를도 없이 급작스레 앵돌아지는 시늉을 내며 누구를 뿌리치는 듯이 연해 손짓을 하며 이번에는 톡톡 쏘는 계집의 음성을 지어,

“난 싫어요. 당신 같은 사내는 난 싫어요.” 하다가 제물에 자지러지게 웃는다. 그러더니 문득 편지 한 장을(물론 기숙생에게 온 ‘러브 레터’의 하나) 집어 들어 얼굴에 문지르며,

“정말씀이야요? 나를 그렇게 사랑하셔요? 당신의 목숨같이 나를 사랑하셔요? 나를, 이 나를.” 하고 몸을 추스르는데 그 음성은 분명히 울음의 가락을 띠었다.

“에그머니, 저게 웬일이야?”

첫째 처녀가 소곤거렸다.

“아마 미쳤나 보아. 밤중에 혼자 일어나서 왜 저러고 있을꾸?”

둘째처녀가 맞방망이를 친다.

---

3) 비두발괄: 비대발괄의 잘못. 억울한 사정을 하소연하면서 간절히 청하여 빎.

"에그 불쌍해!" 하고 셋째 처녀는 손으로 고인 때 모르는 눈물을 씻었다….

『조선문단』, 1925년

할머니의 죽음

'조모주 병환 위독.'

삼월 그믐날, 나는 이런 전보를 받았다. 이는 ××에 있는 생가에서 놓은 것이니 물론 생가 할머니의 병환이 위독하단 말이다. 병환이 위독은 하다해도 기실 모나게 무슨 병이 있는 게 아니라, 벌써 여든을 둘이나 넘은 그 할머니는 작년 봄부터 시름시름 기운이 쇠진해서 가끔 가물가물하기 때문에 그동안 자손들로 하여금 한두 번 바쁜 걸음을 아니 치게 하였다.

그 할머니의 오 년 맏이인 양조모는 갑자기 울기 시작하였다.

"아이고… 이승에서는 다시 못 보겠다. 동세라도 의로 말하면 친형제나 다름이 없었다… 육십 년을 하루같이 어데 뜻 한번 거슬러 보았을까…."

연해연방 이런 넋두리를 섞어 가며 양조모는 울었다. 운다 하여도 눈가장자리가 붉어지고 목소리가 떨릴 뿐이었다. 워낙 연만한 그는 제법 울음답게 울 근력조차 없었다.

"그래도 그 할머님은 팔자가 좋으시다. 자손이 늘은 듯하고… 아이고."

끝으로 이런 말을 하며 울음이 한숨으로 변하였다. 자기가 너무 수壽한 까닭으로 외동자들을 앞세워, 원怨이 되고 한이 되어, 노상 자기의 생을 저주하는 그는 아들이 둘 (본래 셋이더니 그 중에 중부仲父[1]가 일찍이 돌

1) 중부(仲父): 결혼을 한, 아버지의 형제 가운데 둘째 되는 이.

아갔다), 직손자가 여덟이나 되는 그 할머니를 언제든지 부러워하였다.

"지금 돌아가시면 호상好喪이지. 아드님의 백발이 허연데."라고, 양모도 맞방망이를 치며 눈을 멍하게 뜬다. 나도 과연 그렇기도 하겠다 싶었다.

나는 그날 밤차로 ××를 향하고 떠났다.

새로 석 점이 지나 기차를 나린 나는 벌써 돌아가시지나 않았나고, 염려를 마지않으며, 캄캄한 좁은 골목을 돌아들어 생가의 삽작柴扉[2] 가까이 다다를 제, 곡성이 나는 듯 나는 듯하여 마음이 조마조마하였다. 하건만 다행히 그 불길한 소리는 들리지 않았다. 삽작은 빠끔히 열려 있었다.

마당에 들어서니 추녀 끝에 달린 그름 앉은 괘등이 간 반밖에 아니 되는 마루와 좁직한 뜰을 쓸쓸하게 비쳐 있었다. 우물뚝과 장독간의 사이에, 위는 거적으로 덮고 양 가는 삿자리로 두른 울막을 보고, 나는 가슴이 덜컥하고 나려앉았다. — 상청喪廳이 아닌가? …그러나 나의 어림짐작은 틀리었다. 마루에 올라선 내가 안방, 아랫방에서 뛰어나온 잠 못 잔 피로한 얼골들에게 이끌리어, 할머니의 거처하는 단칸 건넌방으로 들어가니, 할머니는 깔아진 듯이 아랫목에 누웠으되 오히려 숨은 붙어 있었다. 그 앞에 앉는 나를 생선의 그것 같은 흐릿한 눈자위로 의아롭게 바라본다.

"애가 누구입니까? 어머니, 애가 누구입니까?"

예안 이씨禮安李氏로 예절 알기와 효성 있기로 집안 중에 유명한 중모仲母는 나를 가리키며 병자의 귀에 대고 부르짖었다.

"몰라…."

환자는 담이 그르렁그르렁하면서 귀찮은 듯이 대꾸하였다.

"제가 누구입니까? 할머니!"

---

2) 삽작: 시비(柴扉). 대문을 뜻하는 경상도 사투리.

나는 그 검버섯이 어룽어룽한 뼈만 남은 손을 만지며 물어 보았다. 나의 소리는 떨리었다.

"저를 모르시겠습니까? 제가 ○○이 아닙니까?"

"응, 네가 ○○이냐…."

우는 듯이 이런 말을 하고, 그윽하나마 내가 잡은 손에 힘을 주는 듯하였다.

그 개개풀린 눈동자 가운데도 반기는 빛이 역력히 움직였다.

할머니의 병환이 어젯밤에는 매우 위중해서 모두 밤새움을 한 일, 누구누구 자손을 찾던 일, 그 중에 내 이름도 부르던 일, 지금은 팔결 돌린 일…, 온갖 것을 중모는 나에게 알으켜 주었다.

나는 그날 밤을 누울락 앉으락 깰락 졸락 할머니 곁에서 밝히었다. 모였던 자손들이 제각기 돌아간 뒤에도 중모만은 할머니 곁을 떠나지 않았다. 불교의 독신자인 그는 잠 오는 눈을 비비기도 하고 기침으로 목청을 가다듬기도 하면서 밤새도록 염불을 그치지 않았다. 그 소리는 적적한 새벽녘에 해가歌와 같이 처량히 들리었다. 나는 새삼스럽게 그 효심의 지극함과 그 정성의 놀라움에 탄복하였다.

아츰저녁으로 각지에 흩어져 있는 자손들이 모여들기 시작하였다. 방이라야 단지 셋밖에 없는데, 안방은 어머니, 형수들이 점령하고, 뜰아랫방 하나 있는 것은 아버지, 삼촌, 당숙들에게 빼앗긴 우리 젊은이 패 — 사육촌 형제들은 밤이 되어도 단 한 시간을 눈 붙일 곳이 없었다. 이웃집과 누누이 교섭한 끝에 방 한 칸을 빌려서 번차례로 조금씩 쉬기로 하였다. 이 짧은 휴식이나마 곰부임부 교란되었나니 그것은 삼 분 들이로 집에서 불러 들이는 까닭이다. 아버지와 삼촌네들의 큰 심부름, 잔심부름도 적지 않았지만 할머니 곁에 혼자 앉은 중모의 꾸준한 명령일 때가 많았다. 더욱이 밤새 한 시에나 두 시에나 간신히 잠을 들어 꿀보담 더 단

잠이 왼 몸에 나른하게 퍼진 새벽녘에, 우리는 끄들리어 일어나는 수밖에 없었다.

"할머님 병환이 이렇듯 위중하신데 너희는 태평 치고 잠을 잔단 말이냐?"

우리가 건넌방에 들어서면 그는 다짜고짜로 야단을 쳤다. 그 중에도 가장 나이 어리고 만만한 내가 이 꾸중받이가 되었다. 인정사정없는 그의 태도가 불쾌는 하였지만 도덕적 우월을 아는 우리는 대꾸 한 마디 할 수 없었다.

"다들 뭐란 말이냐. 나는 한 달이나 밤을 새웠다. 며칠들이나 된다고."

졸음 오는 눈을 비비는 우리를 보고 그는 자랑스럽게 또 이런 꾸중도 하였다.

'놀라운 효성을 부리는 게 도모지 우리 야단 칠 밑천을 장만하는 게로구나.'

나는 속으로 꿀꺽꿀꺽하며 이런 생각을 하였다.

한 번은 또 그의 명령으로 우리는 건넌방에 모여들었다. 그 방문은 열어젖히었는데 문지방 위에 할머니의 지팽이가 놓이고 그 밑에 또 신으시던 신이 놓여 있었다. 방안 할머니의 머리맡 벽에는 다라니陀羅尼가 걸리었다.

"할머니가 운명을 하시나 부다!"

우리는 번개같이 이런 생각을 하며 할머니 곁으로 다가들었다. 그는 담을 그르렁거리며 혼혼昏昏[3]히 누워 있었다. 중모는 흐르는 눈물을 걷잡지 못하며, 그의 귀에 들이대고 울음소리로 아미타불과 지장보살을 구슬프게 부르짖고 있었다.

---

3) 혼혼: 어두운 모양.

한동안 엄숙한 긴장이 여기 있었다. 모두 같은 일을 기대하면서.

십 분! 이십 분! 환자의 신상에는 아모 별증이 나타나지 않았다.

"아마, 잠이 드신 모양입니다."

이윽고 아버지가 이 긴장한 침묵을 깨뜨렸다. 그리고 중모를 향하여, "잠 주무시게스리 염불을 고만 외십시오." 하고 나가 버렸다. 그 뒤를 따라 빽빽하게 들어섰던 자손들이 하나씩 둘씩 헤어졌다.

그래도 눈물을 섞어가며 염불을 마지않던 중모가 얼마 뒤에 제물에 부처님 찾기를 끈치었다. 그리고 끝끝내 남아 있던 나에게, 할머니가 중모가 왔다고 하던 일, 자기를 다리러 교군이 왔다던 일, 중모의 손을 잡아비틀며 어서 가자고 야단을 치던 일을 이야기하였다. 그러다가 숨구녕에서 무엇이 꿀꺽하더니 고만 저렇게 정신을 잃으신 것을 설명해 들기었다.

그 날 저녁때에 할머니는 여상히 깨어났었다. 이런 일이 한두 번이 아니었다. 몇 번이나 신과 지팡이가 놓였다 치웠다, 다라니가 벽에 걸리었다 떼였다하였다. 그러는 동안에 자손의 얼골은 자꾸 자꾸 축이 나 갔었다. 말하기는 안 되었지만 모두 불언 중에 할머니의 하로바삐 끝장나기를 기다리고 있었다. 관조차 맞추어서 칠까지 먹여 놓았다. 내가 처음 오던 날 상청이 아닌가고 놀래던 그 울막도 이 관을 놓아두려는 의지간이었다.

그러하건만 할머니는 연해 한 모양으로 그물그물하다가 또 정신을 차리었다. 아니, 정신이 돌아오는 때가 도리어 많아 간다. 자기 앞에 들어서는 자손들을, 거의 틀림없이 알아맞히었다.

그리고 가끔 몸부림을 치면서 일으켜 달라고 야단을 쳤다. 이럴 때에 중모는 기벽스럽게도 염불을 모시었다.

"어머니 어머니, 가만히 계셔요, 가만히 계셔요."

그는 몸부림하는 할머니를 제지하면서 이렇게 타일렀다.

"저를 따라 염불을 외셔요. 나무아미타불, 나무아비타불."

"나 일어날란다."

"에그, 왜 그러셔요? 가만히 계셔요, 제발 덕분에. 나무아미타불, 나무아미타불…."

"나무아미타불, 나무아미타불."

할머니는 마지못하여 중모를 따라 두어 번 입술을 달싹달싹하더니, 또 얼골을 찡그리며 애원하는 어조로,

"인제 고만 뫼시고 날 좀 일으켜 다고. 내 인제 고만 가련다."

"인제 가셔요! 가만히 누워 가시지요. 왜 일어나시긴. 나무아미타불… 왕생극락… 나무아미타불…."

할머니는 귀찮아 못 견디겠다는 듯이 팔을 내어저으며,

"듣기 싫다! 염불소리 듣기 싫다! 인제 고만 해라." 하며 몸을 일으키려고 애를 쓴다.

"그게 무슨 말씀입니까?"

중모는 질색을 하며 더욱 비장하게 부처님을 찾았다.

"듣기 싫다! 듣기 싫어. 나는 고만 갈 테야."

할머니는 또 이렇게 재우쳤다.

나는 이 광경을 보고 적이 의외의 감이 있었다 — 할머니는 중모보담 못하잖은 불교의 독신자이다. 몇십 년을 하루같이 새벽마다 만수향을 켜 놓고, 염불 모시기를 잊지 않은 어른이다. 정신이 혼혼된 뒤에도 염주 담은 상자와 만수향만은 일일이 아랑곳하던 어른이다.

하로도 만수향을 "…세 갑 네 갑 켜시겠지. 금방 사다 드리면 세 개씩 네 개 씩 당장 다 켜 버리시고 또 안 사온다고 꾸중이시구나…."

작년 가을, 내가 귀성하였을 제, 계모가 웃으며, 할머니의 노망 이야기

를 하는 가운데 만수향 켜는 것을 그 하나로 헤아렸다.

그리하던 할머니가 왜 지금 와서 염불을 듣기 싫다는가? 그다지 할머니는 일어나고 싶으신가? 죽어 가면서도 일어나려는 이 본능 앞에는 모든 것이 권위를 잃는 것인가?

“저렇게 일어나시려니 좀 일으켜 드리지요.”

나는 보다 못해 이런 말을 하였다.

“안 된다, 일으켜 드릴 수가 없다. 하도 저러시길래 한 번 일으켜 드렸더니 어떻게 아파하시는지 차마 뵈올 수가 없었다.”

“어째 그래요?”

나는 이렇게 반문하였다. 이 반문에 대한 중모의 설명은 더욱 놀랠 것이었다.

할머니가 작년 봄부터 맑은 정신을 잃은 결과에 늙은이가 어린애 된다고 뒤를 가리지 않게 되었다. 게다가 이 두어 달 전부터 무엇을 자꾸 청해 잡수시고 옷에고 욧바닥에 함부로 뒤를 보았다. 그것을 얼른 빨아 드리지 못한 때문에 제물에 뭉켜지고 말라붙은 데다가 뜨거운 불목에 데이어, 궁둥이 언저리가 모두 벗겨졌다. 그러므로 일어나려면 그 곳이 땅기고 배기어 아파하는 것이라 한다.

이 말을 들은 나는 할머니를 모로 누이고 그 상처를 보았다. 그 자리는 손바닥 넓이만치나 빨갛게 단 쇠로 지진 듯이 시커멓게 벗겨졌는데 그 위에는 하얀 해가 징그럽게 끼었고 그 가장자리는 독기를 품고 아른아른히 부르터 올라 있다. 나는 차마 더 볼 수가 없었다!

이것이 무슨 일인가! 양조모, 양모가 부러워하던 늘은 듯한 자손은 다 무엇을 하고 우리 할머니를 이 지경이 되게 하였는가? 왜 자조 옷을 갈아 입혀드리며 빨아 드리지 못하였는가? 나는 이 직접 책임인 계모가 더할 수 없이 괘씸하였다.

그러나 가만히 생각해 보면 그를 그르다고도 할 수 없다. 위에도 말하였거니와 할머니가 이리 된 지는 하로 이틀이 아니다. 벌써 몇 달이 되었다. 이 긴 시일에 제 아모리 효부라 한들 하로도 몇 번을 흘리는 뒤를 그때 족족 빨아낼 수 없으리라. 더구나 밤에 그런 것이야 일일이 알 수도 없으리라.

하물며 계모는 시집오던 첫날밤부터 골머리를 앓으리만큼 큰 병객이다.

병명은 의원을 따라 혹은 변두머리라고도 하고, 혹은 뇌진이라고도 하고, 혹은 선천부족先天不足이라고도 하였지마는 하나도 곤쳐 주지는 못하였다. 삼십이 될락 말락 하건만 육십이나 칠십이 다 된 노인 모양으로 주야장천 자리보전하고 누워있는 터이다. 제 몸이 괴로우니 모든 것이 싫은 것이다. 그리고 나까지 아우르면 아버지 슬하에 아들만 넷이나 되건마는 지금 육십 노경에 받드는 어느 아들 어느 며느리 하나 없다. 집안이 넉넉지 못한 탓으로, 사방에 흩어져서 제 입 풀칠하기에 눈코를 못 뜨는 까닭이다.

이 책임을 누구에게 돌릴까? 나는 알 수가 없었다. 쓴 물만 입안에 돌 뿐이었다.

그 후에 또 이런 일이 있었다. 어느 때 내가 할머니 곁에 갔을 적이었다.

할머니는 그 뼈만 남은 손으로 나의 손을 만지고 있었다.

"ㅇㅇ아, ㅇㅇ아!"

할머니는 문득 나를 불렀다.

"인제는 다시 못 보겠다, 인제는 다시 못 보겠다."

"왜 그런 말씀을 하십니까?"

"인제 내가 안 죽니? 그런데 너 내 청 하나 들어 주겠니?"

"네? 무슨 말씀입니까?"

"나, 날 좀 일으켜 다고."

나는 눈물이 날듯이 감동하였다. 어찌 차마 이 청을 떼칠 건가. 나는 다짜고짜로 두 손을 할머니 어깨 밑으로 넣으려 하였다. 이것을 본 중모는 깜짝 놀라며 나를 말리었다.

"얘, 네가 왜 또 그러니? 일으켜 드리면 아파하신대도 그 애가 그러네."

"그 때 약을 사다 드렸으니 그 자리가 인제는 아물었겠지요."

나는 데었단 말을 듣는 그 날, 약 사다 드린 것을 생각하고 이런 말을 하였다.

"아니야, 아즉 다 낫지 않았어. 오늘 아츰에도 일으켜 드렸더니 몹시 아파 하시더라."

나는 주춤하였다. 할머니의 앓는 것이 애처로웠음이다.

"어머니! 어머니! 가만히 누워 계셔요. 네? 일어나시면 아프십니다."

중모는 또 잔상히 타이르듯 말하였다. 할머니는 물끄러미 나와 중모를 번갈아 보시더니 단념한 듯이 눈을 감았다. 한참 앉아 있다가 나는 몸을 일으켰다. 이때에 할머니가 눈을 번쩍 뜨며 문득,

"어데를 가?"라고 물었다. 나는 주춤 발길을 멈추었다.

할머니는 퀭한 눈으로 이윽히 나를 쳐다보더니 무엇을 잡을 듯이 손을 내어 저으며 우는 듯한 소리로,

"서방님! 제발 나를 좀 일으켜 주십시오. 서방님! 제발 나를 좀 일으켜 주십시오."라고 부르짖었다.

"에그머니! 그게 무슨 말씀입니까? 그 애가 ㅇㅇ이 아닙니까? 서방님이 무엇이야요?"

중모는 바싹 할머니에게 다가들며 애처롭게 알으켜 드렸다. 이 때 마츰 할머니의 잡수실 배梨즙을 가지고 들어오던 둘째 형수가 무슨 구경거리나 생긴 듯이 안방을 향하고 외쳤다.

"에그 할머니 좀 보아요. 서울 아지버님더러 서방님! 서방님! 하십니

다.”

이 외침을 듣고 자부와 손부들은 모여들었다. 그들의 눈은 호기심에 번쩍이고 있었다.

나는 또 할머니의 청을 물리칠 수는 없었다. 그것이 어떠한 나쁜 영향을 초치招致할지라도 아니 일으켜 드릴 수가 없었다.

그러나 할머니는 욧바닥 위로 반 자를 떠나지 못하여,

“아야야….”라고 외마디 소리를 쳤다. 나는 얼른 들어올리던 손을 빼는 수박에 없었다.

다시금 눕기 싫어하던 요 위에 누운 뒤에도 할머니는 앓기를 마지않았다.

나는 적지 아니한 꾸중을 모시었다.

이윽고 조금 진정이 되더니만 또 팔을 내저으며 기를 쓰고 가슴을 덮은 이불자락을 자꾸자꾸 밀어 나리었다. 감기나 들까 염려하는 중모는 그것을 꾸준히 도루 집어 올리었다.

할머니는 또 손을 내어밀더니 이번에는 내 조끼 단추를 붙잡아 다리었다.

“왜 이리 하십니까? 단추를 빼란 말씀입니까?”

할머니는 고개를 끄덕이었다. 끄덕였다 하여도 끄덕이려는 의사를 보였을 뿐이었다. 나는 단추 한 개를 뺐다. 그래도 할머니는 자꾸 조끼의 단추와 씨름을 마지아니하였다. 나는 단추를 낱낱이 빼는 수박에 없었다. 그러고 나니 그는 또 옷고름과 실랑이를 시작하였다.

“옷고름을 끄를까요?”

“응.”

나는 또 옷고름을 끌렀다. 끄른 뒤엔 할머니는 또 소매를 잡아다리었다.

“왜 이리 하셔요?”

“버 벗어라…. 답답지 않니?”

여기저기서 물어 멈추려고 애쓰는 웃음이 키키 하였다.

나는 경멸과 모욕의 시선을 그들에게 던지었다. 자기가 얼마나 답답하고 갑갑하기에 나의 단추 끼운 것과 옷고름 맨 것과 저고리 입은 것조차 답답해 보일 것이랴! 여기는 쓰디쓴 눈물과 살을 저미는 슬픔이 있어야 하겠거늘 이 기막힌 광경을 조소로 맞아야 옳을까?

나는 곧 그들에게 침이라도 배앝고 싶었다. 하되 나의 마음을 냉정하게 살펴본즉 슬프다! 나에게는 그들을 모욕할 권리가 없었다. 형수들 앞에서 앞가슴을 풀어 젖히려는 할머니가 민망스럽기도 하고 딱하기도 하였다. 환자를 가엾다 생각하면서도 나의 속 어데인지 웃음이 움직인 것은 부정할 수 없는 사실이었다. 더구나 내가 젊은이 패가 모인 이웃집 방에 들어갔을 때 무슨 자미스러운 일이나 보고 온 사람 모양으로 득의양양히 이 이야기를 하고서 허리를 분질렀다….

거기에서는 할머니의 병세에 대하여 의론이 분분하였다. 그들은 하나도 한가한 이가 없었다. 혹은 변호사, 혹은 은행원, 혹은 회사원으로 다 무한년하고 있을 수 없는 형편이었다.

"나는 암만해도 내일은 좀 가 보아야 되겠는데… 나는 그 전보를 보고 벌써 돌아가신 줄 알았어. 올 때에 친구들이 북포北布니 뭐니 부의賻儀를 주길래, 아즉 돌아가시지도 않았는데 이게 웬일이냐 하니까, 그 사람들 말이 돌아가셔도 자손들에겐 그렇게 전보를 놓느니, 하데그려. 그래 모두 받아왔는데… 허허허…."

그 중에 제일 연장자로, 쾌활하고 말 잘하는 백형은 웃음 섞어 이런 말을 하고 있었다.

"…암만해도 오늘내일 돌아가실 것 같지는 않은데… 이거 큰일 났는걸. 가는 수도 없고…."

"딴은 곧 돌아가실 것 같지는 않아…."

은행원으로 있는 육촌은 이렇게 맞방망이를 쳤다.

"의사를 불러서 진단을 해 보는 것이 어떨까요?"
부산 방직회사에 다니는 사촌이 이런 제의를 하였다.
"옳지. 참 그래 보아야 되겠군."
아버지께 이 사연을 아뢰었다.
"시방 그물그물하시지 않나? 그러면 하여간 의원을 좀 불러 올까?"
의원은 아버지와 절친한 김 주부를 청해 오기로 하였다.
갓을 쓴 그 의원은 얼마 아니 되어 미륵 같은 몸뚱아리를 환자 방에 나타내었다 매우 정신을 모으는 듯이 눈을 나리 감고 한나절이나 집맥을 하더니 고개를 절레절레 흔들며 물러앉는다.
"매우 말씀하기 안되었소마는 아마 오늘밤 아니면 내일은 못 넘길 것 같소."
매우 말하기 어려운 듯이, 기실 조금도 말하기 어렵지 않는 듯이 그 의원은 최후의 판결을 언도하였다.
"글쎄 그래. 워낙 노쇠하셔서 오래 부지를 하실 수 없지…."
그러면 그렇지 하는 얼골로 아버지는 맞방망이를 쳤다.
가려던 자손은 또 붙잡히었다. 그러나 할머니는 그 날 저녁부터 한결 돌리었다. 가끔 잡수실 것을 찾기도 하였다. 잡숫는 건 쭉하여야 배즙, 국물에 만 한 술도 안 되는 진지였다. — 죽과 미음은 입에 대기도 싫어하였다. 그리고 전일에 발라 드린 양약이 효험이 나서 상처가 아물었던지 자부와 손부에게 부축되어 꽤 오래 일어나 앉아 있게도 되었다.
그 이튿날이 무사히 지나가자 한의의 무지를 비소하고, 다른 것은 몰라도 환자의 수명이 어느 때까지 계속될 시간 아는 데 들어서는 양의가 나으리란 우리 젊은 패의 주장에 의하여 ㅇㅇ의원 원장으로 있는 천엽千葉 의학사醫學士를 불러 오게 되었다.
그는 진찰한 결과에 다른 증세만 겹치지 않으면 이삼 주일은 무려無慮

하리라 하였다.

"그래, 그저 그럴 거야. 아즉 괜찮으신데 백주에 서둘고 야단을 하였지." 하고 일이 바쁜 백형은 그날 밤으로 떠나갔다.

그 이튿날 아츰이었다.

우리가 집에 돌아오니까 할머니 곁을 떠난 적 없던 중모가 마당에서 한가롭게 할머니의 뒤 흘린 바지를 빨고 있다가 웃는 낯으로 우리를 맞으며,

"할머님이 오늘 아츰에는 혼자 일어나셨다. 시방 진지를 잡수시고 계시다. 어서 들어가 보아라."

나는 뛰어 들어갔다. 자부와 손부의 신기해 여기는 시선을 받으면서 할머니는 정말 진지를 잡숫고 있었다.

나는 빙글빙글 웃으며,

"할머니, 어떻게 일어나셨습니까?"

할머니는 합죽한 입을 오물오물하여, 막 떠 넣은 밥 알맹이를 삼키고,

"내가 혼자 일어났지, 어떻게 일어나긴. 흉악한 놈들! 암만 일으켜 달라니 어데 일으켜 주어야지. 인제 나 혼자라도 일어난다." 하며 자랑스럽게 대답하였다.

"어제 의원이 왔지요. 인제 할머니가 곧 나으신대요."

"정말 낫겠다고 하던? 응?" 하고, 검버섯 핀 주름을 밀며, 흔연한 웃음의 그림자가 오래간만에 그의 볼을 스치었다.

나의 눈엔 어쩐지 눈물이 핑 돌았다.

그 날 밤차로 모였던 자손들은 제각기 흩어졌다. 나도 그 날 밤에 서울로 올라왔다.

어느 아름다운 봄날이었다. — 말갛게 개인 하늘은 구름 한 점도 없고 아른아른한 아지랑이가 그 하늘거리는 깁 올로 봄 비단을 짜내는 어느

아름다운 봄날이었다. 나는 깨끗하게 춘복을 차리고 친구 몇몇과 우이동 앵화櫻花구경을 막 나가려던 때이었다. 이때에 뜻 아니한 전보 한 장이 닥치었다.

'오전 삼시 조모주 별세.'

『백조』, 1923년

고향 – 그의 얼굴

대구에서 서울로 올라오는 차중에서 생긴 일이다. 나는 나와 마주 앉은 그를 매우 흥미 있게 바라보고 또 바라보았다. 두루막 격으로 '기모노'를 둘렀고 그 안에선 옥양목 저고리가 내어 보이며 아랫도리엔 중국식 바지를 입었다. 그것은 그네들이 흔히 입는 유지모양으로 번질번질한 암갈색 피륙으로 지은 것이었다. 그러고 발은 감발을 하였는데 짚신을 신었고 '고부가리'로 깎은 머리엔 모자도 쓰지 않았다. 우연히 이따금 기묘한 모임을 꾸미는 것이다. 우리가 자리를 잡은 찻간에는 공교롭게 세 나라 사람이 다 모이었으니 내 옆에는 중국 사람이 기대었다. 그의 옆에는 일본 사람이 앉아 있었다. 그는 동양 삼국 옷을 한 몸에 감은 보람이 있어 일본말로 곧잘 철철 대이거니와 중국말에도 그리 서툴지 않은 모양이었다.

"도코마데 오이데 데수카?" 하고 첫마디를 걸더니만 동경이 어떠니 대판이 어떠니, 조선 사람은 고추를 끔찍이 많이 먹는다는 둥, 일본 음식은 너무 싱거워서 처음에는 속이 뉘엿거린다는 둥, 횡설수설 지껄이다가 일본 사람이 엄지와 검지 손가락으로 짜르게 끊은 꼿꼿한 윗수염을 비비면서 마지못해 까땍까땍하는 고개와 함께 '소데수까'란 한 마디로 코대답을 할 따름이요, 잘 받아 주지 않으매, 그는 또 중국인을 붙들고 실랭이를 한다.

"네쌍나을취?"

"니씽섬마?" 하고 덤벼보았으나 중국인 또한 그 기름 끼인 뚜우한 얼골에 수수께끼 같은 웃음을 띠울 뿐이요 별로 대꾸를 하지 않았건만 그래도 무에라고 연해 웅얼거리면서 나를 보고 웃어 보였다.

그것은 마침 짐승을 놀리는 요술쟁이가 구경꾼을 바라볼 때처럼 훌륭한 제 재조를 갈채해 달라는 웃음이었다. 나는 쌀쌀하게 그의 시선을 피해 버렸다. 그 주적대는 꼴이 어쭙잖고 밉살스러웠음이다. 그는 잠깐 입을 닥치고 무료한 듯이 머리를 더억더억 긁기도 하며 손톱을 이로 물어뜯기도 하고 멀거니 창밖을 내다보기도 하다가 암만해도 지절대지 않고는 못 참겠던지 문득 나에게로 향하며,

"어데까정 가는기오?"라고 경상도 사투리로 말을 붙인다.

"서울까지 가오"

"그런기오? 참 반갑구마, 나도 서울꺼정 가는데 그러면 우리 동행이 되겠구마."

나는 이 지나치게 반가워하는 말씨에 대하여 무에라고 대답할 말도 없고 또 굳이 대답하기도 싫기에 덤덤히 입을 닫쳐 버렸다.

"서울에 오래 살았는기오?"

그는 또 물었다.

"육칠 년이나 됩니다."

조금 성가시다 싶었으되 대꾸 않을 수도 없었다.

"에이구 오래 살았구마, 나는 처음 길인데 우리 같은 막벌이꾼이 차를 나려서 어데로 찾아가야 되겠는기오? 일본으로 말하면 '기진야드[1]'같은 것이 있는기오?" 하고 그는 답답한 제 신세를 생각했던지 찡그려 보였다. 그때 나는 그의 얼골이 웃기보담 찡그리기에 가장 적당한 얼골임을

---

1) 기진야드: 노동자 숙소, 합숙소.

발견하였다. 군데군데 찢어진 경성드뭇한 눈썹이 알알이 일어서며 아래로 축 처지는 서슬에 양미간에는 여러 가닥 주름이 잡히고 광대뼈 위로 뺨 살이 실룩실룩 보이자 두 볼은 쪽 빨아든다. 입은 소태나 먹은 것처럼 왼편으로 삐뚤어지게 찢어 올라가고, 조이던 눈엔 눈물이 괴인 듯 삼십 세밖에 안 되어 보이는 그 얼골이 십 년 가량은 늙어진 듯하였다. 나는 그 신산辛酸스러운 표정이 얼마쯤 감동이 되어서 그에게 대한 반감이 풀려지는 듯하였다.

"글쎄요, 아마 노동 숙박소란 것이 있지요."

노동 숙박소에 대해서 미주알고주알 묻고 나서,

"시방 가면 무슨 일자리를 구하겠는기오?"라고 그는 매어 달리는 듯이 또 채쳤다.

"글쎄요? 무슨 일자리를 구할 수 있을는지요."

나는 내 대답이 너무 냉랭하고 불친절한 것이 죄송스러웠다. 그러나 일자리에 대하여 아모 지식이 없는 나로서는 이외에 더 좋은 대답을 해 줄 수가 없었던 것이다. 그 대신 나는 은근하게 물었다.

"어데서 오시는 길입니까?"

"흥, 고향에서 오누마." 하고 그는 휘 한숨을 쉬었다. 그러자 그의 신세타령의 실마리는 풀려 나왔다. 그의 고향은 대구에서 멀지 않은 K군 H란 외따른 동리였다. 한 백호 남짓한 그 곳 주민은 전부가 역둔토를 파먹고 살았는데 역둔토로 말하면 사삿집 땅을 부치는 것보담 떨어지는 것이 후하였다. 그러므로 넉넉지는 못할망정 평화로운 농촌으로 남부럽지 않게 지낼 수 있었다. 그러나 세상이 뒤바뀌자 그 땅은 전부가 동양척식회사의 소유에 들어가고 말았다. 직접으로 회사에 소작료를 바치게나 되었으면 그래도 나으련마는 소위 중간 소작인이란 것이 생겨나서 저는 손에 흙 한번 만져 보지도 않고 동척엔 소작인 노릇을 하며 실작인에게는 지주 행세를 하게 되었다. 동척에 소작료를 물고 나서 또 중간소작인에게 긁히고 보니 실작인의 손에는 소출의 삼 할도 떨어지지 않았다. 그 후로 '죽겠다' '못살겠다' 하는 소리는 중이 염불하듯 그들의 입길에서 오르나리게 되었다. 남부여대[2)]하고 타처로 유리하는 사람만 늘고 동리는 점점 쇠진해갔다.

지금으로부터 구 년 전 그가 열일곱 살 되던 해 봄에(그의 나이는 실상 스물여섯이었다. 가난과 고생이 얼마나 사람을 늙히는가) 그의 집안은 살기 좋다는 바람에 서간도로 이사를 갔었다. 쫓겨 가는 이의 운명이어든 어데를 간들 신신하랴. 그 곳의 비옥한 전야도 그들을 위하여 열려질 리 없었다.

조금 좋은 땅은 먼저 간 이가 모조리 차지를 하였고 황무지는 비록 많다하나 그곳 당도하던 날부터 아츰거리 저녁거리 걱정이라, 무슨 행세로 적어도 일 년이란 장구한 세월을 먹고 입어 가며 거친 땅을 풀 수가 있으랴. 남의 밭천을 얻어서 농사를 짓고 보니 가을이 되어 얻는 것은 빈주먹뿐이었다.

이태 동안을 사는 것이 아니라 억지로 버티어 갈 제 그의 아버지는 우연히 병을 얻어 타국의 외로운 혼이 되고 말았다. 열아홉 살밖에 안 된 그가 홀어머니를 모시고 악으로 악으로 모진 목숨을 이어가던 중, 사 년이 못 되어 영양 부족한 몸이 심한 노동에 지친 탓으로 그의 어머니 또한 죽고 말았다.

"모친꺼정 돌아갔구마."

"돌아가실 때 흰죽 한 모금도 못 자셨구마." 하고 이야기하던 이는 문

2) 남부여대: 남자는 짐을 등에 지고, 여자는 짐을 머리에 인다는 뜻으로, 가난한 사람이나 재난을 당한 사람들이 살 곳을 찾아 이리저리 떠돌아다니는 것을 이르는 말.

득 말을 뚝 끊는다. 그의 눈이 번들번들함은 눈물이 쏟아졌음이리라. 나는 무엇이라고 위로할 말을 몰랐다. 한동안 머뭇머뭇이 있다가 나는 차를 탈 때에 친구들이 사 준 정종병 마개를 빼었다. 찻잔에 부어서 그도 마시고 나도 마시었다. 악착한 운명이 던져준 깊은 슬픔을

술로 녹이려는 듯이 연겨푸 다섯 잔을 마신 그는 다시 말을 계속하였다. 그 후 그는 부모 잃은 땅에 오래 머물기 싫었다. 신의주로 안동현으로 품을 팔다가 일본으로 또 벌이를 찾아가게 되었다. 구주 탄광에 있어도 보고 대판 철공장에도 몸을 담아 보았다. 벌이는 조금 나았으나 외롭고 젊은 몸은 자연히 방탕해졌다. 돈은 모을래야 모을 수 없고 이따금 울화만 치받치기 때문에 한 곳에 주접을 하고 있을 수 없었다. 화도 나고 고국산천이 그립기도하여서 훌쩍 뛰어 나왔다가 오래간만에 고향을 둘러보고 벌이를 구할 겸 구경도 할 겸 서울로 올라가는 길이라 한다.

"고향에 가시니 반가워하는 사람이 있습디까?"

나는 탄식하였다.

"반가워하는 사람이 다 뭔기오? 고향이 통 없어졌더마."

"그렇겠지요. 구 년 동안이면 퍽 변했겠지요."

"변하고 무어고 간에 아모 것도 없더마. 집도 없고, 사람도 없고, 개 한 마리도 얼씬을 않더마."

"그러면 아주 폐동이 되었단 말씀이오?"

"흥, 그렇구마. 무너지다가 담만 즐비하게 남았더마. 우리 살던 집도 터야 안 남았겠는기오? 암만 찾아도 못 찾겠더마. 사람 살던 동리가 그렇게 된 것을 혹 구경 했는기오?" 하고 그의 짜는 듯한 목은 높아졌다.

"썩어 넘어진 서까래, 뚤뚤 구르는 주추는! 꼭 무덤을 파서 해골을 헐어 젖혀 놓은 것 같더마. 세상에 이런 일도 있는기오? 백 여 호 살던 동리가 십 년이 못 되어 통 없어지는 수도 있는기오? 후!" 하고 그는 한숨

을 쉬며 그 때의 광경을 눈앞에 그리는 듯이 멀거니 먼 산을 보다가 내가 따라 준 술을 꿀꺽 들이켜고,

"참! 가슴이 터지더마, 가슴이 터져." 하자마자 굵직한 눈물 두어 방울이 뚝뚝 떨어진다.

나는 그 눈물 가운데 음산하고 비참한 조선의 얼골을 똑똑히 본 듯싶었다.

이윽고 나는 이런 말을 물었다.

"그래, 이번 길에 고향 사람은 하나도 못 만났습니까?"

"하나 만났구마, 단지 하나."

"친척 되시는 분이던가요?"

"아니구마, 한 이웃에 살던 사람이구마." 하고 그의 얼골은 더욱 침울해진다.

"여간 반갑지 않으셨겠지요?"

"반갑다 말다, 죽은 사람을 만난 것 같더마. 더구나 그 사람은 나와 까닭도 좀 있던 사람인데…."

"까닭이라니?"

"나와 혼인 말이 있던 여자구마."

"하—."

나는 놀랜 듯이 벌린 입이 다물어지지 않았다.

'그 신세도 내 신세만이나 하구나.' 하고 그는 또 이야기를 계속하였다. 그 여자는 자기보담 나이 두 살 위였는데 한 이웃에 사는 탓으로 같이 놀기도 하고 싸우기도 하며 자라났었다. 그가 열 네댓 살적부터 그들 부모 사이에 혼인 말이 있었고 그도 어린 마음에 매우 탐탁하게 생각하였었다 . 그런데 그 처녀가 열일곱 살 된 겨울에 별안간 간 곳을 모르게 되었다. 알고 보니 그 아비 되는 자가 이십 원을 받고 대구 유곽[3)]에 팔아먹

은 것이었다. 그 소문이 퍼지자 그 처녀 가족은 그 동리에서 못 살고 멀리 이사를 갔는데 그 후로는 물론 피차에 한 번 만나보지도 못하였다. 이번에야 빈터만 남은 고향을 구경하고 돌아오는 길에 읍내에서 그 안해될 뻔한 댁과 마주치게 되었다. 처녀는 어떤 일본 사람 집에서 아이를 보고 있었다. 궐녀는 이십 원 몸값을 십년을 두고 갚았건만 그래도 주인에게 빚이 육십 원이나 남았었는데 몸에 몹쓸 병이 들고 나이 늙어져서 산송장이 되니까 주인 되는 자가 특별히 빚을 탕감해 주고 작년 가을에야 놓아준 것이었다. 궐녀도 자기와 같이 십 년 동안이나 그리던 고향에 찾아오니까 거기는 집도 없고 부모도 없고 쓸쓸한 돌무더기만 눈물을 자아낼 뿐이었다. 하로 해를 울어 보내고 읍내로 들어와서 돌아다니다가 십 년 동안에 한 마디 두 마디 배워두었던 일본말 덕택으로 그 일본 집에 있게 된 것이었다.

"암만 사람이 변하기로 어째 그렇게도 변하는기오? 그 숱 많던 머리가 훌렁 다 벗어졌더마. 눈은 폭 들어가고 그 이들이들하던 얼골빛도 마치 유산[4]을 끼얹은 듯하더마."

"서로 붙잡고 많이 우셨겠지요?"

"눈물도 안 나오더마. 일본 우동집에 들어가서 둘이서 정종만 한 열 병 따려 누이고 헤어졌구마." 하고 가슴을 짜는 듯이 괴로운 한숨을 쉬더니만 그는 지낸 슬픔을 새록새록이 자아내어 마음을 새기기에 지치었음이더라.

"이야기를 다 하면 무얼하는기오?" 하고 쓸쓸하게 입을 다문다. 내 또한 너무도 참옥한 사람살이를 듣기에 쓴 물이 났다.

---

3) 유곽: 창녀들을 일정한 구획 안에 모아 영업한 공인매음업소 또는 공인매음지역.

4) 유산: 황산.

"자, 우리 술이나 마저 먹읍시다." 하고 우리는 서로 주거니 받거니 한 되 병을 다 말리고 말았다. 그는 취흥에 겨워서 우리가 어릴 때 멋모르고 부르던 노래를 읊조리었다.

볏섬이나 나는 전토는
신작로가 되고요－
말마디나 하는 친구는
감옥소로 가고요－
담뱃대나 떠는 노인은
공동묘지 가고요－
인물이나 좋은 계집은
유곽으로 가고요－

『조선일보』, 1926년

빈처

1

"그것이 어째 없을까?"

아내가 장문을 열고 무엇을 찾더니 입안말로 중얼거린다.

"무엇이 없어?"

나는 우두커니 책상머리에 앉아서 책장만 뒤적뒤적하다가 물어 보았다.

"모본단 저고리가 하나 남았는데…."

"…."

나는 그만 묵묵하였다. 아내가 그것을 찾아 무엇 하려는 것을 앎이라. 오늘 밤에 옆집 할멈을 시켜 잡히려 하는 것이다.

이 2년 동안에 돈 한 푼 나는 데는 없고 그대로 주리면 시장할 줄 알아 기구器具와 의복을 전당국 창고典當局倉庫에 들이밀거나 고물상 한구석에 세워 두고 돈을 얻어 오는 수밖에 없었다. 지금 아내가 하나 남은 모본단 저고리를 찾는 것도 아침거리를 장만하려 함이라.

나는 입맛을 쩍쩍 다시고 폈던 책을 덮으며 후— 한숨을 내쉬었다.

봄은 벌써 반이나 지났건마는 이슬을 실은 듯한 밤기운이 방구석으로부터 슬금슬금 기어 나와 사람에게 안기고 비가 오는 까닭인지 밤은 아직 깊지 않건만 인적조차 끊어지고 온 천지가 빈 듯이 고요한데 투닥투닥 떨어지는 빗소리가 한없는 구슬픈 생각을 자아낸다.

"빌어먹을 것 되는 대로 되어라."

나는 점점 견딜 수 없어 두 손으로 흩어진 머리카락을 쓰다듬어 올리며 중얼거려 보았다. 이 말이 더욱 처량한 생각을 일으킨다. 나는 또 한 번,

"후—" 한숨을 내쉬며 왼팔을 베고 책상에 쓰러지며 눈을 감았다.

이 순간에 오늘 지낸 일이 불현듯 생각이 난다.

늦게야 점심을 마치고 내가 막 궐련卷煙[1] 한 개를 피워 물 적에 한성은행漢城銀行 다니는 T가 공일이라고 놀러 왔었다.

친척은 다 멀지 않게 살아도 가난한 꼴을 보이기도 싫고 찾아갈 적마다 무엇을 꿔어 내라고 조르지도 아니하였건만 행여나 무슨 구차한 소리를 할까 봐서 미리 방패막이를 하고 눈살을 찌푸리는 듯하여 나는 발을 끊고 따라서 찾아오는 이도 없었다. 다만 이 T는 촌수가 가까운 까닭인지 자주 우리를 방문하였다.

그는 성실하고 공순하며 소소한 소사小事에 슬퍼하고 기뻐하는 인물이었다. 동년배同年輩인 우리 둘은 늘 친척 간에 비교比較 거리가 되었었다. 그리고 나의 평판이 항상 좋지 못했다.

"T는 돈을 알고 위인이 진실해서 그 애는 돈푼이나 모을 것이야! 그러나 K(내 이름)는 아무짝에도 못 쓸 놈이야. 그 잘난 언문諺文 섞어서 무어라고 끄적거려 놓고 제 주제에 무슨 조선에 유명한 문학가가 된다니! 시러베아들놈!"

이것이 그네들의 평판이었다. 내가 문학인지 무엇인지 하는 소리가 까닭 없이 그네들의 비위에 틀린 것이다. 더군다나 나는 그네들의 생일이나 혹은 대사大事 때에 돈 한 푼 이렇다는 일이 없고 T는 소위 착실히 돈벌이를 하여 가지고 국수밥소래나 보조를 하는 까닭이다.

---

1) 궐련(卷煙): 얇은 종이로 말아놓은 담배.

“얼마 아니 되어 T는 잘살 것이고 K는 거지가 될 것이니 두고 보아!”

오촌 당숙은 이런 말씀까지 하였다 한다. 입 밖에는 아니 내어도 친부모 친형제까지라도 심중心中으로는 다 이렇게 생각할 것이다. 그래도 부모는 달라서 화가 나시면,

“네가 그리하다가는 말경末境에 비렁뱅이가 되고 말 것이야”라고 꾸중은 하셔도,

“사람이란 늦복 모르느리라.”

“그런 사람은 또 그렇게 되느니라.” 하시는 것이 스스로 위로하는 말씀이고 또 며느리를 위로하는 말씀이었다. 이것을 보아도 하는 수 없는 놈이라고 단념斷念을 하시면서 그래도 잘되기를 바라시고 축원하시는 것을 알겠더라.

여하간 이만하면 T의 사람됨을 가히 알 수가 있다. 그러고 그가 우리 집에 올 것 같으면 지어서 쾌활하게 웃으며 힘써 자미스러운 이야기를 하였다.

단둘이 고적孤寂하게 그날그날을 보내는 우리에게는 더할 수 없이 반가웠었다.

오늘도 그가 활발하게 집에 쑥 들어오더니 신문지에 싼 기름한 것을 ‘이것 봐라’ 하는 듯이 마루 위에 올려놓고 분주히 구두끈을 끄른다.

“이것은 무엇인가!”

나는 물어 보았다.

“저… 제 처의 양산洋傘이야요. 쓰던 것이 벌써 다 낡았고 또 살이 부러졌다나요.”

그는 구두를 벗고 마루에 올라서며 나오는 웃음을 참지 못하여 벙글벙글하면서 대답을 한다. 그는 나의 아내를 보며 돌연히,

“아주머니 좀 구경하시렵니까?” 하더니 싼 종이와 집을 벗기고 양산을

펴 보인다. 흰 비단 바탕에 두어 가지 매화를 수놓은 양산이었다.

"검정이는 좋은 것이 많아도 너무 칙칙해 보이고… 회색이나 누렁이는 하나도 그것이야 싶은 것이 없어서 이것을 산걸요."

그는 '이것보다 더 좋은 것을 살 수가 있나' 하는 뜻을 보이려고 애를 쓰며 이런 발명까지 한다.

"이것도 퍽 좋은데요."

이런 칭찬을 하면서 양산을 펴 들고 이리저리 홀린 듯이 들여다보고 있는 아내의 눈에는, '나도 이런 것을 하나 가졌으면' 하는 생각이 역력歷歷히 보인다.

나는 갑자기 불쾌한 생각이 와락 일어나서 방으로 들어오며 아내의 양산 보는 양을 빙그레 웃고 바라보고 있는 T에게,

"여보게, 방에 들어오게그려, 우리 이야기나 하세."

T는 따라 들어와 물가폭등에 대한 이야기며 자기의 월급이 오른 이야기며 주권株券을 몇 주 사두었더니 꽤 이익이 남았다든가 이번 각 은행 사무원 경기회競技會에서 자기가 우월한 성적을 얻었다든가 이런 것 저런 것 한참 이야기하다가 돌아갔었다.

T를 보내고 책상을 향하여 짓던 소설의 결미結尾를 생각하고 있을 즈음에,

"여보!"

아내의 떠는 목소리가 바로 내 귀 곁에서 들린다. 핏기 없는 얼굴에 살짝 붉은빛이 돌며 어느 결에 내 곁에 바싹 다가 앉았더라.

"당신도 살 도리를 좀 하셔요."

"…."

나는 또 '시작하는구나' 하는 생각이 번개같이 머리에 번쩍이며 불쾌한 생각이 벌컥 일어난다. 그러나 무어라고 대답 할 말이 없이 묵묵히 있었다.

"우리도 남과 같이 살아 보아야지요!"

아내가 T의 양산에 단단히 자극刺戟을 받은 것이다. 예술가의 처 노릇을 하려는 독특獨特한 결심이 있는 그는 좀처럼 이런 소리를 입 밖에 내지 아니하였다. 그러나 무엇에 상당한 자극만 받으면 참고 참았던 이런 소리를 하게 되는 것이다. 나도 이런 소리를 들을 적마다 '그럴 만도 하다'는 동정심이 없지 아니하나 심사가 어쩐지 좋지 못하였다. 이번에도 '그럴 만도 하다'는 동정심이 없지 아니하되 또한 불쾌한 생각을 억제키 어려웠다. 잠깐 있다가 불쾌한 빛을 드러내며,

"급작스럽게 살 도리를 하라면 어찌할 수가 있소. 차차 될 때가 있겠지!"

"아이구, 차차란 말씀 그만두구려, 어느 천년에…."

아내의 얼굴에 붉은빛이 짙어지며 전에 없던 흥분한 어조로 이런 말까지 하였다. 자세히 보니 두 눈에 은은히 눈물이 괴었더라.

나는 잠시 멍멍하게 있었다. 성낸 불길이 치받쳐 올라온다. 나는 참을 수 없다.

"막벌이꾼한테 시집을 갈 것이지 누가 내게 시집을 오랬어! 저 따위가 예술가의 처가 다 뭐야!"

사나운 어조로 몰풍스럽게 소리를 꽥 질렀다.

"에그…!"

살짝 얼굴빛이 변해지며 어이없이 나를 보더니 고개가 점점 수그러지며 한 방울 두 방울 방울방울 눈물이 장판 위에 떨어진다.

나는 이런 일을 가슴에 그리며 그래도 내일 아침거리를 장만하려고 옷을 찾는 아내의 심중을 생각해 보니, 말할 수 없는 슬픈 생각이 가을바람과 같이 설렁설렁 심골心骨을 분지르는 것 같다.

쓸쓸한 빗소리는 굵었다 가늘었다 의연依然히 적적한 밤공기에 더욱 처량히 들리고 그을음 앉은 등피燈皮 속에서 비추는 불빛은 구름에 가린 달

빛처럼 우는 듯 조는 듯 구차苟且히 얻어 산 몇 권 양책洋册의 표제表題 금자가 번쩍거린다.

2

장 앞에 초연히 서 있던 아내가 무엇이 생각났는지 고개를 끄덕끄덕하며 들릴 듯 말 듯 목 안의 소리로,

"으흐… 옳지 참 그날…."

"찾었소!"

"아니야요, 벌써… 저 인천仁川 사시는 형님이 오셨던 날…."

"…."

아내가 애써 찾던 그것도 벌써 전당포의 고운 먼지가 앉았구나! 종지 하나라도 차근차근 아랑곳하는 아내가 그것을 잡혔는지 아니 잡혔는지 모르는 것을 보면 빈곤貧困이 얼마나 그의 정신을 물어뜯었는지 가히 알겠다.

"…."

"…."

한참 동안 서로 아무 말이 없었다. 가슴이 어째 답답해지며 누구하고 싸움이나 좀 해보았으면 소리껏 고함이나 질러 보았으면 실컷 울어 보았으면 하는 일종 이상한 감정이 부글부글 피어오르며, 전신에 이가 스멀스멀 기어 다니는 듯 옷이 어째 몸에 끼여 견딜 수가 없다.

나는 이런 감정을 노골적으로 드러내며,

"점점 구차한 살림에 싫증이 나서 못 견디겠지?"

아내는 무엇을 생각하는지 모르게 정신을 잃고 섰다가 그 게슴츠레한 눈이 둥그래지며,

"네에? 어째서요?"

"무얼 그렇지!"

"싫은 생각은 조금도 없어요."

이렇게 말이 오락가락함을 따라 나는 흥분의 도度가 점점 짙어 간다.

그래서 아내가 떨리는 소리로,

"어째 그런 줄 아서요?" 하고 반문할 적에,

"나를 숙맥菽麥[2]으로 알우?"라고, 격렬激烈하게 소리를 높였다.

아내는 살짝 분한 빛이 눈에 비치어 물끄러미 나를 들여다본다. 나는 괘씸하다는 듯이 흘겨보며,

"그러면 그걸 모를까! 오늘날까지 잘 참아 오더니 인제는 점점 기색이 달라지는걸 뭐! 물론 그럴 만도 하지마는!"

이런 말을 하는 내 가슴에는 지난 일이 활동사진 모양으로 얼른얼른 나타난다.

육 년 전에 (그때 나는 십육 세이고 저는 십팔 세였다) 우리가 결혼한 지 얼마 아니 되어 지식에 목마른 나는 지식의 바닷물을 얻어 마시려고 표연히 집을 떠났었다. 광풍狂風에 나부끼는 버들잎 모양으로 오늘은 지나支那[3] 내일은 일본으로 굴러다니다가 금전의 탓으로 지식의 바닷물도 흠씬 마셔 보지도 못하고 반半 거들충이[4]가 되어 집에 돌아오고 말았다. 내게 시집 올 때에는 방글방글 피려는 꽃봉오리 같던 아내가 어느 결

---

2) 숙맥(菽麥): 사리 분별을 못하고 세상 물정을 잘 모르는 사람.

3) 지나(支那): 중국 본토의 다른 명칭.

4) 반(半) 거들충이: 무엇을 배우다가 그만두어 다 이루지 못한 사람.

에 기울어 가는 꽃처럼 두 뺨에 선연鮮姸한 빛이 스러지고 이마에는 벌써 두어 금 가는 줄이 그리어졌다.

처가 덕으로 집간도 장만하고 세간도 얻어 우리는 소위 살림을 하게 되었다. 처음에는 그럭저럭 지내었지마는 한 푼 나는 데 없는 살림이라 한 달 가고 두 달 갈수록 점점 곤란해질 따름이었다. 나는 보수報酬 없는 독서와 가치 없는 창작으로 해가 지고 날이 새며 쌀이 있는지 나무가 있는지 망연케 몰랐다. 그래도 때때로 맛있는 반찬이 상에 오르고 입은 옷이 과히 추하지 아니함은 전혀 아내의 힘이었다. 전들 무슨 벌이가 있으리요, 부끄럼을 무릅쓰고 친가에 가서 눈치를 보아 가며 구차한 소리를 하여 가지고 얻어 온 것이었다. 그것도 한 번 두 번 말이지 장구한 세월에 어찌 늘 그럴 수가 있으랴! 말경에는 아내가 가져온 세간과 의복에 손을 대는 수밖에 없었다. 잡히고 파는 것도 나는 알은 체도 아니 하였다. 그가 애를 쓰며 퉁명스러운 옆집 할멈에게 돈푼을 주고 시켰었다.

이런 고생을 하면서도 그는 나의 성공만 마음속으로 깊이깊이 믿고 빌었었다. 어느 때에는 내가 무엇을 짓다가 마음에 맞지 아니하여 쓰던 것을 집어던지고 화를 낼 적에,

“왜 마음을 조급하게 잡수셔요! 저는 꼭 당신의 이름이 세상에 빛날 날이 있을 줄 믿어요. 우리가 이렇게 고생을 하는 것이 장래에 잘 될 근본이야요.” 하고 그는 스스로 흥분되어 눈물을 흘리며 나를 위로한 적도 있었다.

내가 외국으로 돌아다닐 때에 소위 신풍조新風潮에 띄어 까닭 없이 구식 여자가 싫어졌다. 그래서 나의 일찍이 장가 든 것을 매우 후회하였다.

어떤 남학생과 어떤 여학생이 서로 연애를 주고받고 한다는 이야기를 들을 적마다 공연히 가슴이 뛰놀며 부럽기도 하고 비감悲感스럽기도 하였었다. 그러나 낫살이 들어갈수록 그런 생각도 없어지고 집에 돌아와

아내를 겪어 보니 의외에 그에게 따뜻한 맛과 순결한 맛을 발견하였다. 그의 사랑이야말로 이기적 사랑이 아니고 헌신적獻身的 사랑이었다. 이런 줄을 점점 깨닫게 될 때에 내 마음이 얼마나 행복스러웠으랴! 밤이 깊도록 다듬이를 하다가 그만 옷 입은 채로 쓰러져 곤하게 자는 그의 파리한 얼굴을 들여다보며,

"아아, 나에게 위안을 주고 원조를 주는 천사여!" 하고 감격이 극하여 눈물을 흘린 일도 있었다.

내가 알다시피 내가 별로 천품은 없으나 어쨌든 무슨 저작가著作家로 몸을 세워 보았으면 하여 나날이 창작과 독서에 전심력을 바쳤다. 물론 아직 남에게 인정認定될 가치는 없는 것이다. 그 영향으로 자연 일상생활이 말유末由하게 되었다.

이런 곤란에 그는 근 이 년 견디어 왔건마는 나의 하는 일은 오히려 아무 보람이 없고 방 안에 놓였던 세간이 줄어 가고 장농에 찼던 옷이 거의 다 없어졌을 뿐이다.

그 결과 그다지 견딜성 있던 저도 요사이 와서는 때때로 쓸데없는 탄식을 하게 되었다. 손잡이를 잡고 마루 끝에 우두커니 서서 하염없이 먼 산만 바라보기도 하며 바느질을 하다 말고 실심失心한 사람 모양으로 멍멍히 앉았기도 하였다. 창경窓鏡으로 비치는 어스름한 햇빛에 나는 흔히 그의 눈물 머금은 근심 있는 눈을 발견하였다. 이럴 때에는 말할 수 없는 쓸쓸한 생각이 들며 일없이,

"마누라!" 하고 부르면 그는 몸을 흠칫 하고 고개를 저리로 돌리어 치맛자락으로 눈물을 씻으며,

"네에?" 하고 울음에 떨리는 가는 대답을 한다. 나는 등에 찬물을 끼얹는 듯 몸이 으쓱해지며 처량한 생각이 싸늘하게 가슴에 흘렀었다. 그렇지 않아도 자비自卑하기 쉬운 마음이 더욱 심해지며,

'내가 무자격한 탓이다.' 하고 스스로 멸시를 하고 나니 더욱 견딜 수 없다.

'그럴 만도 하다.'는 동정심이 없지 아니하되 그래도 그만 불쾌한 생각이 일어나며,

'계집이란 할 수 없어.'

혼자 이런 불평을 중얼거리었다.

환등幻燈[5] 모양으로 하나씩 둘씩 이런 일이 가슴에 나타나니 무어라고 말할 용기조차 없어졌다. 나의 유일의 신앙자信仰者이고 위로자이던 저까지 인제는 나를 아니 믿게 되고 말았다.

그는 마음속으로,

'네가 육 년 동안 내 살을 깎고 저미었구나! 이 원수야!' 할 것이다. 이렇게 생각하매 그의 불같던 사랑까지 엷어져 가는 것 같았다. 아니 흔적도 없이 사라지고 만 것 같았다. 나는 감상적으로 허둥허둥하며,

"낸들 마누라를 고생시키고 싶어 시켰겠소! 비단옷도 해주고 싶고 좋은 양산도 사주고 싶어요! 그러길래 왼종일 쉬지 않고 공부를 아니 하우. 남 보기에는 편편히 노는 것 같아도 실상은 그렇지 안 해! 본들 모른단 말이요."

나는 점점 강한 가면假面을 벗고 약한 진상眞相을 드러내며 이와 같은 가소로운 변명까지 하였다.

"왼 세상 사람이 다 나를 비소誹笑하고 모욕하여도 상관이 없지만 마누라까지 나를 아니 믿어 주면 어찌한단 말이요."

내 말에 스스로 자극이 되어 마침내,

---

5) 환등(幻燈): 그림 · 사진 · 실물 따위에 강한 불빛을 비치어 그 반사광을 렌즈에 의해서 확대 영사하는 장치.

"아아."

길이 탄식을 하고 그만 쓰러졌다. 이 순간에 고개를 숙이고 아마 하염없이 입술만 물어뜯고 있던 아내가 홀연,

"여보!"

울음소리를 떨면서 무너지는 듯이 내 얼굴에 쓰러진다.

"용서…." 하고는 북받쳐 나오는 울음에 말이 막히고 불덩이 같은 두 뺨이 내 얼굴을 누르며 흑흑 느끼어 운다. 그의 두 눈으로 부터 샘솟듯 하는 눈물이 제 뺨과 내 뺨 사이를 따뜻하게 젖어 퍼진다.

내 눈에서도 눈물이 흘러내린다. 뒤숭숭하던 생각이 다 이 뜨거운 눈물에 봄눈 슬듯 스러지고 말았다.

한참 있다가 우리는 눈물을 씻었다. 내 속이 얼마큼 시원한 듯하였다.

"용서하여 주셔요! 그렇게 생각하실 줄은 몰랐어요."

이런 말을 하는 아내는 눈물에 불어 오른 눈꺼풀을 아픈 듯이 끔적거린다.

"암만 구차하기로니 싫증이야 날까요! 나는 한번 먹은 마음이 있는데…."

가만가만히 변명을 하는 아내의 눈물 흔적이 어룽어룽한 얼굴을 물끄러미 바라보며 겨우 심신이 가뜬하였다.

3

어제 일로 심신이 피곤하였던지 그 이튿날 늦게야 잠을 깨니 간밤에 오던 비는 어느 결에 그치었고 명랑한 햇발이 미닫이에 높았더라. 아내

가 다시금 장문을 열고 잡힐 것을 찾을 즈음에 누가 중문을 열고 들어온다. 우리는 누군가 하고 귀를 기울일 적에 밖에서,

"아씨!" 하는 소리가 들렸다.

아내는 급히 방문을 열고 나갔다. 그는 처가에서 부리는 할멈이었다. 오늘이 장인 생신이라고 어서 오라는 말을 전한다.

"오늘이야! 참 옳지, 오늘이 이월 열엿샛날이지, 나는 깜빡 잊었어!"

"원 아씨는 딱도 하십니다. 어쩌면 아버님 생신을 잊으신단 말씀이요. 아무리 살림이 자미가나시더래도…."

시큰둥한 할멈은 선웃음을 쳐가며 이런 소리를 한다.

가난한 살림에 골몰하느라고 자기 친부의 생신까지 잊었는가 하매 아내의 정지情地[6]가 더욱 측은하였다.

"오늘이 본가 아버님 생신이라요. 어서 오시라는데…."

"어서 가구려…."

"당신도 가셔야지요. 우리 같이 가셔요." 하고 아내는 하염없이 얼굴을 붉힌다.

나는 처가에 가기가 매우 싫었었다. 그러나 아니 가는 것도 내 도리가 아닐 듯하여 하는 수 없이 두루마기를 입었다.

아내는 머뭇머뭇하며 양미간을 보일 듯 말 듯 찡그리다가 곁눈으로 살짝 나를 엿보더니 돌아서서 급히 장문을 연다.

'흥, 입을 옷이 없어서 망설거리는구나' 나도 슬쩍 돌아서며 생각하였다. 우리는 서로 등지고 섰건만 그래도 아내가 거의 다 빈 장 안을 들여다보며 입을 만한 옷이 없어 눈살을 찌푸린 양이 눈앞에 선연함을 어찌할 수가 없었다.

---

6) 정지(情地): 딱한 사정에 처한 가여운 처지.

"자아, 가셔요."

무엇을 생각는지 모르게 정신을 잃고 섰다가 아내의 부르는 소리를 듣고 나는 기계적으로 고개를 돌리었다. 아내는 당목옷을 갈아입고 내 마음을 알았던지 나를 위로하는 듯이 방그레 웃는다. 나는 더욱 쓸쓸하였다.

우리집은 천변 배다리 곁에 있고 처가는 안국동에 있어 그 거리가 꽤 멀었다. 나는 천천히 가느라고 가고 아내는 속히 오느라고 오건마는 그는 늘 뒤떨어졌었다. 내가 한참 가다가 뒤를 돌아보면 그는 늘 멀리 떨어져 나를 따라오려고 애를 쓰며 주춤주춤 걸어온다. 길가에 다니는 어느 여자를 보아도 거의 다 비단옷을 입고 고운 신을 신었는데 아내만 당목옷을 허술하게 차리고 청목당혜로 타박타박 걸어오는 양이 나에게 얼마나 애연哀然한 생각을 일으켰는지!

한참 만에 나는 넓고 높은 처가 대문에 다다랐다. 내가 안으로 들어갈 적에 낯선 사람들이 나를 흘끔흘끔 본다. 그들의 눈에,

'이 사람이 누구인가. 아마 이 집 하인인가 보다.' 하는 경멸히 여기는 빛이 있는 것 같았다. 안 대청 가까이 들어오니 모두 내게 분분히 인사를 한다. 그 인사하는 소리가 내 귀에는 어째 비소하는 것 같기도 하고 모욕하는 것 같기도 하여 공연히 가슴이 두근거리고 얼굴이 후끈거리었다.

그 중에 제일 내게 친숙하게 인사하는 사람이 있다. 그는 아내보다 삼 년 맏이인 처형이었다. 내가 어려서 장가를 들었으므로 그때 그는 나를 못 견디게 시달렸다. 그때는 그가 싫기도 하고 밉기도 하더니 지금 와서는 그때 그러한 것이 도리어 우리를 무관하고 정답게 만들었다. 그는 인천 사는데 자기 남편이 기미期米[7]를 하여 가지고 이번에 돈 십만 원이나 착실히 땄다 한다. 그는 자기의 잘사는 것을 자랑하고자 함인지 비단을

7) 기미(期米): 미두(米豆). 현물 없이 쌀을 팔고 사는 일.

내리감고 치감고 얼굴에 부유한 태態가 질질 흐른다. 그러나 분으로 숨기려고 애쓴 보람도 없이 눈 위에 퍼렇게 멍든 것이 내 눈에 띄었다.

"왜 마누라는 어쩌고 혼자 오셔요!"

그는 웃으며 이런 말을 하다가 중문 편을 바라보더니,

"그러면 그렇지! 동부인 아니 하고 오실라구!"

혼자 주고받고 한다.

나도 이 말을 듣고 슬쩍 돌아다보니 아내가 벌써 중문 안에 들어섰더라. 그 수척한 얼굴이 더욱 수척해 보이며 눈물 괸 듯한 눈이 하염없이 웃는다. 나는 유심히 그와 아내를 번갈아 보았다. 처음 보는 사람은 분간을 못하리만큼 그들의 얼굴은 혹사酷似하다. 그런데 얼굴빛은 어쩌면 저렇게 틀리는지! 하나는 이글이글 만발한 꽃 같고 하나는 시들시들 마른 낙엽 같다. 아내를 형이라 하고, 처형을 아우라 하였으면 아무라도 속을 것이다.

또 한 번 아내를 보며 말할 수 없는 쓸쓸한 생각이 다시금 가슴을 누른다.

딴 음식은 별로 먹지도 아니하고 못 먹는 술을 넉 잔이나 마시었다. 그래도 바늘방석에 앉은 것처럼 앉아 견딜 수가 없다. 집에 가려고 나는 몸을 일으켰다. 골치가 띵 하며 내가 선 방바닥이 마치 폭풍에 도도滔滔하는 파도같이 높았다 낮았다 어질어질해서 곧 쓰러질 것 같다. 이 거동을 보고 장모가 황망慌忙히 일어서며,

"술이 저렇게 취해 가지고 어데로 갈라구. 여기서 한잠 자고 가게."

나는 손을 내저으며,

"아니에요. 집에 가겠어요."

취한 소리로 중얼거리었다.

"저를 어쩌나!"

장모는 걱정을 하시더니,

"할멈! 어서 인력거 한 채 불러오게." 한다.

취중에도 인력거를 태우지 말고 그 인력거 삯을 나를 주었으면 책 한 권을 사보련만 하는 생각이 있었다. 인력거를 타고 얼마 아니 가서 그만 잠이 들고 말았다.

한참 자다가 잠을 깨어 보니 방 안에 벌써 남폿불이 키었는데 아내는 어느 결에 왔는지 외로이 앉아 바느질을 하고 화로에서는 무엇이 끓는 소리가 보글보글하였다. 아내가 나의 잠 깬 것을 보더니 급히 화로에 얹은 것을 만져 보며,

"인제 그만 일어나 진지를 잡수셔요." 하고 부리나케 일어나 아랫목에 파묻어 둔 밥그릇을 꺼내어 미리 차려 둔 상에 얹어서 내 앞에 갖다 놓고 일변 화로를 당기어 더운 반찬을 집어 얹으며,

"자아 어서 일어나셔요."

나는 마지못하여 하는 듯이 부시시 일어났다. 머리가 오히려 아프며 목이 몹시 말라서 국과 물을 연해 들이켰다.

"물만 잡수셔서 어째요. 진지를 좀 잡수셔야지."

아내는 이런 근심을 하며 밥상머리에 앉아서 고기도 뜯어 주고 생선뼈도 추려 주었다. 이것은 다 오늘 처가에서 가져 온 것이다. 나는 맛나게 밥 한 그릇을 다 먹었다. 내 밥상이 나매 아내가 밥을 먹기 시작한다. 그러면 지금껏 내 잠 깨기를 기다리고 밥을 먹지 아니하였구나 하고 오늘 처가에서 본 일을 생각하였다. 어제 일이 있은 후로 우리 사이에 무슨 벽이 생긴 듯하던 것이 그 벽이 점점 엷어져 가는 듯하며 가엾고 사랑스러운 생각이 일어났었다. 그래서 우리는 정답게 이런 이야기 저런 이야기를 하게 되었다. 우리의 이야기는 오늘 장인 생신 잔치로부터 처형 눈 위에 멍든 것에 옮겨 갔다.

처형의 남편이 이번 그 돈을 딴 뒤로는 주야 요리점과 기생집에 돌아

다니더니 일전에 어떤 기생을 얻어 가지고 미쳐 날뛰며 집에만 들면 집안 사람을 들볶고 걸핏하면 처형을 친다 한다. 이번에도 별로 대단치 않은 일에 처형에게 밥상으로 냅다 갈겨 바로 눈 위에 그렇게 멍이 들었다 한다.

"그것 보아 돈푼이나 있으면 다 그런 것이야."

"정말 그래요. 없으면 없는 대로 살아도 의좋게 지내는 것이 행복이야요."

아내는 충심衷心으로 공명共鳴해 주었다.

이 말을 들으매 내 마음은 말할 수 없이 만족해지며 무슨 승리자나 된 듯이 득의양양하였다.

그리고 마음속으로,

'옳다, 그렇다. 이렇게 지내는 것이 행복이다.' 하였다.

4

이틀 뒤 해 어스름에 처형은 우리집에 놀러 왔었다. 마침 내가 정신없이 무엇을 생각하고 있을 즈음에 쓸쓸하게 닫혀 있는 중문이 찌긋둥 하며 비단옷 소리가 사으락사으락 들리더니 아랫목은 내게 빼앗기고 웃목에 바느질을 하고 있던 아내가 문을 열고 나간다.

"아이고 형님 오셔요."

아내의 인사하는 소리가 들리더니 처형이 계집 하인에게 무엇을 들리고 들어온다.

나도 반갑게 인사를 하였다.

"그날 매우 욕을 보셨지요. 못 잡숫는 술을 무슨 짝에 그렇게 잡수셔요."

그는 이런 인사를 하다가 급작스럽게 계집 하인이 든 것을 빼앗더니 그 속에서 신문지로 싼 것을 끄집어내어 아내를 주며,

"내 신 사는데 네 신도 한 켤레 샀다. 그날 청목당헤를…."

말을 하려다가 나를 곁눈으로 흘끗 보고 그만 입을 닫친다.

"그것을 왜 또 사셨어요."

해쓱한 얼굴에 꽃물을 들이며 아내가 치사하는 것도 들은 체 만 체하고 처형은 또 이야기를 시작한다.

"올 적에 사랑양반을 졸라서 돈 백 원을 얻었겠지. 그래서 오늘 종로에 나와서 옷감도 바꾸고 신도 사고…."

그는 자랑과 기쁨의 빛이 얼굴에 퍼지며 싼 보를 끌러,

"이런 것이야!" 하고 우리 앞에 펼쳐 놓는다.

자세히는 모르나 여하간 값 많은 품 좋은 비단일 듯하다. 무늬 없는 것, 무늬 있는 것, 회색 옥색 초록색 분홍색이 갖가지로 윤이 흐르며 색색이 빛이 나서 나는 한참 황홀하였다. 무슨 칭찬을 해야 되겠다 싶어서,

"참 좋은 것인데요."

이런 말을 하다가 나는 또 쓸쓸한 생각이 일어난다. 저것을 보는 아내의 심중이 어떠할까? 하는 의문이 문득 일어남이라.

"모다 좋은 것만 골라 샀습니다그려."

아내는 인사를 차리느라고 이런 칭찬은 하나마 별로 부러워하는 기색이 없다.

나는 적이 의외의 감이 있었다.

처형은 자기 남편의 흉을 보기 시작하였다. 그 밉살스럽다는 둥 그 추근추근하다는 둥 말끝마다 자기 남편의 불미한 점을 들다가 문득 이야

기를 끊고 일어선다.

"왜 벌써 가시려고 하셔요. 모처럼 오셨다가 반찬은 없어도 저녁이나 잡수셔요." 하고 아내가 만류를 하니,

"아니 곧 가야지. 오늘 저녁 차로 떠날 것이니까 가서 짐을 매어야지. 아직 차 시간이 멀었어? 아니 그래도 정거장에 일찍이 나가야지 만일 기차를 놓치면 오죽 기다리실라구. 벌써 오늘 저녁 차로 간다고 편지까지 했는데…."

재삼 만류함도 돌아보지 아니하고 그는 홀홀히 나간다. 우리는 그를 보내고 방에 들어왔다.

나는 웃으며 아내에게,

"그까짓 것이 기다리는데 그다지 급급히 갈 것이 무엇이야."

아내는 하염없이 웃을 뿐이었다.

"그래도 옷감 바꿀 돈을 주었으니 기다리는 것이 애처롭기는 하겠지."

밉살스러우니 추근추근하니 하여도 물질의 만족만 얻으면 그것으로 위로하고 기뻐하는 그의 생활이 참 가련하다 하였다.

"참, 그런가 보아요."

아내도 웃으며 내 말을 받는다. 이때에 처형이 사준 신이 그의 눈에 띄었는지(혹은 나를 꺼려 보고 싶은 것을 참았는지 모르나) 그것을 집어 들고 조심조심 펴보려다가 말고 머뭇머뭇한다. 그 속에 그를 해케 할 무슨 위험품이나 든 것 같이,

"어서 펴보구려."

아내는 이 말을 듣더니,

'작히 좋으랴.' 하는 듯이 활발하게 싼 신문지를 헤친다.

"퍽 이쁜걸요."

그는 근일에 드문 기쁜 소리를 치며 방바닥 위에 사뿐 내려놓고 버선

을 당기며 곱게 신어 본다.

"어쩌면 이렇게 맞어요!"

연해연방 감탄사를 부르짖는 그의 얼굴에 흔연한 희색이 넘쳐흐른다.

"…."

묵묵히 아내의 기뻐하는 양을 보고 있는 나는 또다시,

'여자란 할 수 없어!' 하는 생각이 들며,

'조심하였을 따름이다!' 하매 밤빛 같은 검은 그림자가 가슴을 어둡게 하였다.

그러면 아까 처형의 옷감을 볼 적에도 물론 마음속으로는 부러워하였을 것이다. 다만 표면에 드러내지 않았을 따름이다. 겨우,

"어서 펴보구려." 하는 한마디에 가슴에 숨겼던 생각을 속임 없이 나타내는구나 하였다. 내가 무엇을 생각하고 있는지 저는 모르고 새신 신은 발을 조금 쳐들며,

"신 모양이 어때요."

"매우 이뻐!"

겉으로는 좋은 듯이 대답을 하였으나 마음은 쓸쓸하였다. 내가 제게 신 한 켤레를 사주지 못하여 남에게 얻은 것으로 만족하고 기뻐하는 도다….

웬일인지 이번에는 그만 불쾌한 생각이 일어나지 아니하였다. 처형이 동서同壻를 밉다거니 무엇이니 하면서도 기차를 놓치면 남편이 기다릴까 염려하여 급히 가던 것이 생각난다. 그것을 미루어 아내의 심사도 알 수가 있다. 부득이한 경우라 하릴없이 정신적 행복에만 만족하려고 애를 쓰지마는 기실其實 부족한 것이다. 다만 참을 따름이다. 그것은 내가 생각해야 된다. 이런 생각을 하니 전날 아내에게 그런 말을 한 것이 후회가 난다.

'어느 때라도 제 은공을 갚아 줄 날이 있겠지!'

나는 마음을 좀 너그럽게 먹고 이런 생각을 하며 아내를 보았다.

"나도 어서 출세를 하여 비단신 한 켤레쯤은 사주게 되었으면 좋으련만…"

아내가 이런 말을 듣기는 참 처음이다.

"네에?"

아내는 제 귀를 못 미더워하는 듯이 의아疑訝한 눈으로 나를 보더니 얼굴에 살짝 열기가 오르며,

"얼마 안 되어 그렇게 될 것이야요!"라고 힘 있게 말하였다.

"정말 그럴 것 같소?"

나는 약간 흥분하여 반문하였다.

"그러문요, 그렇고말고요."

아직 아무도 인정해 주지 않은 무명작가인 나를 다만 저 하나가 깊이 깊이 인정해 준다. 그러기에 그 강한 물질에 대한 본능적 요구도 참아 가며 오늘날까지 몹시 눈살을 찌푸리지 아니하고 나를 도와 준 것이다.

'아아, 나에게 위안을 주고 원조를 주는 천사여!'

마음속으로 이렇게 부르짖으며 두 팔로 덤썩 아내의 허리를 잡아 내 가슴에 바싹 안았다. 그 다음 순간에는 뜨거운 두 입술이….

그의 눈에도 나의 눈에도 그렁그렁한 눈물이 물 끓듯 넘쳐흐른다.

『개벽(開闢)』, 1921년

희생화

1

어머님은 우리 남매를 다리고 사직골 막바지에서 쓸쓸한 가정을 이루어 있었다.

우리 아버지는 내가 세 살 먹던 가을에 돌아가셨다 한다. 어머님께서 시시로 눈물을 머금고 아버지께서 목사로 계시던 것이며, 그 열렬한 웅변이 죄 많은 사람을 감동시켜 하느님을 믿게 하던 것이며, 자기 몸은 조금도 돌아보지 아니하고 교회 일에 진심갈력盡心竭力[1]하던 것을 이야기하신다. 나보담 사 년 맏이인 누님은 이 말을 들을 적마다 그 맑고 고운 눈에 눈물이 어리었다. 철모르는 나는 그 이야기보담 어머님과 누님이 우는 것이 슬퍼서 눈물을 흘리었다.

집안은 넉넉지는 아니하나마 많지 않은 식구라 아버지 생전에 장만하여 주신 몇 섬지기나 추수하는 것으로 기한은 면할 수 있었다.

아버지의 감화인지는 모르나 어머님은 우리 남매를 학교에 다니게 하였다. 벌써 십여 년 전 일이라 누님 공부시키는 데 대하여 별별 비평이 다 많았다. 그러나 어머님은 무슨 까닭에 여자 교육이 필요한 것인 줄은 모르셨겠지마는 아마 여자도 교육시키는 것이 좋은 줄로 아신 것 같다.

---

1) 진심갈력(盡心竭力): 마음과 힘을 다함.

2

누님은 십 팔 세의 꽃 같은 처녀로 ㅇㅇ학교 여자부 사년급에 우등 성적으로 진급되고 나도 그 학교 이년급에 진급되던 봄의 일이다.

나의 손을 붉게 하고 내 얼골을 푸르게 하던 치위[2]는 없어진 지 오래이다. 햇볕은 따뜻하고 바람 끝은 부드럽다. 잔디밭에는 새싹이 돋아나고 개나리와 진달래는 벌써 산야를 붉고 누르게 수繡 놓았다.

어느덧 버드나무 얽힌 곳에 꾀꼬리는 벗을 찾고 아지랑이 희미한 하늘에 종달새는 높이 떴다.

우리 집 뜰 앞에 심어둔 두어 나무 월계화도 춘군春君의 고운 빛을 나도 받았노라 하는 듯이 난만爛漫히 피었었다.

하룻날 떠오르는 선명한 햇빛이 어렴풋이 조으는 듯한 아츰 안개에 위황煒煌한 금색을 흩을 적에 누님은 가늘게 숨 쉬는 춘풍에 머리카락을 날리며 어리인 듯이 월계화를 바라보고 섰다. 쏘아오는 햇발이 그의 눈을 비추니 고개를 갸웃하며 한 손을 이마 위에 얹고 눈을 스르르 감더니 아즉도 어슴푸레하게 조으는 월계화 그늘에 몸을 숨기매 이슬 젖은 꽃송이가 누님의 뺨을 스친다. 손으로 가벼이 화판花瓣을 만지며 고개를 숙여 꽃을 들여다본다….

나도 한참 누님과 월계화를 바라보다가 학교에 갈 시간이나 아니 되었나하고 방에 걸린 시계를 보니 아니나 다를까 벌써 시간이 다 되어 간다. 급히 건넌방에 들어가 책보를 싸 가지고 나오며,

"누님, 어서 학교에 가요. 벌써 시간이 다 되었어요."

---

2) 치위: 추위의 옛말.

"응, 벌써!" 하고 누님은 내 말에 놀라 돌아서더니 허둥허둥 건넌방에 들어가 책보를 싸더니 또 망연히 앉아 있다.

"어서 가요."

나는 조급히 부르짖었다. 누님은 또 한 번 놀라 몸을 일으켰다.

요사이 누님의 하는 일이 매우 이상하였다. 그 열심히 하던 공부도 책을 보다가 말고 망연히 자실하여 먼 산만 멀거니 바라보고 있을 적이 많았다. — 누님이 잠은 어머님을 뫼시고 큰방에서 자되 공부는 나를 다리고 건넌방에서 하였으므로 누님이 정신 잃고 앉은 것은 여러 번 보았다.

그날 밤 새로 한 시나 되어 잠을 깨니 갑자기 뒤가 보고 싶었다. 나는 급히 일어나 뒷간에 갔었다. 뒤를 보고 나오니 이미 이지러진 어스름 반달이 중천에 걸리어 있다. 나는 달을 치어다보며 한 걸음 두 걸음 마당 가운데로 나왔다. 뜰 앞 월계화는 희미한 달빛에 어슴푸레하게 비치는데, 꽃 사이로 하야스름한 무엇이 보인다. 자세히 보니 누님이 꽃에다 머리를 파묻고 서 있다. 그의 흰 옥양목 겹저구리가 내 눈에 뜨임이라. 왜 누님이 저기 저러고 서 있나? 온 세상이 따뜻한 봄의 탄식에 싸이어 고요히 잠든 이 밤중에 무슨 까닭으로 나와 섰나? 나는 어린 가슴을 두근거리며,

"누님, 거기서 무엇해요?"

내 소리에 깜짝 놀랐는지 몸을 움칫하더니 아모 대답이 없다. 가만가만히 가까이 가서 어깨를 가볍게 흔들었다. 숨을 급히 쉬는지 등이 들먹들먹한다. 나오는 울음을 물어 멈추는지 가늘고 떨리는 오열성嗚咽聲이 들린다.

나는 바싹 대들어 누님의 얼골을 보았다.

분결같은 두 손 사이로 보이는 얼골은 발그레 하였다. 나는 웬일인가 하고 얼골 가린 두 손을 힘써 떼었다. 두 손은 젖어 있었다. 누님의 두 눈

으로 눈물이 흘러나린다. 구슬 같은 눈물이 점점이 월계화에 떨어진다. 월계화는 그 눈물을 머금어 엷은 명주로 가린 듯한 달빛에 어렴풋이 우는 것 같다. 누님의 머리는 불덩이같이 더웠다.

"왜 안자고 나왔니…?" 하며 내 손을 밀치는 그 손은 떠는 듯하였다. 나는 목멘 소리로,

"누님, 왜 우셔요? 네?" 하고 내 눈에도 눈물이 핑 돌았다.

이슬에 젖은 꽃향기는 사랑의 노래와 같이 살근살근 가슴을 여의고 따뜻한 미풍은 연애에 타는 피처럼 부드럽게 뺨을 스쳐 지나간다. 이런 밤에 부드러운 창자에 느낌이 없으랴! 꽃다운 마음에 수심이 없으랴!

철모르는 나는,

"누님, 어서 들어가셔요." 하고 누님의 손목을 이끌었다. 맥이 종작없이 뛰는 것을 감각하였다. 누님은 눈물을 씻으며,

"먼저 들어가거라, 나도 곧 들어갈 것이니…." 하였다.

"대관절 웬일이야요? 어데가 편찮으셔요?"

"아니, 공연히 마음이 뒤숭숭하구나." 하더니 한 손으로 월계화 가지를 부여잡고 이마를 팔에다 대며 흑흑 느끼어 운다.

어스름 달빛은 쓰린 이별에 우는 눈의 시선같이 몽롱하게 월계화 나무 위에 흘러 있다.

3

이틀 후 공일날 누님과 나는 창경원 구경을 갔었다.

창경원 사쿠라꽃이 한창이란 기사가 수일 전부터 신문에 게재되고 일

기도 화창하므로 구경꾼이 구름같이 모여들어 넓으나 넓은 어원御苑이 희도록 덮여 있다. 과연 사쿠라는 필 대로 피어 동물원에서 식물원 가는 길 양편에는 만단홍금萬段紅錦을 펼친 듯하다.

"국주國柱야, 우리는 동물원은 그만두고 저 잔디밭에 앉아 꽃구경이나 실컷 하자?"

누님은 찬성을 구하는 듯이 나를 들여다보며 웃는다. 나도 짐승 곁에 가니 야릇한 무슨 냄새가 나던 것을 생각하고,

"그럽시다." 라고 곧 찬성하였다.

우리는 길 옆 잔디밭 은근한 편 소나무 밑에 좌정하였다. 붉은 놀 같은 꽃 다리 밑으로 지나가는 흰 옷 입은 유객들이 꽃빛에 비치어 불그스름해 보이는 것이 말할 수 없는 춘흥을 자아낸다. 어린 나도 따뜻한 듯한 부드러운 듯한 봄의 기쁨을 깨달아 웃는 낯으로 누님을 돌아보니 누님은 나직이 한숨을 쉬며 고개를 숙이더니, 푸른 풀 사이에 핀 누른 꽃을 하나 꺾어 빰에다 대인다. 무슨 걱정이나 있는 듯이 눈살을 찌푸렸다. 나는 그날 밤에 누님이 월계화 사이에서 울던 광경을 가슴에 그리면서 유심히 누님의 행동을 살피었다.

누님이 얼골에 수색을 띤 것이 퍽 애처로워서 무슨 이야기를 하여 누님의 홍미를 끌까 하고 곰곰 생각하며 이리저리 살피었다.

우연히 식물원 편을 바라보다가 그 곳을 가리키고 누님을 흔들며,

"저기를 좀 보셔요." 하였다. 웬일인지 누님은 깜짝 놀란다. 곤한 잠을 깬 사람에게 흔히 있는 표정으로 내가 가리키는 곳을 바라본다. 거기서 우리 학교 교복을 입은 학생 하나가 이리로 나려온다. 그는 우리 학교 사년급 급장이었다. 누님이 한참 멀거니 바라보다가 두 추파가 마주친 것 같다. 누님은 고개를 숙이었다.

나는 누님의 귀밑이 발그레진 것을 보았다. 누님이 내 무릎을 꼭 잡으며,

"거기 무엇이 있다고 날다려 보라니?"

간신히 귀에 들리리만큼 말하였다.

"아야! 아이고 아파요. 왜 저이를 모르셔요? 그이가요, 이번에 첫째로 사년급에 진급한 이야요. 공부를 썩 잘하고 또 재조가 비범하대요. 게다가 얼골이 저렇게 잘 났겠지요."

나는 바로 내나 그런 듯이 기뻐하면서 입에 침이 없이 칭찬하였다. 누님은 부끄럽게 웃으며,

"왜 내가 그를 모른다디? 사년이나 한 학교에 다녔는데… 그래 그 사람 보라고 사람을 흔들고 야단을 했니?"

"그러면요… 그런데요, 어저께 내가 누님보다 좀 일찍이 나왔지요? 집에 오니까 어머님 친구 몇 분이 오셨는데 누님 칭찬이 야단입디다. '어쩌면 인물도 그다지 잘나고 재조도 그렇게 좋을꼬. 참 복 많이 받았습니다.'라고요. 나는 그 말을 듣고 춤이라도 출 듯이 기뻐하였어요, 저 사람도 장하지만 누님은 더 장해요."

나는 그 사람을 너무 칭찬하여 행여나 누님이 그에게 질까 보아서 또 한참 누님을 추어 올렸다. 누님은 또 얼골을 붉히며,

"너는 별소리를 다 하는구나, 누가 네게 칭찬 듣고 싶다디?"

우리가 이런 수작을 하는 틈에 그가 벌써 우리 앞을 지나가며 슬쩍 누님을 엿보았다. 두 시선은 또 한 번 마주쳤다. 누님의 얼골은 갑자기 다 홍빛을 띠었다. 그가 중인총중衆人叢中에 섞이어 점점 멀어 가는 양을 누님이 물끄러미 바라본다. 그는 나가버렸다. 누님의 눈이 이리로 도는 바람에 그 사람의 뒤 꼴을 보는 누님을 도적해 보던 내 눈이 잡히었다.

"너는 남의 얼골을 왜 빤히 들여다보니?" 하고 누님의 얼골은 또 다시 붉어졌다.

"보기는 누가 보아요?" 하고 나는 빙그레 웃었다.

4

그 이튿날 아츰에 누님은 좀처럼 바르지 않던 분을 약간 바르며 더럽지도 않은 옷을 벗고 새 옷을 갈아입었다.

"네가 오늘은 웬일이냐?" 하고 어머님이 의아 하신다. 누님이 머뭇머뭇하더니 어린애 모양으로 어머님 가슴에 안기며,

"제가 오늘은 퍽 잘나 보이지요?" 하고 웃는다. 그 웃음과 함께 누님의 얼골에 홍조가 퍼진다. 과연 오늘은 누님이 더 어여뻐 보였다. 두 손으로 기운 없이 뒤로 큰 방문을 짚고 비스듬히 문에다 몸을 반만 실려 웃는 양이 말할 수 없이 어여뻤다. 어리인 우유에 분홍 물을 들인 듯한 두 뺨은 부풀어 오른 듯하고, 장미꽃빛 같은 입술이 방실 벌어지며 보일 듯 말 듯이 흰 이빨이 번쩍거린다. 춘산春山을 그린 듯한 눈썹은 살짝 위로 치어 오른 듯하며 그 밑에서 추수秋水같이 맑은 눈이 웃음의 가는 물결을 친다.

어머님이 누님을 보고 웃으시며,

"언제는 못났디?"

"그런데 오늘은요?"

누님이 되질러 묻는다.

"오냐, 오늘은 더 이뻐 보인다."

"어머님, 정말이야요?" 하고 누님은 또 빵긋 웃는다. 수색羞色에 싸인 희색喜色이 드러난다.

"오늘은 정말 더 이뻐 보인다. 너의 부친이 보셨던들 작히 기뻐하시겠니?" 하시며 어머님의 눈에는 눈물이 스르르 어리었다. 곱게 빛나던 누님의 얼골에도 구름이 끼인 것 같다. 그러나 얼마 아니 되어 그 구름이

스러지고 또 다시 기쁨과 희망의 빛이 번쩍거린다.

우시는 어머님을 민망히 바라보던 누님이 지은 듯한 슬픈 어조로,

"어머님, 마음 상하지 마셔요." 하였다.

"얘, 시간이 다 되었겠다. 내 걱정일랑 말고 어서 학교에나 가거라." 하고 어머님은 눈물을 삼키셨다.

우리는 책보를 끼고 나섰다.

학교 문턱에 들어서니 종소리가 들린다. 우리는 달음박질하여 들어갔다.

전교 생도가 다 모였다. 모두 행렬과 번호를 마치자,

"기착氣着, 경례, 출석원 도합 ○○명."이라 하는 카랑카랑한 소리가 들리었다. 그는 사년급 급장의 소리다. 이 소리가 끝나자 여자부 편에서도 이와 같은 호령과 보고를 하는 소리가 들리었다. 그는 옥을 바수는 듯한 날카로운 소리였다. 그는 우리 누님의 소리다.

오날은 웬 셈인지 이 두 소리가 나의 어린 가슴을 뛰게 하였다.

그 다음 토요일 하학한 후에 교우회가 모인다고 사년급 생도들이 학교 문을 걸고 파수를 보며 철없는 일 이년급들이 나가는 것을 막아섰다. 우리가 늘 모이는 강당에 들어가니 벌써 이편에는 남학생, 저편에는 여학생이 빽빽이 앉아 있었다. 나도 거기 앉았노라니 무엇이니 무엇이니 하고 한참 야단들이더니 얼마 아니 되어 사년급생이 흰 종이 조각을 돌리며,

"지육부智育部 간사 투표권이요, 한 장에 한 명씩 쓰시오." 하며 외친다. 내 곁에 앉은 녀석이 똑똑한 체로,

"유기명 투표야요, 무기명 투표야요?" 묻는다.

"물론 무기명 투표지요."

아까 외치던 사년급생이 대답한다. 저편에서,

"무기명 투표란 무엇이오?" 하는 녀석이 있다.

"그것도 모르면서 회會할 적마다 집에만 가려고 하지! 무기명 투표란

것은 선거자의 이름을 쓰지 않는 것이오."

꾸짖는 듯이 그 사년급생이 말하고 기색이 엄숙하다. 나는 무의식적으로 단박 사년급 급장의 이름을 썼다. 필경 남자부에는 최다점으로 그가 선거되고, 여자부에서는 최다점으로 우리 누님이 선거되었다.

그 후부터 누님이 간사회 한다, 지육부 간사회 한다 하고 저녁 먹고 나가면 밤 아홉 점 열 점이나 되어 돌아오는 일이 빈빈頻頻히 있었다. 그 회에 갈적마다 안 보던 거울도 보고 늘어진 머리카락도 쓰다듬어 올리며 옷고름도 고쳐 매었다.

하룻밤은 누님이 지육부 간사회 한다고 저녁 먹고 나가더니 열 점 반이 되어도 돌아오지 않는다. 어머님은 별별 염려를 다 하시다가,

"너 누이가 여태껏 돌아오지를 않니? 회는 벌써 끝났을 것인데. 너 좀 가보아라."

나는 두루막을 입고 집을 나와 사직골 막바지로부터 광화문통에 가는 길로 타박타박 걸어간다. 달도 없는 오월 그믐밤이었다. 전등도 별로 없고 행인도 희소한 어둠침침한 길을 걸어가려니 무시무시한 생각이 난다. 나는 무서운 생각을 쫓노라고 발을 쾅쾅 구르며 '하나, 둘'하고 달음박질하였다.

한참 뛰어가니 숨이 헐떡거리고 진땀이 흐른다. 모자를 벗어 부채질하면서 천천히 걸어간다. 내 앞 멀지 않은 곳에 이리로 향하여 젊은 남녀가 짝을 지어 올라온다. 그는 남학생과 여학생이었다! 그와 누님이었다! 나는 가슴이 설렁하며 일종 호기심이 일어났다. 살짝 남의 집 담모퉁이에 은신하였다. 둘은 내가 거기 숨어있는 줄은 모르고 영어로 무어라고 소곤소곤거리며 지나간다. 그 중에 이 말이 제일 똑똑히 들리었다.(그 때는 몰랐지만 지금 생각하니 아마 이 말인 것 같다.)

"Love is blind.(사랑은 맹목적이라지요.)"라니까 누님은 소리를 죽여

웃으며,

"But, our love has eyes!(그런데 우리의 사랑은 보는 사랑이지요.)" 하였다. 그들이 지나가자 나도 가만가만 뒤를 따랐다. 어두운 속이라 누님의 흰 적삼이 퍽 눈에 뜨인다. 전등 켠 뉘 집 대문 앞을 지날 때에 나는 그의 바른손이 누님의 왼손을 꼭 쥔 것을 보았다. 나는 웬일인지 싱긋이 웃었다. 그들이 행여나 나를 돌아볼까 보아서 발자최를 죽이고 남의 담에 몸을 부비대며 꽤 멀리 떨어져 갔었다. 우리 집 가까이 와서 둘이 걸음을 멈추더니 서로 악수를 하고 또 악수를 하는 것 같았다. 연연戀戀히 서로 떠나기를 싫어하는 것 같다. 한참이나 그리하다가 그가 손을 놓고 또 무어라고 한참 수군거리더니 그가 돌아서 온다. 누님은 우리 집 문 앞에 서서 한참 그의 가는 양을 바라보고 서 있다. 그는 또 내 곁으로 지나간다. 그의 걸음걸이는 허둥허둥하였다. 그가 지나간 후 나는 달음박질하여 집에 돌아왔다.

대문턱에 들어서니 어머님과 누님의 문답하는 소리가 들린다.

"왜 그처럼 늦었니? 나는 별별 근심을 다 했다."

"오늘은 상의할 일이 좀 많아서…."

누님이 머뭇머뭇한다.

"그 애는 어데로 갔니? 같이 오지를 안 하니? 오는 길에 못 봤어?"

어머님이 묻는다.

"그 애가 어데로 갔을꼬? …길에서 만났을 것인데."

누님이 걱정한다.

나는 안방 문을 열고 시침을 뚝 따고,

"누님 인제 왔어요?" 하고 빙그레 웃었다. 어머님은 놀라며,

"너 뺨에, 옷에 맨 흙투성이니 웬일이냐?" 하신다.

"담에 붙어 와…. 아니야요. 저 저…." 하고 누님을 보고 빙글빙글 웃었

다. 누님의 얼골은 또 발개졌다.

5

그 후 더운 날 달밤에 누님은 친구하고 어데를 간다, 어데를 간다 하고 자조자조 나갔었다. 누님은 늘 나를 따돌리고 혼자 나갔으므로 푸른 풀 잦아진 곳과 달빛 고요한 데에서 그와 누님이 만나 꿀 같은 사랑의 속살거림을 몇 번이나 하였는지 나는 모른다.

누님의 출입이 자조롭고 기색이 수상하였던지 어머님이,

"인제 네가 어데 나가거든 꼭 네 동생을 다리고 다녀라." 하신 뒤로는 누님이 집에 들면 공연히 짜증을 내며 하염없는 수색愁色이 적막한 화용花容을 휩쌌었다. 그리고 때때로 머리가 아프다 하며 이불을 쓰고 누웠었다.

하로는 우리가 점심을 마친 후 누님이 날다려,

"너 나하고 남산공원에 산보 가련?" 하였다. 그 때는 유월 염천이라 더운 기운이 사람을 찌는 듯하였다. 나도 거기 가서 서늘한 공기도 마시고 무성한 초목으로부터 뚝뚝 듣는 취색翠色에 땀난 몸을 씻으리라 생각하고 곧,

"네." 하였다.

우리는 광화문통에서 전차를 타고 진고개를 거쳐 남산공원을 올라갔었다. 저편 언덕 위에 그가 기다리기 지리支離하다 하는 듯이 앉았다가 일어섰다가 하는 것이 보였다. 누님이 갑자기 돌아서서 나를 보며,

"너 이것 가지고 진고개 가서 과자 좀 사와! 응?" 하며 돈 20전을 주었다. 나는 급히 진고개로 나왔다. 얼른 과자를 사 가지고 가 본즉 그와 누님은 그림자도 보이지 않는다.

"어데로 갔을까?"

나는 누님이 무슨 위험한 곳에나 간 것같이 가슴이 팔딱거리었었다. 이리저리 아모리 살펴도 그들은 없다. 나는 이편으로 기웃기웃, 저편으로 기웃기웃하였다. 한참이나 취색이 어린 남산 정상을 치어다보다가 또다시 걸어갔었다. 한동안 걸어가도 보이지 않는다.

'아이고, 어데로 또 그만 가 버렸어? 이리로는 아마 아니 갔나 보다.' 하고 돌아서 오던 길로 도로 온다.

갔던 길로 도로 오려니 퍽 먼 것 같다.

"에이그, 그 동안에 내가 퍽도 걸었네."

속으로 중얼중얼하였다. 골딱지가 나니까 더 더운 것 같다. 대기는 횃불에 와글와글 끓는 것 같다. 나는 이 대기에 잠기어 몸이 삶아지는지? 땀이 줄줄 흘러 나리고 숨은 헐떡헐떡 차오른다. 모자를 벗으니 머리에서 김이 무럭무럭 난다. 나는 부글부글 고여 오르는 심술을 억지로 참으며 아까 그가 있던 곳까지 돌아왔다.

"어데로 갔을까? 저리로 가 보자."

혼잣말로 투덜거리고 아까 갔던 반대 방면으로 걸어갔었다. 한동안 걸어가도 그들은 또 보이지 않는다. 참고 참았던 짜증이 일시에 폭발이 되었다.

잔디밭에 털썩 주저앉아 엉엉 울었다. 풀들을 쥐어뜯으며 한참 울다가 하도 내가 어린애 같은 것이 부끄럽고 우스웠다. 그렁그렁한 눈물을 씻고 희희 한 번 웃은 뒤 이리저리 또 살펴보기 시작하였다.

저편, 좀처럼 사람 눈에 뜨이지 않을 소나무 그늘 밑에 그들이 나란히 앉아 있는 것을 보았다. 나는 잃었던 보배를 발견한 듯이 기뻐하였다.

"누님! 거기 계셔요?"

고함을 지르고 뛰어가려다가 에라 무슨 이야기를 하는지 좀 엿들으리라 하고 어느 밤에 그들의 뒤를 따라가던 모양으로 가만가만 걸어 가까이 갔었다. 한낮이므로 유객遊客 하나 없고 바람 한 점 불지 않는다. 더운 공기는 기름 언 것 같이 조금도 파동이 없다. 남이 들을까 보아서 가만가만히 하는 이야기도 낱낱이 내 귀에 들리었다.

"물론 그렇게 해야지요. 그런데 요사이는 어째 볼 수가 없어요?"

그가 말하였다.

"어머님께서 어데 나가게 하셔야지요, 나가거든 꼭 네 동생을 다리고 다녀라 하시겠지요. 그래서 오날도 같이 왔지요."

그리고 누님이 웃으며 말을 이어,

"딴 이야기 하노라고 잊었구려, 기다리신다고 오죽 지리하셨겠어요?"

"한 시간이나 넘어 기다렸어요. 오날도 아마 못 오시는가 보다 하고 그만 가 버릴까 까지 하였어요."

"네? 가 버릴까 하였어요? 제가 언제 약속 어긴 일이 있어요? 저는 어찌 급했던지 점심을 먹는데 밥이 입으로 들어가는지 코로 들어가는지 몰랐어요."

둘이 웃는다. 나도 웃었다. 나는 어린애가 꽃에 앉은 나비를 잡으려 간 때에 가는 걸음걸이로 한 걸음 두 걸음 가까이 갔었다. 사랑하는 이들은 달디 단 이야기에 얼이 빠져 사람 오는 줄도 모른다. 그들 앉은 소나무 뒤에 살짝 붙었었다. 두 어깨는 닿아 있고 누님의 풀린 머리카락이 그의 뺨을 스친다. 그와 누님의 눈과 입에는 정이 찬 웃음이 넘친다. 그러다가 두 손길을 마주잡고 실심한 사람 모양으로 멀거니 서로 들여다본다. 누님의 몸으로부터 발산하는 따뜻하고 향기로운 기운에 나도 싸인 것

같았다. 나는 와락 달려들며,

"누님, 여기 계셔요? 나는 어데 가셨다고…. 아이 사람 애도 퍽도 먹이시지!"

둘은 깜짝 놀래었다. 누님의 모시적삼이 달싹달싹하는 것을 보고 누님의 가슴이 팔딱거리는구나 하였다.

그는 시치미를 뚝 따려 하였으나 '부끄럼'이란 원소가 얼골에 퍼뜨리는 붉은 빛을 감출 길이 없었다.

"에그, 나는 누구라구, 퍽도 놀랐다."

누님은 두근거리는 가슴을 한 손으로 어루만지며 말하였다. 누님이 그를 향하며,

"이 애가 제 동생이야요, 아직 철이 안 나서…. 많이 사랑해 주셔요." 한 뒤 나를 보고 그를 눈으로 가리키며,

"너 이보고 이훌랑은 형님이라 하여라."

"어째서 형님이라 해요?"

내가 애를 먹였다. 누님의 얼골은 새빨개지며 나를 흘겨본다.

"왜 누님 성나셨소? 그러면 형님이라 하지요." 하고 어리광을 부리며,

"형님, 누님! 과자 잡수셔요." 하고 쥐었던 과자를 앞에 내놓았다. 누님이 나를 보고 방그레 웃으며,

"우리는 먹기 싫으니 너 혼자 저쪽에 가서 먹고 있거라. 우리 갈 때 부를 것이니…."

나도 길게 방해 놀기가 싫었다. 과자를 쥐고 나와 풀밭에 앉아 먹으면서 혼잣말로,

"내 뱃속에 영감쟁이가 열둘이나 들어앉았는데 어린애로만 여기지…." 하고 웃었다.

그 긴긴 해가 벌써 서산에 걸리었다. 낙조에 비치는 녹수와 방초는 불

이 붙은 것같이 붉어 보인다.

나도 이 동안에 퍽도 심심하였다. 풀을 자리 삼아 눕기도 하고, 기지개도 켜고 몸을 비비틀기도 하며 곡조도 모르는 창가를 함부로 부르기도 하였다.

이제나 올까, 저제나 부를까 고대고대 하여도 그 둘의 그림자는 얼른도 아니한다. 무슨 이야기가 그렇게 많은고. 이미 사랑하는 사람끼리의 이야기는 끝이 없는가 보다. 벌써 이야기한 것이 수만 마디가 넘건마는 말 몇 마디 못하여 해는 어이 수이 가나 하는 것이다.

남산 밑 풀과 나무에 빛나던 붉은 빛은 점점 걷히고 모색暮色이 가물가물 쳐들어온다. 햇빛은 쫓기어 남산 정상을 향하여 자꾸 기어 올라가더니 남산 맨 꼭대기에 옴츠리고 앉았을 뿐이다.

검푸른 저문 빛이 남산 밑을 에워싸자 정상에 비치는 햇빛조차 스러지고 저편 하늘에 붉은 놀이 흰 구름을 붉고 누렇게 물들인다.

나는 참다못하여 몸을 일으켜 그 곳으로 갔다. 어두운 빛에 놀랐는지 그들도 일어섰다. 나는 걸음을 멈추고 나무로 깎아 세워 놓은 사람 모양으로 주춤 섰다. 누님의 걱정스러운 떨리는 소리가 나의 이막耳膜을 울림이라.

"K씨! 우리가 목전에 즐거움만 다행히 여겨 그냥 이리 지내다가는 우리의 꿀 같은 행복이 끝에는 소태 같은 고통으로 변할 것 같아요. 우리 각각 꼭 아까 말한 것과 같아야 됩니다."

"아모럼요! 꼭 그리해야 될 터인데…. 아까도 말했지만 우리 집은 워낙 완고라…."

그의 말은 떨리었다.

나는 가슴이 선뜻하였다. 무슨 말을 하였나? 무슨 일을 하려는가? 엿듣지 못한 것이 한이 되었다. 둘은 이리로 걸어온다. 누님의 눈은 약간 발그레하였다. 그 고운 뺨에 눈물 흔적이 보였다. 나는 또 웬일인가 하고 가슴이 선뜻하였다.

6

그날 밤에 나의 어린 소견에도 별별 생각을 다하고 씩씩이 잠도 잘 자지 못하였다. 내가 어렴풋이 잠을 깰 적마다 큰방에서 어머님과 누님이 무어라고 이야기하는 소리가 간단없이 들리었다.

새로 한 점이나 되어 내가 또 잠을 깨니 큰방에서 훌쩍훌쩍 우는 소리가 들린다. 울음 섞인 어머님의 말소리가 난다.

"그래, 네가 요사이 늘 탈기를 하고 행동이 수상하더라…. 나는 허락한다 하더래도 만일 그 집에서 안 된다면 네 신세가 어떻게 되니? … 네가 다만 하나 있는 어미 몰래 그 사람과 약혼한 것이 괘씸하다. 아비 없이 너를 금옥같이 길러내어 이런 일이 날 줄이야! 남편 없다고 너까지 나를 업수이 여기는게지…."

누님은 흑흑 느끼며,

"어머님, 잘못하였습니다, 무어라고 말씀을 여쭈어야 좋을지… 친키도 전에 말씀 여쭈기도 부끄러운 일이고… 친한 뒤에는 몇 번이나 말씀 여쭈려하였지만 입이 잘 떨어지지를 않았어요.…들어 주셔요. 암만 어머님이라도 그 때는 부끄러웠어요. 이젠 서로 약혼까지 해 놓으니 몸과 마음이 달아 부끄럼도 돌아볼 수 없게 되었어요. 그래서 뻔뻔스럽게 여쭌 것이야요. 어머님 말씀같이 그가 저를 잊을 리는 없어요, 버릴 리는 없어요. 그다지 다정한 그가 그럴 리가 있다고요? 어제 공원에서 단단히 맹서하였습니다. 각각 부모님께 여쭈어 들으시면 이 위에 더 좋은 일이 없거니와 만일 그렇지 않거든 멀리멀리 달아나겠다구요. 배가 고프고 옷이 차더라도 부모도 못 보고 형제도 못 보더라도 둘이 같이만 있으면 행복이라구요. 온갖 곤란과 갖은 고통을 달게 겪겠다구요. 정말 그래요. 저도 그 없으면 미칠 것 같아요. 어머님이 허락을 아니 하신다 할 것 같으면 저는 이 세상에 살아있을 것 같잖아요."

밀어오는 물을 막았던 방축을 무너버릴 때에 물밀듯이 누님이 말하였다.

흔히 순결한 처녀가 사랑의 불을 가슴속에 깊이깊이 숨겨두고 행여나 남이 알까 보아서 전전긍긍하며 호올로 간장을 태우다가도 한번 자기 친한 이에게 발설하기 시작하면 맹렬히 소회를 베푸는 것이라.

나는 가슴을 울렁거리며 안방에 건너왔다.

누님은 어머님 무릎에 머리를 파묻고 울며, 어머님은 누님의 등에다 이마를 대고 운다. 나도 한참 초연히 섰다가 어머님 곁에 앉았다. 어머님을 흔들며 목멘 소리로,

"어머님, 우지 마셔요."

이 말을 마치자 가슴이 찌르르해지며 흐르는 눈물을 금할 길이 없었다. 어머님은 눈물을 삼키고 누님을 흔들며,

"이 애 이 애, 그만 그쳐라."

누님은 더 섧게 운다.

"이 애, 남부끄럽다. 그만두어라. 오냐, 네 원대로 하마. 그도 한번 다리고 오너라."

어머님은 그만 동곳을 빼었다.

'여자가 수약女子雖弱이나 위모즉강爲母則强'이란 말은 어찌 생각하고 한 소리인고?

이틀 후 누님이 그를 다리고 왔다. 그의 곱상스러운 얼골과 얌전한 거동이 당장 어머님의 사랑을 이끌었다. 참 내 딸의 짝이라 하였다. 애녀愛女의 평생이 유탁有託하다 하였다. 단꿈이 꾸이리라 하였다. 기쁜 날이 오리라 하였다. 더구나 맑은 눈과 까만 눈썹이 내 딸과 흡사하다 하였다. 누님과 그가 영어로 말하는 양을 보고 뜻도 모르면서 웃으셨다. 자미스러운 딸의 장래 가정을 꿈꾸고 사랑스러운 외손자를 꿈꾸었다.

그 후부터는 남의 이목을 피해 가며 몇 번이나 서로 맞추어서 길게 기다려 가지고 짜르게 만나던 애인들은 자조로이 우리 집에서 만나 웃고 즐기게 되었다

7

어떤 날 저녁에 그가 우리 집에 왔다. 그때 마츰 어머님은 어데 가시고 나와 누님과 단둘이 있었다.

나는 와락 내달으며,

"형님 오셔요?"라고 반갑게 인사하였다. 누님도 반가이 맞으며,

"요사이는 왜 오시지 안 하셔요?"

"아니, 내가 언제 왔는데." 하고 그는 지어서 웃는다.

누님은 눈을 스르르 감으며 무엇을 생각는 듯하더니,

"오날이 칠월 초열흘이고, 초칠 일이 공일이라… 공일날 오시고 오날 처음이지요?"

"그래요, 한 사흘밖에 더 되었어요?"

"사흘! 저는 한 삼 년이나 된 듯하였어요, 사흘 만에 한 번씩 만나? 멀

어요! 퍽 멀구 말구요! 사흘이 그다지 가까운 것 같습니까?" 하고 누님은 무엇을 찾는 듯이 그를 바라본다.

"사흘 만에 한 번씩 와도 장하지요." 하고 그는 또 웃는다.

"장해요! 사흘 동안에 제가 몇 번이나 문밖을 내다보는지 아셔요? 저는 온갖 걱정을 다 했지요. 몸이나 편찮으신가, 꾸중이나 뫼셨는가?" 하고 목소리는 전성顫聲[3])을 띠어가며 눈에는 눈물이 괴이어진다.

"저는 우리 일에 대하여 무슨 큰 걱정이나 생겼나 하고 얼마나 애간장을 태웠는지요!" 하고는 눈물이 그렁그렁 넘쳐흐른다.

"아니야요! 여하간 죄 없이 잘못하였습니다." 하고 그는 눈살을 찌푸리다가 선웃음을 치며,

"어린애 모양으로 걸핏하면 울기는 왜 울어요? 저 동생 부끄럽지 않아요?(갑자기 어조를 야릇하게 변하며) 그런데 내가 어지도 올라카고 아레도 올라캤지마는 올라 칼 때마다 동무가 찾아와서 올 수가 있어야지."

울던 누님이 웃음을 띠었다. 나도 웃었다.

그는 대구 사람이다. 그의 부모는 아직도 대구에서 산다. 서울 있는 오촌 당숙집에 그는 유숙하고 있었다. 그는 서울 온 지가 벌써 5, 6년이 지내었으므로 사투리는 거의 안 쓰게 되었으나 때때로 우리를 웃기려고 야릇한 말을 하였다.

"올라카고, 갈라카고."

흉내를 내며 나는 방바닥에 뚤뚤 굴러가며 웃었다. 그는 시치미를 뚝 따고,

"남 이야기하는데 웃기는 와 웃소? 갸 참 얄궂다." 하였다. 누님은 어떻게 웃었는지 얼골이 붉어지고 배를 훔켜 쥐고 숨찬 소리로,

---

3) 전성(顫聲): 떨리는 목소리.

"그만 두셔요, 그만 웃기셔요."

한참 동안 우리는 이렇게 웃고 즐기다가 나를 누님이 또 무슨 심부름을 시켰다! 무슨 심부름이던가 생각이 아니 난다. 그가 오기만 하면 누님이 무엇 좀 사오너라, 어데 좀 갔다 오너라 하고 늘 나를 따돌렸다.

"에그, 누님도 왜 나를 늘 따돌려."

투덜투덜 하면서 집을 나왔다. 반달은 비스듬히 푸른 하늘에 걸리어 있다.

만경창파에 외로이 떠나가는 일엽편주와 같았다.

나 없는 동안에 그들이 무슨 이야기를 하는지를 듣고 싶어서 급히 오노라고 오는 것이 한 시간이나 넘어 걸리었다. 나는 벌써 엿듣기에 익숙하여 사뿐 중문에 들어서며 가만히 살펴보니 애인들은 달 비치는 월계화 나무 밑에 평상을 내어놓고 나란히 앉어서 무어라고 소근거린다. 나는 숨소리도 크게 아니 쉬고 귀를 기울였다.

"그러면 어째요? 어머님께서는 좀처럼 올라오시지 않을 것이고…. 왜 그러면 상서上書로 이 사정을 못 아뢸 것이야 있어요?"

누님의 애타는 소리가 들린다.

"글쎄요 몇 번이나 상서를 썼지만… 부치지를 못 하겠어요."

"만일 차일피일하다가 딴 데 혼인을 정해 놓으시면 어째요?"

"정해 놓아도 안 가면 그만이지요."

"그러면 어렵지 안 해요?"

"그런데 오촌 당숙 내외분은 아마 이 눈치를 아시는 것 같아요… 네? 아마 그런 것 같아요, 그래서 집에 무슨 통기가 있었는지 할아버지께서 일간 올라오신대요."

"올라오시면 죄다 여쭙겠단 말씀이구려."

"글쎄요, 그런데… 우리 할아버지는 참 호랑이 같은 어룬이라… 완고

완고 참 완고신대… 나도 어찌 할 줄을 모르겠어요. 그래서 밤에 잠이 잘 오지 않아요." 하고 머리를 긁적긁적하고 눈살을 찡기더니 또 말을 이어,

"오늘 또 아버지께서 하서下書하셨는데 이번 울산 김 승지 집에서 너를 선보러 간다니 행동을 단정히 하여라 하는 뜻입디다. 참 기막힐 일이야요." 하고 한숨을 내쉰다.

"부모님께 하로바삐 이 사정을 여쭙지 않으면 큰일 나겠습니다그려."

누님의 안타까운 소리가 들린다.

"여하한 꾸중을 보시더라도 장가를 못 가겠다 할 터이야요! 조금도 걱정마셔요."

그는 결심한 듯이 고개를 들며 단연히 말하였다.

밝은 달은 애태우는 양인의 가슴을 나는 몰라 하는 듯이 저리로 저리로 미끄러져 가며 더운 공기에 맑은 빛을 흩날린다. 월계화는 더욱 붉고 더욱 곱다. 진세塵世의 우수 고뇌를 나는 잊었노라 하는 것 같았다.

8

그 이튿날 일어난 누님의 얼굴은 해쓱하였다. 머리카락이 흩어질 대로 흩어진 것을 보아도 작야昨夜에 잠을 못 이루어 몇 번이나 벼개를 고쳐 빈 것을 가히 알러라. 누님이 사랑의 맛이 쓰고 떫은 것을 처음으로 맛보았도다! 행복의 해당화를 꺾으려면 가시가 손 찌르는 줄 비로소 알았도다.

하로 가고 이틀 가고 어느덧 일주일이 지내었건만 누님이 오날이나 와서 호음好音을 전해 줄까 내일이나 와서 희식喜息을 알려 줄까 고대고대하는 그는 코끝도 보이지 않는다. (내가 학교에를 가도 그를 볼 수 없었

고 누님도 이때부터 심사가 산란하여 학교에 못 갔었다.)

이 동안에 누님은 어찌 애를 태웠던지 양협兩頰[4]에 고운 빛이 사라져 가고 눈언저리는 푸른 기를 띠고 들어갔다. 입술은 까뭇까뭇 타들어 가고 두 팔은 맥없이 늘어졌다.

일주일 되던 날 누님은 생각다 못하여 편지 한 장을 주며,

"너 이 편지 가지고 그 댁에서 그가 있거든 전하고 못 보거든 도루 가지고 오너라." 하였다.

전일에 그를 따라 한번 그 집에 갔던 일이 있으므로 그 집을 자세히 알아두었다. 그 집 대문에 들어서니 행랑 사람도 없고 그가 있던 사랑문도 닫히어 있다.

안에서 기운 찬 노인의 성난 말소리가 나의 귀를 울린다.

"이놈, 아즉 학생이니 장가를 못 가겠다. 핑계야 좋지, 이놈 괘씸한 놈, 들으니 네가 어떤 여학생을 얻어 가지고 미쳐 날뛴다는구나! 아니야요란 다 무엇이야, 부모가 들이는 장가는 학생이라 못 가겠고, 학생 신분으로 계집은 해도 관계찮으냐, 이놈 고약한 놈! 네 원대로 그 학교나 마치고 장가 들일 것이로되 벌써 어린놈이 못 견뎌서 여학생을 얻느니, 무엇을 얻느니 하니 그냥 두다간 네 신세를 망치고 가문을 더럽힐 터이야! 그래서 하로바삐 정혼하고 혼수까지 보내었는데 지금 와서 가느니 마느니 하면 어찌 하잔 말이냐. 암만 어린놈의 소견이기로…. 그 집은 울산 일판에 유명한 집안이라 재산도 있고 양반도 좋고… 다 된 혼인을 이편에서 퇴혼하면 그 신부는 생과부로 늙으란 말이냐! 일부함원一婦含怨에 오월비상五月飛霜[5]이란 말도 못 들었어! 죽어도 못 가겠다. 허허, 이놈 박살

---

4) 양협(兩頰): 두 뺨.

5) 일부함원(一婦含怨)에 오월비상(五月飛霜): 여자가 한번 원한을 품으면 오뉴월에도 서리가 내린다.

할 놈! 조부모도 끊고 부모도 끊고 일가친척도 끊으려거든 네 마음대로 좀 해 보아라."

나는 이 말을 들으며 소름이 쭉 끼치었다. 한편으로는 분하기 짝이 없었다. 깨끗한 누님이 이다지 모욕을 당한 것이 절절이 분하였다. 곧 들어가 분풀이나 할 듯이 작은 눈을 흡뜨고 고사리 같은 손을 불끈 쥐었다.

"허허 이놈, 괘씸한 놈! 에이 화나, 거기 내 두루막 내." 하는 그 노인의 우렁찬 소리가 또 들린다. 나는 간담이 서늘하였다. 그 노인이 신을 찍찍 끄을고 이리로 나오는 것 같다. 나는 무서운 중이 나서 급히 달음박질하여 그 집을 나왔다.

9

그날 밤 어머님 잠드신 후 누님이 살짝 내게로 건너와서,

"이 애, 너 본 대로 좀 이야기하여 다고, 응?"

이 말을 하는 누님의 얼골은 고뇌와 수괴羞愧의 빛이 보인다. 어린 동생에게 애인의 말을 물어도 부끄러워하였다! 나는 입을 다물고 묵묵히 앉았었다. 차마 그 이야기를 할 수가 없었다.

"왜, 또 심술이 났니? 어서 이야기를 좀 하려무나. 편지를 도루 가지고 온 것을 보니 형님을 못 만났니? 만나도 못 전했니? 혹은 무슨 일이 났더냐? 남의 속 그만 태우고 어서 좀 이야기하여 다고. 가련한 네 누이의 청이 아니냐."

이 말 소리는 애완 처량하였다. 나의 어린 가슴이 찌르는 듯하며 눈물이 넘쳐 나온다. 이다지 정다이 구는 누님의 가슴에 그리던 꿀 같은 장래

가 물거품에 돌아가고 만 것이 슬펐음이라. 그리고 순결한 우리 누님이 그 노인에게 '어떻다'든가, '계집을 했다'든가 하는 더러운 소리를 들은 것이 이가 떨리었다.

나는 비분한 어조로 그 집에서 들은 것을 이야기하였다. 정신없이 듣고 있던 누님은 내 말이 끝나자 기운 없이 쓰러지며 이 이야기를 들을 적부터 괴였던 눈물이 불덩이 같은 뺨을 쉬일 새 없이 줄줄 흘러나린다.

"누님! 누님!" 하고 나도 누님의 가슴에 안기며 울었다.

이럴 즈음에 누가 대문을 가벼이 흔들며 떨리는 소리로,

"S 씨! S 씨! 주무셔요?" 한다. 누님은 이 소리를 듣고 얼른 일어났다. 애인의 음성은 이럴 때라도 잘 들리는 것이다. 나올 듯, 나올 듯한 울음을 입술로 꼭 다물어 막으며 급히 나갔다.

대문 소리가 나더니,

"K 씨! 오셔요?" 하며 우는 소리가 들린다. 나도 나갔다. 둘은 서로 붙들고 눈물비가 요란히 떨어진다. 누님이 울음 반 말 반으로,

"저는 또다시… 못… 뵈올 줄… 알았지요." 하였다. 그도 흑흑 느끼며,

"다 내 잘못이야요." 하였다.

"저 까닭에 오늘 매우 꾸중을 뫼셨지요?"

"어떻게 알았어요?"

누님이 내가 편지를 가지고 그 집에 갔다가 내가 들은 이야기를 하였다.

그리고 우는 소리로,

"좀 들어가셔요." 하였다.

"아니야요, 명일은 할아버지께서 꼭 다리고 가실 모양이어요. 지금 곧 멀리멀리 달아나려고 합니다. 그래서 이런 말이나 몇 마디 할 양으로 왔어요."

누님은 자기의 귀를 의심하는 듯이,

"네? 멀리멀리 가셔요? 부모도 버리시고 형제도 버리시고 멀리 가셔요? 제 신세는 벌써 불쌍하게 되었습니다. 불쌍한 저 때문에 전정前程[6]이 구만리 같은 당신을 또 불행하게 만들 것이야 무엇 있습니까? 절랑 영영히 잊으시고 부모님 말씀으로 장가 드셔요. 장가드시는 이하고나 백 년이 다 진토록 정다운 짝이 되어 주셔요. 아들 낳고 딸 낳고… 저의 모든 것을 바쳐도 당신이 행복되신다면 그만이 아니야요? 곧 당신의 기쁨이 제 기쁨이 아니야요? 당신의 행복이 제 행복이 아니야요? 한숨 쉬고 눈물 흘리면서도 당신의 행복의 그늘에서 웃어 볼까 합니다."

열정 찬 눈으로부터 하염없이 흘러나리는 눈물에 적막한 화용이 아롱진다.

"아아, S 씨를 내 손으로 불행하게 만들고 나 혼자 행복을… 사랑을 떠나 행복이 있을까요? 나에게 행복을 줄 S씨가 눈물바다에 허우적거릴 때 나 혼자 행복의 정상에서 나려다보며 웃을 수가 있을까요? 없어요! S씨 없고는 나 혼자 행복을 누릴 수가 없어요!"

"제 불행은 제 손으로 맨든 것입니다. 그러나 우리가 오늘날 이렇게 된 것이 당신의 잘못도 아니고 저의 잘못도 아니야요. 그 묵고 썩은 관습이 우리를 이렇게 맨든 것입니다! 그러하지만 저 때문에 당신의 마음을 수란愁亂하게 맨든 것 같아서 어떻게 가엾고 애닯은지 몰라요! 그런데 이 위에 더 당신을 영영이 불행하게 하겠어요. 당신이 행복되신다면 저는 오늘 죽어도 아깝잖아요."

"안될 말씀입니다. 그런 말씀을 들을수록… 기가 막혀요! 해야 늘 그 말이니까 길게 말할 것 없이 나는 가겠어요. S 씨! 부디 안녕히!"

그는 흐르는 눈물을 씻으며 결심한 듯이 돌아서 가려 한다.

---

6) 전정(前程): 앞길. 앞으로 가야 할 길.

"K 씨!"

안타까운 떠는 소리로 부르더니 북받쳐 나오는 울음이 말을 막는다. 그는 또 한 번 돌아다보고,

"S 씨! 부디 안녕히…."

말을 마치자 그는 떨어지지 않는 발길을 돌려 마음은 이리로 몸은 저리로 멀어 간다….

나는 심장을 누가 칼로 싹싹 에이는 것 같았다.

10

그 후 그는 어데로 갔는지 영영이 소식을 들을 수가 없고 누님은 시름시름 병들기 시작하여 날이 가고 달이 갈수록 병은 점점 깊어온다.

이슬 젖은 연화같이 불그스름하던 얼골이 청색 창경窓鏡에 비치는 이화梨花처럼 해쓱하였다. 익어 가는 임금林檎[7]같이 혈색 좋던 살이 서리 맞은 황엽黃葉처럼 배배 말라간다. 거슴츠레한 눈은 흰 눈물에 붉어졌다.

그러다가 차마 볼 수 없이 바싹 말라 버렸다. 마치 백골을 엷은 백지로 덮어두고 물을 흠씬 품어 놓은 것같이 되고 말았다. 마츰내 한강 얼음 얼고 남산에 눈 쌓일 제 누님은 그에게 한숨을 주고 눈물을 주던 이 세상을 떠나 버렸다.

아아, 사랑, 아 사랑의 불아! 네가 부드럽고 따뜻한 듯하므로 철없는 청춘들은 그의 연하고 부드러운 심장에 너를 보배만 여겨 강징 난다. 잔인

---

7) 임금(林檎): 능금. 능금나무의 열매.

한 너는 그만 그 심장에다 불을 붙인다. 돌기둥 같은 불길이 종작없이 오른다.

옥기玉肌[8)]도 타 버리고, 홍안도 타 버리고 금심錦心[9)]도 타 버리고 수장繡腸[10)]도 타 버린다! 방안에 켰던 촛불 홀연히 꺼지거늘 웬일인가 살펴보니 초가 벌써 다 탔더라! 양협兩頰이 젖던 눈물 갑자기 마르거늘 무슨 연유 묻잤더니 숨이 벌써 끈쳤더라!

『개벽』, 1920년

8) 옥기(玉肌): 옥과 같이 깨끗하고 고운 살갗.

9) 금심(錦心): 글에 담긴 우아하고 아름다운 생각

10) 수장(繡腸): 오장육부에 아름다움이 가득하다는 뜻.

불

시집 온 지 한 달 남짓한, 금년에 열다섯 살밖에 안 된 순이는 잠이 어렷어렷한 가운데도 숨길이 갑갑해짐을 느꼈다.

큰 바위로 내리누르는 듯이 가슴이 답답하다. 바위나 같으면 싸늘한 맛이나 있으련마는, 순이의 비둘기 같은 연약한 가슴에 얹힌 것은 마치 장마지는 여름날과 같이 눅눅하고 축축하고 무더운데다가 천 근의 무게를 더한 것 같다. 그는 복날 개와 같이 헐떡이었다. 그러자 허리와 엉치가 빼개 내는 듯, 쪼개 내는 듯, 갈기갈기 찢는 것같이, 산산히 바수는 것같이 욱신거리고 쓰라리고 쑤시고 아파서 견딜 수 없었다. 쇠막대 같은 것이 오장육부를 한편으로 치우치며 가슴까지 치받쳐 올라 콱콱 뻗지를 때엔 순이는 입을 딱딱 벌리며 몸을 위로 추스른다.

이렇듯 아프니 적이나 하면 잠이 깨련만 온종일 물 이기, 절구질하기, 물방아 찧기, 논에 나간 일꾼들에게 밥 나르기에 더할 수 없이 지쳤던 그는 잠을 깨려야 깰 수 없었다. 그렇다고 그가 혼수상태에 떨어진 것은 물론 아니니 (이러다간 내가 죽겠구먼! 죽겠구먼! 어서 잠을 깨야지, 깨야지) 하면서도 풀칠이나 한 듯이 죄어붙는 눈을 뜰 수가 없었다. 연해 입을 딱딱 벌리며 몸을 추스르다가 나중에는 지긋지긋한 고통을 억지로 참는 사람 모양으로 이까지 빠드득빠드득 갈아부치었다.

얼마 만에야 무서운 꿈에 가위눌린 듯한 눈을 어렴풋이 뜰 수 있었다. 제 얼굴을 솥뚜껑 모양으로 덮은 남편의 얼굴을 보았다. 함지박만한 큰 상판의 검은 부분은 어두운 밤빛과 어우러졌는데 번쩍이는 눈깔의 흰자위, 침이 께 흐르는 입술, 그것이 비뚤어지게 열리며 드러난 누런 이빨만 무시무시하도록 뚜렷이 알아볼 수가 있었다. 그러자 가뜩이나 큰 얼굴이 자꾸자꾸 부어오르더니 주악빛으로 지져 놓은 암갈색의 어깨판도 따라서 확대되어서 깍짓동만하게 되고 집채만하게 된다. 순이는 배꼽에서 솟아오르는 공포와 창자를 뒤트는 고통에 몸을 떨었다가 버르적거렸다가 하면서 염치없는 잠에 뒷덜미를 잡히기도 하고 무서운 현실에 눈을 뜨기도 하였다. 그 고통으로부터 겨우 벗어난 때에는, 유월의 단열밤短夜이 벌써 새었다. 사내의 어마어마한 윤곽이 방이 비좁도록 움직이자 밖으로 나간다. 들에 새벽일 하러 나감이리라. 그제야 순이도 긴 한숨을 쉬며 잠을 깰 수 있었다. 짙은 먹칠이 가물한 가운데 노랏노랏이 삿자리의 눈이 드러난다. 윗목에 놓인 허술한 경대 위에 번들번들하는 석경이라든지 '원수의 방'이 분명하다.

더구나 제 등때기 밑에는 요까지 깔려 있다.

'이것은 어찌된 셈인구?'

순이는 정신을 차리며 생각해 보았다. 어젯밤에 그가 잔 데는 여기가 아닐 테다. 밤이 되면 으레 당하는 이 몹쓸 노릇들을 하루라도 면하려고 저녁 설거지를 마치는 맡에 아무도 몰래 헛간으로 숨었었다. 단지 둘밖에 아니 남은 볏섬을 의지 삼아 빈 섬거적을 깔고 두 다리를 쭉 뻗칠 사이도 없이 고만 고달픈 잠에 떨어지고 말았었다. 그런데 어찌 또 방으로 들어왔을까? 그 원수엣 놈이 육욕에 번쩍이는 눈알을 부라리며 사면팔방으로 찾다가 마침내 그를 발견하였음이리라. 억센 팔로 어렵지 않게 자는 그를 안아다가 또 '원수의 방'에 갖다놓았음이리라. 그리고는 또 원수의 그 노릇.

이런 생각을 끝도 맺기 전에 흐리터분한 잠이 다시금 그의 사개 물러난 몸을 엄습하였다.

집안이 떠나갈 듯한 시어미의 소리가 일어났다.

"안 일어났니! 어서 쇠죽을 끓여야지!"

그 소리가 끝나기도 전에 순이는 빨딱 몸을 일으킨다. 한 손으로 눈을 비비며 또 한 손으로 남편이 벗겨놓은 옷을 주섬주섬 총망히 주워입는다. 그는 시방껏 자지 않았던가? 그 거동을 보면 자기는 새로 정신을 한껏 모으고 호령일하를 기다리던 군사에 질 바 없었다. 그러니만큼 자던 잠결에도 시어미의 호령은 무서웠음이다.

총총히 마루로 나오니 아직 날은 다 밝지 않았다. 자욱한 안개를 격해서 광채를 잃은 흰 달이 죽은 사람의 눈깔 모양으로 희멀겋게 서쪽으로 기울고 있다.

저녁에 안쳐 놓은 쇠죽 솥에 가자 불을 살랐다. 비록 여름일망정 새벽 공기는 찼다. 더욱이 으슬한 기를 느끼던 순이는 번쩍하고 불붙는 모양이 매우 좋았다. 새빨간 입술이 날름날름 집어 주는 솔개비를 삼키는 꼴을 그는 흥미 있게 구경하고 있었다. 고된 하룻밤으로 말미암아 더욱 고된 순이의 하루는 또 시작되었다.

쇠죽을 다 끓이자 아침밥 지을 물을 또 아니 이어올 수 없었다. 물동이를 이고 두 팔을 치켜 그 귀를 잡으니 겨드랑이로 안개 실린 공기가 싸늘하게 기어들었다. 시냇가에 나와서 물동이를 놓고 한 번 기지개를 켰다. 안개에 묻힌 올망졸망한 산과 등성이는 아직도 몽롱한 꿈길을 헤매는 듯. 엊그제 농부를 기뻐 뛰게 한 큰비의 덕택으로 논이란 논엔 물이 질번질번한데[1] 흰 안개와 어우러지니 마치 수은이 엉킨 것 같고 벌써 옮겨 놓은 모들은 파릇파릇하게 졸음 오는 눈을 비비고 있다. 이런 가운데 저

---

1) 질번질번하다: 겉으로 보기에 모자람이 없이 넉넉하고 윤택하다.

혼자 깨었다는 듯이 시내는 쫄쫄 소리를 치며 흘러간다. 과연 가까이 앉아서 들여다보니 새말간 그 얼굴은 잠 하나 없는 눈동자와 같다. 순이는 퐁하며 바가지를 넣었다. 상처가 난 데를 메우려는 듯이 사방에서 모여든 물이 바가지 들어갔던 자리를 둥글게 에워싸며 한동안 야료를 치다가 그리 중상은 아니라고 안심한 것같이 너르게 너르게 둘레를 그리며 물러나갔다. 순이는 자꾸 물을 퍼내었다.

한 동이를 여다 놓고 또 한 동이를 이러 왔을 제 그가 벌써부터 잡으려고 애쓰던 송사리 몇 마리가 겁 없이 동실동실 떠다니는 걸 보았다. 욜랑욜랑하는[2] 그 모양이 퍽 얄미웠다. 숨소리를 죽이고 가만히 두 손을 넣어서 움키려 하였건만 고놈들은 용하게 빠져 달아나곤 한다. 몇 번을 헛애만 쓴 순이는 그만 화가 더럭 나서 이번에는 돌멩이를 주워다가 함부로 물속의 고기를 때렸다. 제 얼굴에, 옷에, 물만 튀었지, 고놈들은 도무지 맞지를 않았다. 짜증이 나서 울고 싶다.

돌질로 성공을 못한 줄 안 그는 다시금 손으로 움켜보았다. 그중에 불행한 한 놈이 마침내 순이의 손아귀에 들고 말았다.

손 새로 물이 빠져가자 제 목숨도 잦아 가는 것에 독살이 난 듯이 파득파득하는 꼴이 순이에게는 재미있었다. 얼마 안 되어 가련한 물짐승이 죽은 듯이 지친 몸을 손바닥에 붙이고 있을 제 잔인하게도 순이는 땅바닥에 태기를 쳤다.

아프다는 듯이 꼼지락하자 그만 작은 목숨은 사라졌지만 그래도 아니 죽었거니 하고 순이는 손가락으로 건드려 보았다. 그래서 일순 송장이 된 것을 깨닫자 생명 하나를 없앴다는 공포심이 그의 뒷덜미를 집었다.

---

2) 욜랑욜랑하다: 몸의 일부를 가볍게 흔들며 잇따라 움직이거나 촐싹거리다. 또는 그렇게 되게 하다.

그 자리에서 곧 송사리의 원혼이 날 듯싶었다. 갈팡질팡 물을 긷고 돌아서는 그는 누가 뒤에서 머리카락을 잡아당기는 듯하였다.

눈코를 못 뜨게 아침을 치르자마자 그는 또 보리를 찧어야 했다. 절구질을 하노라니 허리가 부러지는 것 같다. 무거운 절구에 끌려서 하마터면 대가리를 절구통 속에 찧을 뻔도 하였다. 팔이 떨어지는 것 같다. 그래도 그는 깽깽하며 끝까지 절구질을 아니 할 수 없었다.

또 점심이다. 부랴부랴 밥을 다 지어서는 모심기 하는 일꾼(거기는 자기 남편도 끼었다)에게 밥을 날라야 한다. 국이며 밥을 잔뜩 담은 목판이 그의 정수리를 내리누르니 모가지가 자라의 그것같이 움츠려지는 것은 물론이려니와 키까지 졸아든 듯하였다. 이래 가지고 떼어 놓기 어려운 발길을 옮기며 삽짝 밖을 나섰다.

새말갛게 갠 하늘에는 구름 한 점도 없고 중천에 솟은 햇님이 불 같은 볕을 내리퍼붓고 있었다. 질펀한 들에는 '흙의 아들'이 하얗게 흩어져 웅석 피듯 어머니의 기름진 젖가슴을 철벅거리며 모내기에 한창 바쁘다. 그들이 굽혔다 폈다 하는 서슬에 옷으로 다 여미지 못한 허리는 새까맣게 찢어 놓은 듯하고 염치없이 눈에까지 흘러드는 팥죽 같은 땀을 닦느라고 얼굴은 모두 흙투성이가 되었다. 그래도 한시라도 속히, 한 포기라도 많이 옮기려고 골똘한 그들은 뼈가 휘어도 괴로운 한숨 한 번 쉬지 않는다. 도리어 그들은 노래를 부른다. 가장 자유로운 곡조로 가장 신나게 노래를 부른다.

땅은 흠씬 젖은 물을 긇는 햇발에 바래이고 논두렁에 엉클어진 잡풀들은 사람의 발이 함부로 밟음에 맡기며, 발이 지나가기를 기다려 고개를 쳐들고 부신 햇발에 푸른 웃음을 올리고 있다. 거기는 굳세게, 힘 있게 사는 생명의 기쁨이 있고 더욱더욱, 삶을 충실히 하려는 든든한 노력이 있었다. 간단히 말하면 건강이 넘치는 천지였다. 불건강한 물건의 존재를 허락치 않는 천지였다.

이 강렬한 광선의 바다의 싱싱한 공기를 마시기엔 순이의 몸은 너무나 불건강하였다. 눈이 핑핑 내어둘리며 머리가 어찔어찔하다. 온 몸을 땀으로 미역감기면서도 으쓱으쓱 한기가 들었다. 빗물이 고인 데를 건너뛰렬 제 물속에 잠긴 태양이 번쩍하자 그의 눈앞은 캄캄해졌다. 문득 아침에 제가 죽인 송사리란 놈이 퍼드득 하고 내달으며 방어만치나 어마어마하게 큰 몸뚱이로 그의 가는 길을 막았다. 속으로 '악' 외마디 소리를 치며 몸을 빼쳐 달아나려고 할 제 그는 그만 무엇인지 분간을 못하게 되었다. 누가 저의 머리채를 잡아서 회술레를 돌리는 듯한 느낌이었다. 그럴 사이에 그는 벼락 치는 소리를 들은 채 정신을 잃었다.

한참만에야 순이는 깨어났건만 본정신이 다 돌아오지는 않았다. 어리둥절하게 눈만 멀뚱거리고 있는 사이 점심밥을 이고 나가던 일, 넓은 들에서 눈을 부시게 하던 햇발, 길을 막던 송사리 생각이 차례차례로 떠올랐다. 그러면 이고 가던 점심은 어떻게 되었는가? 하면서 휘 사방을 둘러볼 겨를도 없이 그는 외마디 소리를 치며 몸을 소스라쳤다. 또다시 그 원수의 방에 누웠을 줄이야! 미친 듯이 뛰어나왔다. 그의 눈은 마치 귀신에게 홀린 사람 모양으로 두려움과 무서움에 호동그래졌다.

마당에 널어놓은 밀을 고밀개로 젓고 있는 시어미는 뛰어나오는 며느리에게 날카로운 시선을 던지었다. 국과 밥을 모두 못 먹게 만든 것은 그만두더라도 몇 개 아니 남은 그릇을 깨뜨린 것이 한없이 미웠으되 까무러치기까지 한 며느리를 일어나는 말에 나무라기는 어려웠음이리라.

"인제 정신을 차렸느냐. 왜 더 누워서 조리를 하지 방정을 떨고 나오니. 어 서 방으로 들어가서 누워 있으려무나."

부드러운 목소리를 짓느라고 매우 애를 쓰는 모양이다.

그래도 순이는 비실비실하는 걸음걸이로 부득부득 마당으로 내려온다.

"방에 들어가서 조리를 하래도 그래."

이번에는 언성이 조금 높아진다.

"싫어요. 싫어요. 괜찮아요."

순이는 방에 다시 들어가기가 죽기보다 싫었다.

"또 고분고분 말을 아니 듣고 억지를 부리는군." 하다가 속에서 치받치는 미움을 걷잡지 못하겠다는 듯이 고밀개 자루를 거꾸로 들 사이도 없이 시어미는 며느리에게로 달려들었다.

"요 방정맞은 년 같으니, 어쩌자고 그릇을 다 부수고 아실랑아실랑[3] 나오는 건 뭐냐. 요 얌치없는 년 같으니, 저번 장에 산 사발을 두 개나 산산조각을 맨들고." 하고 푸념을 섞어가며 고밀개 자루로 머리, 등, 다리할 것 없이 함부로 두들기기 시작한다. 순이는 맞아도 아픈 줄을 몰랐다. 으스러지는 듯이 찌뿌두두한 몸에 괴상한 쾌감을 일으켰다.

"요런 악지 센 년 좀 보아! 어쩌면 맞아도 울지 않고 요렇게 있담." 하고 또 한참 매질을 하다가 스스로 지친 듯이 고밀개를 집어던지며,

"요년, 보기 싫다. 어서 부엌에 가서 저녁이나 지어라."

순이는 또 시키는 대로 부엌에 들어가서 밥을 안쳤다.

그럭저럭 하루해는 저물어 간다. 으슥한 부엌은 벌써 저녁이나 된 듯이 어둑어둑해졌다. 무서운 밤, 지겨운 밤이 다시금 그를 향하여 시커먼 아가리를 벌리려 한다. 해질 때마다 느끼는 공포심이 또다시 그를 엄습하였다. 번번이 해도 번번이 실패하는, 밤 피할 궁리로 하여 그의 좁은 가슴은 쥐어뜯기었다. 그럴 사이에 그 궁리는 나서지 않고 제 신세가 어떻게 불쌍하고 가엾은지 몰랐다. 수백 리 밖에 부모를 두고 시집을 온 일, 온 뒤로 밤마다 날마다 당하는 지긋지긋한 고생, 더구나 오늘 시어머

---

3) 아실랑아실랑: 작은 짐승이나 사람이 몸을 흔들며 찬찬히 슬렁슬렁 걷는 모양.

니한테 두들겨 맞은 일이 한없이 서럽고 슬퍼서 솟아오르는 눈물을 건잡을 수 없었다.

주먹으로 씻다가 팔까지 젖었건만 눈물은 그치지 않았다.

그때였다. 누가 뒤에서 그의 어깨를 흔들었다. 순이는 무심코 돌아보자마자 간이 오그라붙는 듯하였다. 그의 남편이 몸을 굽혀서 어깨너머로 그를 들여다보고 있지 않은가. 그 볕에 그을린 험상궂은 얼굴엔 어울리지 않게 보드라운 표정과 불쌍해하는 빛이 역력히 흘렀다. 그러나 솔개에 치인 병아리 모양으로 숨 한 번 옳게 쉬지 못하는 순이는 그런 기색을 알아볼 여유도 없었다.

"왜 울어, 울지 말아, 울지 말아!"라고 꺽세인 몸을 떨어뜨리며 위로를 하면서 그 솥뚜껑 같은 손으로 우는 순이의 눈을 씻어 주고는 나가버린다.

남편을 본 뒤로는 더욱 견딜 수 없었다. 가슴을 지질러서 막는 바위, 온몸을 바스러 내는 쇠몽둥이, 시방껏 흐르던 눈물도 간 데 없고 다시금 이 지긋지긋한 '밤 피할 궁리'에 어린 머리를 짰다. 아니 밤 탓이 아니다. 온전히 그 '원수의 방' 때문이다. 만일 그 방만 아니면 남편이 또한 그 눈물을 씻어주고 나갈 따름이다. 그 방만 아니면 그런 고통을 줄려야 줄 곳이 없을 것이다. 고 원수의 방! 을 없애 버릴 도리가 없을까? 입때 방을 피하려다가 뜻을 이루지 못한 순이는 인제 그 방을 없애버릴 궁리를 하게 되었다.

밥이 보그르르 넘었다. 순이가 솥뚜껑을 열려고 일어섰을 제 부뚜막에 얹힌 성냥이 그의 눈에 띄었다. 이상한 생각이 번개같이 그의 머리를 스쳐간다.

그는 성냥을 쥐었다. 성냥 쥔 그의 손은 가늘게 떨렸다. 그리자 사면을 한 번 돌아볼 겨를도 없이 그 성냥을 품속에 감추었다. 이만하면 될 일을 왜 여태껏 몰랐던가 하면서 그는 싱그레 웃었다.

그날 밤에 그 집에는 난데없는 불이 건넌방 뒤곁 추녀로부터 일어났다. 풍세를 얻은 불길이 삽시간에 온 지붕에 번지며 훨훨 타오를 제 뒷집 담모서리에서 순이는 근래에 없이 환한 얼굴로 기뻐 못 견디겠다는 듯이 가슴을 두근거리며 모로 뛰고 세로 뛰었다.

『개벽』, 1925년

까막잡기

"자네, 음악회 구경 아니 가려나?"

저녁 먹던 말에 상춘相春은 학수學秀를 꼬드겼다. 상춘은 사내보담 여자에 가까운 얼골의 남자이었다. 분을 따고 넣은 듯한 살결, 핏물이 듣는 듯한 붉은 입술, 초승달 모양 같은 가늘고도 진한 눈썹, 은행꺼풀 같은 눈시울 — 여자라도 여간 어여쁜 미인이 아니리라. 그와 정반대로 학수의 얼골은 차마볼 수 없이 못생긴 것이다. 살빛의 검기란 아프리카의 흑인인가 의심할 만하다. 조금 거짓말을 보태면 귀까지 찢어졌다고 할 수 있는 입, 장도리나 무엇으로 퍽퍽 찍어서 나려 앉힌 듯한 콧대, 광대뼈는 불거지고 뺨은 후벼파 놓은 듯, 그 우툴두툴한 품이 마치 천병만마가 지나간 고古전쟁터와 같은 느낌이 있었다. 이 미남과 추남의 표본이라고 할 만한 두 청년은 한 고장 사람으로 같이 ××전문학교에 다니는 터이었다.

"오늘 저녁에 어데 음악회가 있나?"

"있구말구, 종로 청년회관에 학생 주최로 춘기 대음악회가 있다네. 종로로 지나다니면서 그 광고도 못 봤단 말인가. 참말이지, 이번 음악회는 굉장하다네. 그 학당의 자랑인 꽃 같은 여학생들의 코러스는 말할 것도 없거니와 조선서 음악깨나 한다는 사람을 총출이라데. 그리고 그 나라에서도 울렸다는 프오크 양의 독창도 있고 또 요사이 로서아에서 돌아온 리니콜라이의 바이얼린 독주도 있고…."

"여보게, 그만 늘어놓게. 그만해도 기막히게 훌륭한 음악회인 줄 알겠네. 그러나 내가 어데 음악을 아는가? 내 귀에는 한다는 성악가의 독창이나 도야지 목 따는 소리나 다른 것이 없네. 바이올린으로 타는 좋다는 곡조나, 어린애의 앙얼거리는 울음이나 마찬가지이데."

"그래, 음악회에 가기 싫단 말인가?"

"자네 혼자 다녀오게."

"여보게, 음악은 모른다 하더래도, 여학생 구경이라도 가세그려. 주최가 여학교 측이고 보니, 그 학교 학생은 물론이겠고, 서울 안에 하이칼라 여학생은 다 끌어 올 것일세." 하고, 매우 초조한 듯이,

"입장권은 내가 삼세. 음악이 싫거든 여학생 구경이라도 가세그려."

"왜?"

"왜라니? 여학생의 구경이라도 가자는 밖에."

학수는 배앝는 듯이,

"여학생은 보아 쓸데가 무엇이란 말인가?"

상춘은 펄쩍 뛰며,

"쓸데란 말이 웬 말인가? 자네같이 쓸데 있는 것만 찾는다면 인생은 쓸쓸한 황야일 것일세. 캄캄한 그믐밤일 것일세. 아름다운 음악을 들으며 아름다운 여성을 보는 것이 벌써 시가 아닌가. 행복이 아닌가?"

"시다? 행복이다? 홍, 내야 자네같이 어데 취미성이 있어야지."

빈정대는 듯이 이런 말은 하건마는, 찡그린 그 얼골엔 말할 수 없는 고뇌의 그림자가 떠돌았다. 상춘은 제 동무의 말은 들은 체 만 체하고 꿈꾸는 듯하는 눈자위를 더욱 반들반들하게 적시우며, 시나 읊조리는 어조로,

"여자는, 더구나 새로운 학문을 배우는 여학생은 인생이란 거친 들의 꽃일세, 어두운 밤에 불일세. 햇발이 왜 따스한 줄 아나? 그들의 가슴을 덥히기 위함일세. 달빛이 왜 밝은 줄 아나? 그들의 얼골을 바래기 위함일세. 꽃이 피기도 그들의 눈을 기쁘게 하려는 까닭이요, 새가 울기도 그

들의 귀를 즐겁게 하려는 까닭일세. 그런데….” 하고, 잠깐 가쁜 숨을 돌리었다. 학수의 얼골엔 고뇌의 그림자가 더욱 더욱 짙어가며 담박 울음이 터져 나올 듯이 왼 상판의 근육이 경련적으로 떨린다.

“듣기 싫네, 듣기 싫어. 그만해도 자네가 시와 소설을 많이 본 줄 알겠네.”

“…그런데 말이지. 그들이 하나가 아니고 둘이 아니고 백여 명이 모였단 말이다. 생각을 해 보게. 백여 명이 모였단 말이다. 그 곳은 백화난만한 꽃동산일 것일세. 거기 종달새 격으로 꾀꼬리 격으로 피아노가 운다, 바이올린이 껄떡인다. 그나 그뿐인가, 꽃 그것이 노래를 부르니 이게 낙원이 아니고 어데가 낙원이란 말인가. 거기 가기를 싫어하는 자네는 사람이 아닐세, 사내가 아닐세, 목석일세.” 하고, 상춘은 못 견디겠다 하는 듯이 뻘떡 일어나 방안을 왔다 갔다 한다.

그의 눈에는 쉴 새 없이 미소가 떠올랐다. 제 얼골에 지나치게 자신을 가진 그는, 여성과 접촉을 안 했기 망정이지, 접촉만 하고 보면 — 불행한 일은 아즉 여성과 흠씬 접촉해 본 일이 없었다 — 손끝 한번 까딱해서, 눈 한번 깜짝해서, 다 저에게 꿀 같은 사랑을 바치려니 생각한다. 젊고 어여쁘고 지식이 있고 마음이 상냥한 여성은 언제든지 저의 애인이 될 가능성이 있다. 그러므로 그들을 비난하거나 미워할 생각은 꿈에도 없었다. 따라서 그는 어데까지 여성찬미자 — 더구나 새로운 학문을 배우는, 배운 여성의 찬미자이었다. 그들의 말이 나오면 턱없이 흥분하는 법이었다.

“사람이 아니래도 좋고, 사내가 아니래도 좋네. 목석이라도 좋아. 음악회 구경도 싫고, 여학생 구경도 딱 싫으이.”

마츰내 학수도 버럭 화증을 내었다.

“참말이지, 요새 여학생은 눈 잔등이가 시어서 못 보겠데. 기름을 바를

대로 바르고, 왜 귀밑머리는 풀고 다니는지, 살찐 종아리 자랑인지는 모르지만, 왜 정강이까지 올라오는 잠뱅이를 입고 다니는지, 발등 뼈가 퉁겨 나와야 맛인가, 구두 뒷축은 왜 그리 높은지, 암만해도 까닭 모를 일이어. 옆에만 지나가도 그 퀴퀴한 향수 냄새란 구역이 날 지경이다. 그리고 이름이 좋아서 하늘타리로 사랑은 자유라야 쓰느니, 연애는 신성한 것이니 하면서 얼골만 반드레해도 그만 반하고, 피아노 한 채만 보아도 마음이 솔곳하고, 애꾸눈이라도 서양 갔다 온 사람이면 추파를 건넨다던가. 그런 천착舛錯하고[1] 경박하고 허영에 뜬 년들에게 침을 깨 흘리는 놈도 흘리는 놈이지. 그래, 그런 것들이 우글우글 끓는 음악회에 간단 말인가? 차라리 요귀가 끓는 지옥엘가는 게 낫지. 바루 제가 젠 체하고 단 위에 올라서서, 몸짓 고개짓을 하면서 주리난장을 맞는 듯이 아가리를 딱딱 벌리는 꼴이란 장님으로 못 태어난 것이 한이 될 지경이다." 라고 학수도 까닭 모를 흥분에 목소리를 떨며, 그 험상궂은 얼골이 푸르락 붉으락하며 부르짖었다. 제 스스로 제 얼골이 다시 더 못생길 수 없이 못생긴 것을 잘 아는 그는, 여성을 대할 적마다, 저 아닌 남으론 상상도 못할 만큼 심각한 고통을 느끼었다. 여성의 시선이 제 얼골에 떨어지면 못생긴 제 얼골이 열 곱 스무 곱 더 못생겨지는 듯싶었다. 조소와 멸시를 상상치 않고는 여성의 눈길을 느낄 수 없었다. 이러구러 그는 어느 결엔지 미소지니스트(여자를 미워하고 싫어하는 이)가 되고 말았다. 구식 여자보담 자유연애를 — 저는 일평생 가야 맛보지 못할 자유연애를 한다는 신식 여자가 더욱이 밉고 싫고 침이라도 배앝고 싶을 만치 더럽고 추해 보였다.

상춘은 어이없이 학수를 바라보다가,

"여보게 웬 야단인가? 여학생하고 무슨 불공대천지원수[2]나 졌단 말인

---

1) 천착(舛錯)하다: 생김새나 행동이 상스럽고 더럽다.

가? 모욕을 해도 분수가 있지."

"압다, 그러면 자네는 여학생한테 무슨 재생지은덕이나 입었단 말인가? 왜 여학생이라면 사지를 못 쓰나?"

두 친구는, 잠깐 보면서 입을 닫치었다. 이윽고 상춘은 또 방안을 거닐다가 화중 난 듯이 문을 열고 퉈 하고 침을 배앝았다. 봄밤이다. 생각에 젖은 처녀의 눈동자 같은 봄밤이다. 전등 불빛의 세력 범위를 벗어난 어스름 한 마당 구석에는 달빛조차 어른거린다. 단성사인지 우미관인지 사람 모으는 젓笛대 소리가 바람결에 들린다.

상춘에게는 일 찰나가 몇 세기나 되는 듯싶었다. 아름다운 음악회의 광경이 무지개같이 그의 머리에 비추인다. 그는, 마치 애인과 밀회할 시간이 늦어가는 사람 모양으로, 앉았다 일어섰다 조를 비빈다. 저 혼자 같으면 좋으련만 같이 있는 처지에 학수를 버리고 가는 것이, 실없는 말다툼으로 감정이나 낸 듯도 싶고, 그보담 많은 여자에게 제가 얼마나 잘난 것을 돋보이게 하려면 못 생긴 동반자가 필요도 하였다. 그는 다시 제 동무를 달래고 꼬드기고 조르기 시작하였다. 오늘 저녁이 봄밤인 것과, 이러고 들어박혀 있을 때가 아닌 것과, 정 음악이 듣기 싫고 여학생이 보기 싫더라도 제 얼골을 보아 가달라고, 비대발괄하였다. 친구 따라 강남도 간다니, 이렇게 청을 하는데, 아니 갈 게 무어냐고, 성도 내었다. 얼골과 달라 마음은 싹싹한 학수라, 그렇게 조르는 친구의 청을 떨치기도 무엇하고, 또 얼마큼 상춘의 달뜬 기분이 전염이 되어 혼자 빈방을 지키기도 을씨년스러웠다. 마츰내 학수는 싫으나마 도수장에 끌려가는 소 모양으로 상춘을 따라서고 말았다.

상춘이와 학수가 음악회에 들어선 때에는 벌써 회를 여는 관현악이 아

---

2) 불공대천지원수(不共戴天之怨讐): 함께 하늘을 이지 않는 원수.

되일 적이었다. 만일 상춘이가 대분발을 해서 이 원을 내고 일등표 두 장을 사지 않았던들 — 그들은 일등표를 산 덕택에 바루 자석 옆 악단 멀지 않게 자리를 잡을 수 있었다. — 구경도 못 하고 돌아설 뻔하였다. 그다지 모인 사람이 많았다. 상춘의 짐작과 틀리지 않아 자리를 반분하다시피 여자의 구경꾼도 많았다. 띄엄띄엄 쪽찐 이와 땋은 이가 없지 않았으되, 대개는 푸수수한 트레머리의 꽃밭이었다. 그래, 탐스럽게 핀 검은 목단화 송이의 동산이었다. 머리를 꽃송이에 견주면 보얀 목덜미는 그 흰 줄기일러라. 문에 쑥 들어서면서 이 송이와 줄기만 보아도 젊은이의 가슴은 이상하게 뛰놀았다.

그윽한 향수와 기름내, 많은 젊은 몸에서 발산하는 훈훈한 살내, 입내, 옷내 — 그 곳의 공기는 온실과 같이 눅눅하고 향긋하고 따스하였다. 일분은 음악으로 하여, 구분은 이성으로 하여 모인 이들은 우단을 감는 듯한 포근한 느낌과 아지랑이에 싸인 듯한 황홀한 심사에 사라지며 있다. 이따금 파릇파릇 잎 나는 포플러 가지를 흔들고 온 듯한 바람이 우 하고 유리문을 찌걱거리면, 시방이 봄철인 것과, 꽃구경이 한창인 것과 오늘 저녁이야말로 음악 듣기에 꼭 좋은 밤임을 새삼스럽게 생각해내며, 공연히 마음이 놀아들 나서, 이성의 눈결은 더 많이 이성에게로 몰킨다.

상춘은 아까부터 보아둔 여학생이 하나 있었다. 그이는 모시 치마와 옥양목 저고리를 입은 얼골 갸름한 처녀인데, 저와 슬쩍 한 번 눈길이 마주친 후로 자꾸 저를 보는 듯하였다. 가장 잘 음악을 아는 체로 얼골에 미소를 띠우고 발로 박자를 맞추는 사이, 그이의 눈결은 꼭 저만 쏘고 있는 듯하였다. — 고개만 돌리면 그와 나의 시선은 또 마주치렸다. 그는 부끄러워 얼골을 붉히렷다. 남에게 무안을 주는 것은 좋지 못한 일이다. 얼마든지 나를 보게 해 두자. 아마도 나에게 마음이 끌린 모양이야. 얼마든지 보라지, 가만히 내버려 두어 — 열기 있고 짜릿짜릿한 눈살의 쏘임을 견디다 못해서 상춘은 문득 고개를 돌리었다. 저 편에서 어느 결에 눈결을 돌리었나? 그이의 눈은 저 아닌 바이얼린 타는 이를 똑바루 보고 있다. 인제 이편에서 한동안 노리며, 보아주기를 기다렸으나 그이는 매우 감동된 듯이 눈을 번쩍이며 깽깽이 시루는 이의 손을 따르고 있을 뿐이었다. 빌어먹을! 하고 성낸 듯이 제 고개를 돌이키자마자, 어째 저편의 고개가 얼른 제 편으로 돈 듯하였다. 또 놓쳐서 될 말인가 하고, 이번에는 날쌔게 돌아다보았다. 그편의 눈은 한결같이 바이올린에 박혔을 뿐. 몇 번을 고개를 바루었다 틀었다 해보건만 한결같이 그이의 눈은 저를 쏘지 않았다.

"나를 보지 않는군. 안보면 대순가?"

화중 낸 듯이 속으로 중얼거리고, 또 다른 눈 맞는 이를 찾아내려 하였다. 한참이나 헛되이 돌아다니던 눈이 얼마 만에 저를 보고 웃는 듯한 눈을 잡아내었다. 그이의 얼골은 동그스름한데 아까 저 보던 이보담 몇 곱절이나 아름다운 듯싶었다. 옳다구나? 할 새도 없이 염통이 파득파득 소리를 내었다. 슬쩍 눈결을 피하였다가 슬쩍 눈결을 던지매 그이는 시방도 웃기는 웃건마는, 곁에 앉은 제 동무와 속살거리고 웃을 뿐이고 저를 보지는 않았다.

또 아깟 번으로 눈살을 놓았다 거두었다 하는 사이에 용하게 두 번째 그이의 눈을 맞출 수 있었다.

"두 번이다, 두 번이야. 이번 것은 틀림없이 나한테 호의를 가졌나 부다."

상춘은 이렇게 확신 있게 속살거리며, 사람이 헤어져 돌아갈 때에 문 앞에서 기다리면 그이가 나와 저를 보고 반겨 웃을 것과 저더러 같이 가자든지, 그렇지 않으면 저를 따라 올 것과, 어떻게 꿀 같은 사랑을 맛볼 것을 생각하였다. 악수, 키스, 달밤에 산보, 꽃 사이의 해매임 — 그림보담도 더 아름다운 정경을 역력히 그리고 있을 때였다.

곁에 앉아 있던 학수, 신트림이나 올라오는 사람 모양으로 보기 싫게 찡그린 얼골을 주체를 못하는 듯이 숙였다 들었다 하며 여자 편과 외면을 하고 될 수 있는 대로 남자의 편을 향하고 있는 학수. 맡지 않으려 할수록 속을 뒤흔드는 이성의 냄새와 느끼지 않으려 할수록 몸에 서리는 이성의 훈기에 축축이 진땀이 흘렀다. 으슬으슬 한기가 들었다 하던 학수가, 한창 꿈결 같은 환상에 녹는 상춘의 옆구리를 꾹 질렀다. 제 친구의 존재를 깜빡 잊어버렸던 상춘은 발부리에서 모츠래기가 날아간 듯이 놀래었다.

학수는 목안에서 나는 듯한 그윽한 소리로,

"여보게 상춘이, 여보게 상춘이, 여기 변소가 어데인가? 오줌이 마려워서 견딜 수 없네."

"뭐?" 하고, 상춘은 네 말을 못 알아듣겠다는 듯이 물끄러미 학수를 보았다.

학수는 여간 급하지 않은 듯이,

"변소가 어데냐 말일세. 오줌이 마려워서 죽을 지경일세."

"뭐, 오줌이 마려워. 참게 참아."

상춘은 배앝는 듯이 퉁을 주었다. 저의 꽃다운 환상을 이따위 일에 부순 것이 속이 상하였다.

"여보게, 인제 더 참을 수 없네. 여기 오는 맡에 마려운 것을 이때까지 참았네. 인제 할 수 없네. 아랫배가 뻑적지근하게 아파 견딜 수 없네."

"원, 사람도. 그러면 저 문으로 나가게."

상춘은 어처구니없이 픽 웃고는 악단의 오른 편에 있는 조그만한 문을 가리키며,

"나가면 오른편에 층층대가 있으니. 그리 나려가면 거기 변소가 있네."

하였다.

학수는 엉거주춤하고 겸연쩍은 듯이 고개를 숙이고 가리키는 대로 그 문을 열고 밖을 나왔다. 밝은 데 있다가 나온 까닭에 눈앞이 캄캄하였다. 손으로 더듬어서 층층대를 나려는 왔으나 어데가 어데인지 도모지 알 수가 없었다.

공장 옆에 있는 변소를 대강당 밑에서 찾으니 찾아질 리가 없었다. 헛되이 층층대를 끼고 얼무적얼무적하다가 하는 수 없이, '층층대 밑에라도' 할 즈음이었다.

괴상하고 야릇한 일이 일어나기는 그 때였다. 문득 뒤에서 똑 찍, 똑 찍 하는 소리가 들리자마자 방망이 같은 무엇이 홀쩍 어깨를 넘을 겨를도 없이 등 뒤에 물씬한 것이 닿으며 보드랍고 싸늘한 무엇이 눈을 꼭 감긴다. 학수는 전신에 소름이 쭉 끼치며, 하도 놀래어 '악' 소리도 지를 수 없었다.

"내가 누구예요?"

물어 죽이는 웃음과 함께 낮으나마 또렷또렷한 목성이 묻는다.

"왜 아모 말도 않으서요? 놀래었어요?" 하는 소리가 나면서 눈 가렸던 물건이 떨어진다. 일시에 등에 대었던 것도 떨어지며 가벼운 힘이 어깨를 흔들자 눈앞에 보얀 얼골이 어른하였다. 이 불의에 나타난 괴물이 학수의 얼골을 알아보자마자 그편에서도 매우 놀랜 듯,

"에그머니?" 하는 부르짖음과 함께 그 괴물은 천방지축으로 달아난다.

학수는 얼 없이 제 앞에 나는 듯이 떠나가는 괴물의 뒤 꼴을 바라보고 있었다. 얼마 후 놀래었던 가슴이 가라앉은 뒤에야 시방 제 눈을 감기고 달아난 것이 결코 귀신도 아니요 괴물도 아니요, 한갓 아름다운 여성임을 확실히 깨달을 수 있었다. 그러자 그 여성의 대이었던 자리가 전기로나 지진 듯이 욱신욱신하고 근질근질해 온다. 무수룩하게 어깨를 누르

는 팔뚝, 말씬말씬하게 등때기를 비비는 젖가슴, 위 빰과 눈언저리에 왕거미 모양으로 붙었던 두 손을 참보담 더 참다이 느낄 수 있었다. 그 근처의 공기조차 따스하고 향긋하게 코 안으로 기어드는 듯하였다.

그는 몽유병자의 걸음걸이로 그 여자의 간 곳을 향해서 몇 걸음 걸어가 보았다. 그 때의 찾고 찾아도 찾을 수 없던 뒷간인 듯한 집이 보이었다. 그는 늘어지게 소변을 보고 몸이 날듯이 가든해 오매, 이 이상한 일의 까닭을 캐어보았다.

그것은 어렵지 않게 풀 수 있는 수수께끼였다. 눈을 감긴 이는 저의 애인과 함께 이 음악회에 왔음이리라. 그런데 그들은 무슨 까닭으로든지 이 층층대 밑에서 남 몰래 만나자고, 무슨 군호로 — 눈짓 같은 것으로 맞추었음이리라. 사내가 그 군호를 몰랐던지 그렇지 않으면 사내의 발길은 더디고 계집의 발길은 일쯕어, 층층대 아래서 학수가 어름어름하는 걸 보고 꼭 제 애인인 줄만 여겨서 아양 피움으로 까막잡기를 하였음이리라.

이윽고 그 층층대를 도루 올라와서 음악회에 통한 문을 여는 학수는 제 얼골이 여지없이 못생긴 것과 여성에 대한 미움을 씻은 듯이 잊어버리었다.

전등불이 급작스럽게 밝아지며, 모든 사람이 저에게 호의 있는 시선을 보내는 듯하였다. 그 중에도 여자들은 미소를 건네는 듯하였다. 바이올린은 이미 끝났음이리라. 어느 양녀 하나이 보얀 손가락을 북같이 쏘대이게 하며 피아노를 치고 있다. 전 같으면 시답지 않을 그 악기의 소리가 제 가슴속의 무슨 은실 같은 것을 스치어서 어느 결엔지 멋질린 발길이 춤추는 듯이 박자를 맞춘다.

그는 바루 여자석의 옆 걸상 줄에 있는 제 자리에 한 두어 걸음 남겨 놓고, 걸상 줄밖에 나온 어느 여학생의 구두코를 지척하고 밟아 버렸다. 학수는 그 얼골에 애교를 넘쳐 흘리며 제 잘못을 사과하였다. 그 여학생은 당황히 발을 끌어들이며 괜찮다 하였다. 발 밟힌 이의 얼골이 아모 일도 아니 일어난 것처럼 새침하게 바루어진 뒤에도 발 밟은 이는 사과를 되풀이하며 빙글빙글 웃는다. 그 여학생은 한번 힐끗 학수를 쳐다보더니 고개를 팍 숙이고는 제 옆 동무를 꾹 찌르며 웃는다. 제 자리에 앉는 학수도 자기의 한 일이 가장 재미있고 우스운 것같이 킬킬 소리를 내어 웃었다. 그러는 가운데, 언뜻 깨달으니 그 여학생이 갈데없는 제 눈을 감기던 사람 같았다. 북받치는 웃음으로 하여 가늘게 떠는 그 동그스름한 어깨, 서너 올 머리칼이 하늘거리는 보얀 귀밑. — 그렇다, 그렇다, 분명히 그 여자다. 내 눈을 감기고 달아난 그 여자다, 하였다. 이런 생각을 하고 있을 제 그 여학생의 입이 비죽비죽하는 웃음을 간신히 참으며, 또 한 번 학수의 편을 보았다. 그의 광대뼈가 조금 내민 것을 알아보자, 학수는 그이가 아니로구나 하고 고개를 쩔레쩔레 흔들었다.

찡그린 상판을 남자 편으로 향하고 있던 학수는 인제 번쩍이는 얼골을 여자 편에게로만 돌리어서, 저와 까막잡기하던 이를 찾기에 골몰하였다. 여러 번 그이인 듯한 여학생을 찾아내었건만, 눈썹이 경성다못도 하고 입이 크거나 작거나 하고, 이마가 좁기도 하며, 코가 높거나 낮거나 해서, 정말 그이를 알아 맞추는 도리가 없었다. 그릇 알았든 옳게 알았든, 비록 눈도 한번 못 깜짝일 짧은 동안이라 할지라도 저를 애인으로 생각해 준 그 여자는 여성으로의 모든 아름다움을 갖추고 있었을 듯하였음이다.

상춘은 상춘으로 그 얼골이 동그스름한 여학생과 눈을 맞추며 기뻐하고 있었다. 시선이 맞질리기가 벌써 네 번이나 된다.

음악회는 그럭저럭 끝나고 말았다.

상춘은 저와 네 번이나 눈이 마주친 그이를 기다리면서, 학수는 혹 제 동무들과 섭슬리어 나올는지 모르는 제 눈 감기던 그이를 기다리면서, 두 청년은 청년회관 문 앞에 서 있다….

상춘의 그이는 나왔다. 무슨 할 말이나 있는 듯이 상춘은 한 걸음 다가 들었건만, 그이는 거들떠보지도 않고 제 갈 데로 가 버렸다. 나오는 이 족족 새로이 얼골을 검사해 보았건만 학수의 그이는 없었다.

사람들이 다 헤어진 뒤에도 잘난 이와 못난 이는 사라지려는 아름다운 꿈을 아끼는 듯이 우두커니 서 있었다.

아까 음악당의 유리창을 비걱거리던 바람은 휙휙 먼지를 날리며 포플러 가지를 우쭐거리게 한다. 반 넘어 서쪽으로 기울어진 초승달은 새악씨의 파리한 뺨 같은 모양을 구름자락 사이에 드러내었다.

"달이 있군."

상춘은 하늘을 쳐다보며 한숨지었다.

"시방, 집에 가면 잠 오겠나? 우리 종로를 한 번 휘 돌까?"

두 청년은 걷기 시작하였다. 광화문통까지 올라갔다가 도루 나려왔다. 그들의 묵고 있는 집은 사동寺洞에 있었다.

"음악회란 기실 아모 것도 보잘 게 없어. 그 많은 여학생 가운데 하나나 그럴 듯한 게 있어야지."

상춘은 탄식하는 듯이 이런 혼자 말을 하였다.

"왜 그렇게 가자고 사람을 들볶더니."

"갈 적에는 좋았지만 나와 보니 그런 싱거운 일이 없네그려. 돈 이원만 날아갔는걸."

"나는 재미있던데."

상춘은 턱없이 빙글빙글하는 학수를 바라보며 의아한 듯이,

"왜 음악회라면 대경질색을 하더니?"

"딴 음악회는 다 재미없어도 오늘 것은 매우 재미있었어…. 그런데

여보게, 사랑 맡은 귀신은 장님이라지?"

"그것은 왜 묻나?"

"글쎄 말일세."

"그렇다네. 사랑을 하면 곧 이성의 눈이 감긴단 말이겠지."

"훙, 그러면 나는 오늘 저녁에 사랑을 하였는걸. 사랑 맡은 귀신의 은총을 입었는걸."

"사랑을 하였다니?"

"훙, 세상에는 이상한 일도 있지."

"무슨 일이 그렇게 이상하단 말인가?"

"이야기할까?"

"이야기할 테면 하게그려."

상춘은 별로 흥미가 끌리지 않는 듯하였다. 학수는 주춤 걸음을 멈추더니 다짜고짜로 등 뒤에서 상춘의 눈을 감기었다.

"이게 무슨 미친 짓인가?"

상춘은 놀라 부르짖었다.

"내가 사내가 아니고 여자일 것 같으면 자네 마음이 어떠하겠나?"

"그게 다 무슨 소리인가?"

"오늘 음악회에서 어느 여자가 나를 그리했다네."

상춘은 어이없이 웃으며,

"예끼 미친 사람…."

"미치기는 누가 미쳐? 왜 거짓말인 줄 아나?" 하고, 학수는 입에 침이 없이 아까 층층대 밑에서 일어난 일의 자초지종을 이야기하였다.

호기의 눈을 번쩍이고 있던 상춘은, 이야기가 끝나자 웬일인지 그 여자를 여지없이 타매하였다. 어데 밀회할 곳이 없어서 그 어둠침침한 층층대 밑에서 그런 짓을 하느냐는 둥, 그런 년이 있기 때문에 여학생의 풍기가 문란하다는 둥, 필연 여학생 모양을 한 은근짜나 갈보라는 둥, 내가 그런 일을 당했으면 꽉 붙들어 가지고 톡톡히 망신을 주었으리라는 둥, 그리 못한 학수가 반편이라는 둥….

"왜 샘이 나니? 생각을 해 보게, 보들보들한 손이 살짝 내 눈을 가리었단 말이지. 내 등에 그 따뜻한 가슴이 닿이었단 말이지. '내가 누구예요?' 하는 그 목소리? 그야말로 꾀꼬리 소리란 말이지…." 하고, 학수는 못 견디겠다는 듯이, 몸을 비꼬자마자 상춘을 부둥켜안았다.

"이 사람이 정말 미쳤나?" 하고, 상춘은 사정없이 뿌리쳤다. 학수는 넘어질 듯이 비틀비틀하면서 허허 하고 소리쳐 웃었다. 그들은 벌써 사동 입새에 다다랐다.

상춘은 부인 상회로 무슨 살 것이나 있는 듯이 들어간다. 어데 갔다가 돌아오는 길에는 이 상회를 거치는 것이 그의 버릇이었다. 전일엔 상춘이가 암만 졸라도 좀처럼 들어가지 않던 학수이언만 오늘밤에는 서슴지 않고 상춘을 따라 들어설 수 있었다.

상회에 들어온 뒤에도 학수의 윈 얼골에 퍼진 웃음의 그림자는 사라지지 않았다. 이 꼴을 보고 상춘은 의미 있게 웃고는, 벙글거리는 이를 슬며시 색경과 경대를 벌려 둔 데로 끌고 와서 귀에 대고 소근거렸다.

"여보게, 거울을 좀 보게."

벙글거리던 이는 무심코 거울을 들여다보았다. — 저놈이 웬 놈인가? 지옥의 굴뚝 속에서 뛰어나온 아귀 같은 상판으로 빙그레 웃는 저놈이 웬 놈인가? 입은 찢어진 듯이 왜 저리 크며 잔등이 움퍽한 콧구멍은 왜 저리 넓은가? 학수는 제 앞에 나타난 이 추醜의 그것 같은 괴물을 차마 제 자신으로 생각할 수가 없었다. 얼마 전에 사랑 맡은 여신의 은총을 입은 제 자신으로 생각할 수 없었다. 그러나 이 더할 수 없이 못생긴 괴물이야말로 갈데없는 저임에 어찌하랴, 다른 사람 아닌 제 본체임에 어찌하랴?

그의 눈앞은 갑자기 한 그믐밤같이 캄캄하였다.

『개벽』, 1924년

사립정신병원장

생각하면 재작년 겨울 일이다. 나는 오래간만에야 고향에 돌아갔었다. 십여 호가 넘던 일갓집들이 가을바람에 나부끼는 포플러 잎보담도 더 하잘것없이 흩어진 오늘날에야 말이 고향이지 기실 쓸쓸한 타향일 따름이다. 비록 초가일망정 이십여 간이나 되는 우리 집도 다섯간 오막살이로 찌그러 들어 성 밖 외따른 동리에 초라하게 남았고 거기는 칠순에 가까운 아버지와 사십이 넘은 계모가 턱을 고이고 앉았을 뿐. 아들도 남부럽지 않게 많지마는 제 입 풀칠하기에 바쁜 그들은 부모님 봉양할 이란 하나도 없었던 것이다. 몇 달 만에야 한 번, 몇 해 만에야 한 번 집안으로 기어드는 자식은 자식이 아니요 손님이었다. 쌀밥 한 그릇 고깃국 한 대접을 만들어 먹이기에 아버지와 어머니가 얼마나 고심하는 것을 잘 아는 나는 얼른 데미다보고는 선선히 일어서는 것이 항례였다. 그러나 내가 여기서 내 신세와 우리 집안 형편을 늘어놓자는 것은 아니다. 음산하고 참담한 내 동무 하나의 이야기를 기념 삼아 적어 두자는 것이다.

아버지 집을 총총히 뛰어나온 나의 발길은 몇 아니 되는 친구가 구락부 삼아 모이는 L 군의 사랑으로 향하였다. 그들은 무조건으로 나를 환영해 주었다. 반가움, 즐거움은 이야기의 즐거움으로 옮겨갔다. 서울 형편 이야기, 글 이야기, 생각 이야기를 비롯하여 친구들의 가정에 일어난 에피소드까지 우리의 화제에 올랐다.

"W 군이 어째 보이지 않나? 요새도 은행에 잘 다니나?"

나는 그 사랑의 단골축의 하나인 W 군의 소식을 물어 보았다.

"이번 정리 통에 그나마 미역국을 먹었네." 하고 주인 되는 L 군이 얼굴을 찌푸린다. 나는 그 말을 듣고 놀래었다. 이 W 군으로 말하면 그야말로 헐길 할길 없는 형편이었다. 본디 서발 막대 거칠 것 없는 가난한 집안에 태어난 그는 열여덟 살에 백부에게로 출계를 하게 되었다. 양자 간 덕택으로 즉시 장가는 들 수 있었으나 사람 좋은 양부는 남의 빚봉수로 말미암아 씩씩치 않은 시골 살림이 일조에 판들고 말았다. 그는 처가에 몸을 의탁하는 수밖에 없게 되었다. 그러나 처가 또한 넉넉지 못한 형세이다. 조반석죽도 궐할 때가 많았다. 넉넉한 처가살이도 하기 어렵다 하거든 하물며 가난한 처가살이랴? 목으로 넘어가는 밥 한 알 두 알이 바늘과 같이 그의 창자를 찔렀으리라.

이대도록 고생에 부대끼면서도 그는 얼굴 한번 찡그리는 법이 없었다. 그는 언제든지 싱글싱글 웃었다. 그는 말 한 마디를 해도 웃지 않고는 못하는 낙천가이었다. 서울에 올라와서 고학을 할 때 살을 에어내는 듯한 겨울날 속옷을 빨다가 손이 몹시 시리면 그는 벌떡 일어나 손을 쩔레쩔레 흔들며,

"이놈의 손가락이 별안간에 왜 뻣뻣해지나?" 하고도 웃었다. 밥을 짓다가 연기가 눈으로 들어가면 눈물이 그렁그렁한 눈을 비비면서도 그는 히히 하고 웃기를 잊지 않았다. 그 대신 그의 몸은 여지없이 말라 갔다. 뼈하고 가죽으로만 접한 듯한 얼굴은 바늘로 찔러도 피 한 점 날 것 같지 않았다.

가장 기쁜 듯이 웃을 때면 입가는 마치 누비를 누벼 놓은 듯이 여러 가닥 주름이 잡히었다.

만사를 웃고 지내는 그이언만 처가살이는 견디지 못하였던지 작년 봄에 남의 협호夾戶[1]를 얻어 자기 식구를 끌고 나왔다. 백판으로 살림을 차

리고 보니 그 궁색한 것이야 당자 아닌 남으론 상상도 못할 것이 있었으리라. 있는 친구에게 쌀되를 꿔어가면서 그날그날을 보내던 중 여러 가지로 주선한 끝에 T은행의 고원으로 채용이 되었었다. 이십오 원이란 월급이 비록 적지마는 그들의 가정에겐 생명의 줄이었다. 그런데 그 줄이나마 끊어졌으니 그는 또 무엇을 하며 지낼 것인가. 더구나 그는 벌써 열두 살 먹은 맏딸, 여덟 살 되는 둘째 딸, 네 살 먹은 아들의 아버지가 아니냐.

"그러면 무엇을 먹고산단 말인가?"

나는 탄식하였다.

"요새는 사립정신병원장이 되셨지요." 하고 익살 잘 부리는 S 군이 낄낄 웃었다. 왼 방은 이 말에 떽때그르르 웃었다.

"사립정신병원장이라니?"

나는 왼 까닭을 몰라서 채쳐 물었다.

"출근 오전 칠 시, 퇴근 오후 육 시, 집무 중 면회 절대 사절, 일시라도 환자의 곁을 떠나지 못할지니 변소 출입도 엄금…." 하고 S 군이 복바치는 웃음을 못 참을 제 방안의 웃음소리는 또 한 번 높아졌다.

S 군의 설명을 들으면 W 군에게 P란 친구가 있었다. 워낙 체질이 나약한 그는 어릴 적부터 병으로 자랐었다. 성한 날이라고는 단지 하로가 없었다. 가난한 집 자식 같으면 땅김을 벌써 맡았으련마는, 다행히 수천석꾼의 외동아들로 태어난 덕에 삼과 녹용의 힘이 그의 끊어지려는 목숨을 간신히 부지해왔었다. 자식이 그렇게 허약하거든 장가나 들이지 않았으면 좋을 걸 재작년에 혼인을 한 뒤부터 그의 병세는 더욱 더쳐진 모양이었다. 금년 봄에 첫 딸을 낳은 뒤론 그는 실성실성 정신에 이상이 생

1) 협호(夾戶): 원채와 따로 떨어져 있어서 협문을 통하여 드나들 수 있는 집채.

기고 말았다. 미치고 보니 자연히 찾아오는 친구도 없고 부모친척까지 그와 오래 앉아있기를 꺼리게 되었다. 그렇다고 병자를 내어 보낼 수도 없고 혼자 한 방에 감금해 두는 것도 또한 염려스러운 일이라 그 때 W 군이 '사립정신병원장'이 된 것이다. 날이 마치도록 미친 이의 말벗이 되고 보호병 노릇을 하는 보수로 W 군은 한 달에 쌀 한가마니 돈 십 원씩을 받게 된 것이다.

'사립정신병원장!' 나는 속으로 한번 외워 보았다. 나의 가슴은 한 그믐밤 빛같이 캄캄해졌다.

그 날 저녁에는 W 군을 만났다.

"원장 영감, 인제야 퇴근하셨습니까?" 하고 S 군은 또 낄낄댄다. 방안에 다시금 웃음이 터졌다.

W 군은 또한 빙그레 웃었으되 그 샛노란 얼굴엔 잠깐 검은 그림자가 지내가는 듯하였다.

"오늘은 별일 없었나?"

친구들은 W 군을 중심으로 둘러앉으며 L군이 물었다. 그들의 눈에는 호기심이 번쩍이었다.

"여보게 말도 말게. 오늘은 정말 혼이 났네." 하고 W 군은 역시 싱글싱글 웃는다.

"왜?"

여러 사람의 눈은 호동그래졌다.

"지랄이 점점 늘어가나 보데. 오늘은 문을 첩첩이 닫고 늘 하는 그 지랄을 하더니만 칼을 가지고 나를 찌르려고 덤비데."

"칼은 또 웬 칼인구?"

"낮에 밤 까먹으라고 내온 것을 어느새 집어넣었던가 보데."

"그래 곧 그 칼을 빼앗았나?"

"그까짓 것, 안 빼앗았으면 어떨라구? 설마 미친놈이 사람 죽이겠나?" 하고 W 군은 또 웃었다. 그러나 그의 몸은 웬일인지 치운 듯이 떨고 있었다.

"자네도 좀 실성실성 하이그려. 미친놈이 사람을 죽이지, 성한 놈이 사람을 죽이나?"

거기 모인 친구의 하나인 K 군이 그 귀공자다운 흰 얼굴이 조금 푸르러지며 이런 말을 하였다.

"성한 사람 같으면 푹 찔르지만 칼을 들고 남의 목에 겨누며 한참 지랄을 하더니 그대로 퍽 쓰러지데그려."

"자네 오늘 운수가 좋았네. 문을 첩첩이 잠그고 그 어둠침침한 방안에서 정말 찔렀으면 어쩔 뻔했나." 하고 L 군은 아질아질한 듯이 몸서리를 친다.

"문을 왜 처잠그는가?"

나는 또 설명을 요구하였다.

"자네는 참 모를 걸세." 하고 W 군은 설명해 주었다. P의 증세는 소위 공인증恐人症이란 것이었다. 천연스럽게 앉아 있다가 문득 눈을 홉뜨고 그 백지장 같은 얼굴이 파랗게 질려 가지고,

"아이구, 저놈들이 또 온다."

"아이구, 저놈들이 나를 잡으려 온다."라고 황겁하게 중얼거리며 숨을 곳을 찾는 듯이 방안을 쩔쩔 매다가,

"여보게 W 군, 문 좀 닫아 주게, 문 좀 닫아 주게."라고 비두발괄하는 법이었다. 그러면 W 군은 하릴없이 사랑 중문을 닫고 그들 있는 방문이란 방문은 미닫이며 덧창이며 바깥문까지 모조리 다 걸어야한다. 그래서 방안이 침침해지면 개한테 쫓긴 닭 모양으로 방 한구석에 고개를 처박고 있던 미친 이는 고개를 번쩍 들고 사면을 두리번두리번 살핀다. 그

러다가 별안간,

"히, 히, 히, 히."라고 마디마디 끊어진 웃음을 웃는다. 이 웃음소리를 따라 그의 홉뜬 눈이 점 번들번들해지자,

"이놈들아, 너희들이 나를 잡아가? 어림 반 푼어치 없지. 히, 히, 히." 하면서 소리를 고래고래 지르다가 한 시간 가량 지내면 제풀에 지쳐서 그대로 쓰러지는 법이었다. 그런데 오늘도 법대로 또한 문을 다 잠그고 한참 발광을 하다가 문득 품속에서 창칼을 쑥 빼어 들더니 W 군에게 달려들어 그 칼을 목에다 겨누며,

"이놈 죽일 놈, 네가 나 잡으러 온 것이지? 이놈 내 칼에 죽어 봐라." 하고 소리소리 지르다가 다행히 그대로 쓰러졌다고 한다.

"자네 오늘 십 년 감수는 했겠네." 하고 L 군이 소리를 떨어뜨린다.

"글세, 원장 노릇도 못해 먹겠는걸." 하고 W 군은 또 히히 웃어 보이었다.

군의 주최로 그날 밤에 K 우리는 해동관이란 요릿집에 가게 되었다. 일행이 거진 다 외투를 걸쳤건만 W 군 홀로 옥양목 겹두루막 자락을 찬바람에 날리며 가는 다리를 꼬는 듯이 하여 걸어가는 양이 눈물겨웠다.

요리상은 벌어졌다. 셋이나 부른 기생의 기름내와 분내가 신선로 김과 한데 서리었다. 장고 소리와 가야금 가락이 서로 어우러지자 한가한 고로 웅장한 단가며 멋질리고 구슬픈 육자배기가 단 입김과 함께 둥둥 떠돌았다.

술은 여러 차례 돌았건만 나는 조금도 취해지지를 않았다. W 군의 존재가 어쩐지 나의 마음을 어둡게 하였다. 첫째로 그의 주량이 나를 놀래게 하였다. 서울에서 고학하던 시절 학비를 넉넉히 갖다 쓰는 친구가 청요리 집으로 가난한 놀이를 하려면 강권하는 것을 떨치다 못하여 배갈 한 잔에 누른 얼굴이 홍당무로 변하며 그대로 쓰러지던 그였다. 그런데 오늘 저녁엔 비록 정종일망정 열 잔이 넘었으되 조금도 취하는 기색이

보이지 않았다. 빼빼마른 팔뚝을 반만 걷어 요리상 위에 세운 채 기생이 따라 주는 대로 그는 꿀꺽꿀꺽 들이켜고 있었다.

"자네 웬 술을 그렇게 먹나?"

마츰내 나는 W 군을 향해서 의아한 듯이 물었다.

"왜 나는 술도 못 먹는 줄 알았나?" 하며 W 군은 또 히히 웃어 보였다.

"여보게 W 군, 술이 어떤 줄 알고 그런 말을 하나? 한 동이를 지고는 못가도 먹고는 간다네. 식전 해장도 세 사발은 먹어야 견디네."

S군 이 도리어 내 말을 의아하게 여기는 듯이 가로채더니만,

"여보게 W 군, 자네는 자네말짝으로 그 눈알만한 잔 가지고는 턱이 아니 될 터이니 곱부로 하게."

"그것도 좋지, 나만 그럴 것 있나. 우리 모두 곱보로 하세그려."

곱보는 들어 왔다. 처음에는 먹을 듯이 모두들 W 군의 말에 찬동을 하더니만 곱보에 술을 붓고 보니 끔찍하던지 감히 마시려 들지 않았다. W 군 홀로 제 곱보를 기울이고 말았다.

"자네들도 들게 그려." 하고 한 두어 번 권해 보았으나 잘들 들지 않으매 저 혼자 연거푸 다섯 잔을 들이킨다. 그는 자기의 비색한 신수와 악착한 형편을 도모지 잊은 듯하였다. 그와 반대로 모인 중에도 자기 혼자 유쾌하고 기쁜 듯하였다. 기생 하나가 장고를 메고 일어서자 앞장서서 얼신덜신 춤을 춘 이도 W 군이었다. 꽉 잠긴 목으로 남 먼저 '에라 만수'를 찾은 이도 W 군이었다.

놀이는 끝장날 때가 왔다. 꽹과리 소리가 사람의 귀를 찢었다. 춤추다가 쓰러지는 사람이 하나씩 둘씩 늘게 되었다.

"인제 구만 가세그려."

술이 덜 취한 L 군이 마츰내 이런 제의를 하였다. 우리는 그 말에 찬동을 하며 외투를 떼어 입었다.

그 때에도 한 팔로 요리상을 짚고 몸을 가누지 못하면서도 아즉 술병을 기울이고 있던 W 군은 문득 뽀이를 불러서 신문지를 가져오라 하였다. 신문지를 받아들자 그는 약식이며 떡 같은 것을 주섬주섬 싸기 시작하였다.

"여보게 창피하네. 구만두게."

K 군이 눈썹을 찡기며 말리었다.

"어떤가, 내 돈 준 것 내 가져가는데!" 하고 W 군은 역시 웃으며 벌벌 떠는 손으로 쌀 것을 줍기에 바쁘다.

"인제 구만 싸게, 에이 창피스러워." 하며 K 군은 고개를 돌린다. 마츰내 W 군은 쌀 것을 다 싸 가지고 송편과 약식이 삐죽삐죽 나오는 봉지를 들고 비슬비슬 일어선다.

그 때 K 군의 나지미(단골)라는 명옥이가 입을 삐죽거리면서 그 광경을 바라보다가,

"원장 영감 댁은 오늘밤에 큰 잔치를 하겠구먼." 하고 비웃적거리었다. 그 말이 떨어지자말자 W 군은 나는 듯이 명옥에게로 달겨들었다.

"이년, 뭐이 어째!"라는 고함과 함께 W 군의 손은 철썩 하고 명옥의 뺨에 올라붙었다. 명옥은

"애고고."

외마디 소리를 치고 쓰러지매 W 군은 미워서 못 견디겠다는 듯이,

"원장 댁 큰 잔치? 큰 잔치?"라고 뇌이면서 발길로 엎어진 계집의 허리를 찼다. 이 야단 통에 W군의 떡 싼 봉지는 방바닥에 떨어져 흩어졌다. 나는 이 싸움의 원인이요, 사랑의 뭉치인 봉지를 얼른 주워서 방 한 구석 장고 얹혔던 자리 위에 올려 두었다.

싸움은 벌어졌다. K 군이 명옥의 역성을 들며, W 군에게 덤빈 까닭이다.

K 군은 W 군의 목덜미를 잡아 회술레를 돌리다가,

“이 자식이 미친놈하고 같이 있더니 미쳤나 뵈, 왜 사람을 차며 지랄발광을 하노?” 하며 획 뿌리치매 W 군은 비실비실 몇 걸음 걸어 나오다가 방바닥에 얼굴을 처박고 팍 거꾸러졌다. 그럴 겨를도 없이 엎어진 이는 벌떡 몸을 일으켜서 곧 K 군에게로 달겨들었다. 우리는 황망히 그의 팔을 잡아 만류를 하였는데 그 때 그의 얼굴은 지금 생각해 보아도 몸서리가 끼친다. 엎어질 때 다쳤음이리라. 앙다문 이빨엔 피가 흘렀다. 그 경성드뭇한 눈썹이 알알이 일어섰으며 핏발 선 눈엔 그야말로 불이 나는 듯하였고 이마엔 마른 가죽을 뚫고 나올 듯이 푸른 힘줄이 섰다. 그러나 그것보담도 마치 납을 끓여 부은 듯한 그 얼굴빛, 실룩실룩하는 살점 하나 하나이 떠는 듯한 그 꼴이란 더할 수 없이 무서웠다. 입에 거품을 버글버글 흘리고,

“미친놈하고 같이 있으면 어쨌단 말이야? 미쳤으면 어쨌단 말이냐? 으— 너는 돈 있다고, 너는 돈 있다고.” 하고 이를 빠드득빠드득 갈아 부치며 K 군을 향해 몸부림을 쳤다. 순한 양 같은 이 낙천가가 비록 취중일망정 사나운 짐승같이 날뛰며 악마보담도 더 지독한 표정을 할 줄이야 누가 꿈엔들 생각하였으랴.

간신히 뜯어말려서 먼저 K 군을 보내고 L 군과 S 군과 나는 이 W 군을 진정시켜서 얼마 만에야 그 요릿집 방문을 나오려 하였다. 그 때 W 군은 무엇을 찾는 듯이 연해 방안을 살피다가 아까 내가 싸어둔 봉지를 발견하자 그의 눈은 이상하게 번쩍이었다. 그의 뜻을 지레짐작한 나는 얼른 그 봉지를 집으매 그는 내 손에서 그 봉지를 빼앗듯이 받아 가지고 방바닥에 태기를 쳤다. 그러자 그는 헤어진 음식 위에 거꾸러져서 엉엉 울기 시작하였다.

그의 얼굴과 손은 약식 투성이가 되고 말았다.

“복돌아! 약식 안 먹어도 산다. 복돌아! 송편 안 먹어도 산다.”

한동안 그는 제 아들 이름을 부르며 목을 놓고 울었다.

문득 울음을 뚝 그친 그는 무엇을 노리는 듯이 제 앞을 바라보더니만 나를 향하며,

"여보게, 칼로 푹 찔러 죽이는 것이 어떻겠나?"

우리는 어리둥절하며 그의 입만 바라보았다.

"아니, 그럴 일이 아니다. 고 어린 것을 칼로 찌를 거야 있나? 차라리 목을 눌러 죽이지. 목을 누르면 내 손아귀 밑에서 파득파득하겠지."

"여보게, 누구를 죽인단 말인가?"

마침내 나는 물어 보았다.

"우리 복돌이를 말일세. 하나씩 하나씩 죽이는 것보담 모두 비끄러 매 놓고 불을 질러 버릴까?"

나는 그 말을 듣고 전신에 소름이 끼치었다.

"흥, 내 자식 죽이면 저희들은 성할 줄 알고? 흥, 그놈들도 내 손에 좀 죽어야 될걸." 하고 별안간 그는 소리쳐 웃었다.

S 군이 W 군과 바루 한 이웃에 살기 때문에 우리는 그에게 취한 이를 맡기고 돌아왔었다.

그 이튿날 S 군의 말을 들은즉 W 군의 집에서 악머구리떼 같은 어른과 아이의 울음이 하도 요란하기에 자다가 말고 가 보니 W 군의 부인은 어떻게 맞았던지 마루에 늘어진 채 갱신도 못하고, 아이 새끼는 기둥 하나에 하나씩 밧줄로 친친 매어 두었으며, W 군은 손에 성냥을 쥔 대로 마당에 쓰러져 쿨쿨 코를 골고 있었다고 한다.

그 다음날 차로 나는 서울로 올라 왔다. W 군은 '사립정신병원'의 사무가 바빠 나를 전송도 해 주지 못하였다. 그런 일이 있은 후 다섯 달 가량 지냈으리라. 나는 L 군으로부터 편지를 받았다.

…W 군이 마츰내 미치고 말았다. 그는 오늘 아츰에 P 군을 단도로 찔

러 그 자리에 죽이고 말았네. P 군의 미친 칼에 죽을 뻔하던 그는 도리어 P 군을 죽이고 만 것일세….

나는 이 편지를 보고 물론 놀래었으되 어쩐지 의례히 생길 참극이 마츰내 실연되고 만 것 같았다.

『개벽』, 1926년

신문지와 철창

나는 어쭙잖은 일로 삼남 지방 T경찰서 유치장에서 며칠을 보낸 일이 있었다.

사월 그믐께 서울에서는 창경원 밤 꽃구경이 한참일 무렵이었다. 앞문 목책과 뒤 쇠창살 사이로 햇발은 금강석과 같이 부시다. 조각밖에 아니 보이는 하늘가로 흰 구름의 끄트머리가 어른어른 떠돈다.

지금까지 문 앞에서 서성서성하고 있던 우리 방에서는 제일 존장인 오십 남짓한 구레나룻이 한숨인지 감탄인지 분간 못할 소리로 읊조렸다.

"에에헷! 일기는 참 좋군! 저 홰 나뭇가지를 보시오. 거기는 바람이 있구려. 새파란 잎들이 너울너울 춤을 추며 곧 하늘로 날아오르는 것 같구려."

나는 그 절묘한 형용사에 놀래었다. 그는 주막집 주인으로 오늘날까지 그럭저럭 꾸려가다가 수상한 청년 한 명을 재운 죄로 벌써 열이틀 째 고생을 하고 있는 중늙은이다. 그에게 이런 시흥이 있을 줄이야! 나의 눈에도 그 홰나무가 뜨인 지는 오래였다. 경찰서 마당 소방대 망루가 있는 바로 옆에 그 홰나무는 넓은 마당을 덮은 듯이 푸른 나래를 펼치고 있었다. 때마츰 불어오는 동풍을 안고 길게 늘어진 가지들이 휘영휘영 흔들린다. 갇힌 이에게는 그 자연스러운 — 자연스럽지 못한 경우에 쪼들리는 우리는 얼마나 자연스러운 데 주렸으랴 — 푸른빛이 끝없는 감흥을 일으켰음이리라. 그 바람을 따라 아모 거리낌 없이 흔들리는 대로 흔들리는 모양이 어데까지 자유스럽고 어데까지 즐겁게 보였음이리라. 하늘에 날아오르는 것 같다는 한 마디 말에 그 홰나무의 형용과 아울러 그의 처지와 감정과 심회를 여실하게 나타낸 것이다.

'경우가 시인을 낳는구나.'

나는 스스로 생각하고 긴 한숨을 쉬었다.

구레나룻의 탄식과 내 한숨은 단박에 전염이 되었다. 한 칸 소침한 우리 방에 빡빡하게 들어찬 열두 명의 입에서는 마치 군호나 부른 듯이 일제히 한숨이 터졌다. 한숨 말이 났으니 말이지 이곳에는 그것같이 전염 잘 되는 것은 없었다. 한 사람이 쉬면 왼 방이 모조리 따르고 한 방에서 일어나면 삽시간에 각 방으로 퍼져,

"후우!"

"아이구우!" 하는 소리가 마치 회호리바람과 같이 지나간다. 이 아모런 의미 없는 숨길에 얼마나 많은 뜻이 품겼으랴 , 얼마나 많은 하소연이 섞였으랴. 그것은 입술에 발린 천 마디 만 마디 말보담도 몇 백 곱절 사람을 움직인다. 그것은 미어지는 제 가슴 한 모퉁이를 역력하게 보여 주는 것이다. 말라 가는 제 피 방울방울을 무더기로 뿜어내는 것이다!

식당과 변소와 침실을 한 자리에 모아 놓은 냄새, 딱딱하고 불결한 널바닥, 쌀인지 모래인지 까닭 모를 콩밥, 소금덩이를 오줌 궁이에 적시어 내온 듯한 까만 무채 반찬, 타는 듯한 갈증, 마음과 몸을 조아 매는 듯한 구속, 인제나 나가나 저제나 나가나 하는 조맛증, 쇠자물통이 덜컥하고 열릴 때마다 울렁거리는 가슴, 제가 아니고 남인 것을 알 때에 기막히는 실망! 이 모든 견디기 어려운 고통보담도 나에게는 이 한숨 소리가 가장 견디기 어려웠다. 더구나 깊은 밤과 새벽녘에 폭풍우같이 유치장을 뒤흔들고 지나가는 이 소리에 나는 몸서리를 쳤다. 머리는 무엇에 부딪친 듯이 휑휑 내어둘리며 가슴은 한 그믐밤 빛같이 캄캄해진다. 깊은 물속

에 거꾸로 집어넣고 돌을 매달아 놓을 때의 답답한 느낌이나 이러할 듯. 긴말은 고만두고 내가 거기서 만난 불쌍하고 거룩한 노인 얘기나 적어 보자.

우리가 막 아츰밥을 치른 뒤였다. 유치장 잎새가 수선수선해지며 소위 '담당擔當님'들의 뚜벅거리는 구두 소리가 어지러웠다.

"또 누가 잡혀 들어오는군!" 하며 내 옆에 앉은 구레나룻이 웃어 보이었다. 여기서는 울음과 웃음이 일쑤 그 지위를 바꾸었다. 답답한 노릇 기막힌 일을 당할 적마다 서로 눈을 주며 씽긋 하는 그 웃음 속에는 여간 울음 따위로 표시 못할 고민을 알려 주었다. 모진 취조를 받고 나와도 씽긋 웃어 보인다. 담배를 몰래 피다가 들키든지 목책에 올라서서 밖을 좀 더 넓게 내다보다가 들키든지 해서 톡톡히 벌을 치르고 돌아와도 씽긋 웃어 보인다.

"이리로 와, 이리로!"

일본 순사의 서투른 조선말이 들린다.

"이 늙은 놈의 자식, 말이 잘이 안 듣고!"

잡아끄는 모양이다.

"와 이카노, 와 이캐? 와 나캉 씨름할나카나? 잡고 설치노!"

껙세고 무딘 노인인 듯한 목쉰 소리가 경상도 사투리를 통으로 내어 놓는다.

"백지 죄 없는 사람을 잡아다가 송아지매로 와 이리 끄시노?"

"모오 죄가 없소? 저… 곤봉이란… 무기를 드르고 또 저… 복면을 하고 백주대도에 남의 집에 뛰들어가 사람을 상했었지? 죄가 없소? 강도 모라? 사람을 중상 냈으니 상인강도傷人强盜다. 이십 년 징역살이다."

이 소리에 우리는 서로 쳐다보았다. 백주대도에 곤봉을 휘두르며 사람을 상한 강도 — 그것은 여간 대담하고 무서운 인물이 아니리라. 솜을 씹는 듯한 단조로운 생활에 지친 우리는 놀램과 아울러 호기심이 버쩍 움직였다. 자전거를 훔친 혐의로 들어왔다는 이십 남짓한 하이칼라 머리는 날쌔게 목책의 가로다지인 철봉 위에 벌써 발을 올려놓았다.

"지금 들어온 사람이 보입니까?"

나는 여러 사람의 묻고 싶은 말을 대표하다시피 물어 보았다. 하이칼라는 머리를 긁적긁적하며,

"글쎄요, 잘 보이지 않는데요. 순사 셋이 둘러섰는데 하나는 두 팔을 잡고 하나는 등채를 밀고 또 하나는 무슨 말을 하는 모양입니다. 머리가 하얀 것이 꽤 나이 많은가 봐요. 몸을 빼치려고 발버둥을 치는 모양입니다."

나는 중대범인인 만큼 그 취급도 어마어마하구나 싶었다. 백수를 흩날리며 곤봉을 휘두르고 거침없이 뛰어들어 협박하는 무서운 장면 — 제 명령대로 고분고분히 겨행을 앓는다고 닥치는 대로 곤봉을 휘갈기매 붉은 피가 주르르 떨어지는 광경이 활동사진처럼 내 머리 속에 나타나며 으쓱하고 찬 소름이 끼쳤다.

"뭣이 우짜고 우째? 허허."

강도의 침통한 웃음소리가 들린다.

"날로 강도라 카나! 이십 년 징역, 참 사람 죽이네."

사나운 범같이 날뛰던 강도 생애를 뒤두고 철창 속에 갇히는 것은 우리보담도 또 다른 고통이 있으리라. 나는 동물원에서 본 사자가 언뜻 생각난다.

그 주홍 같은 아가리를 벌리고 성난 갈기로 쇠창살을 쾅쾅 부딪치며 산이 무너질 듯한 어홍 소리를 지르던 꼴이 눈앞에 선하게 보인다. 그 사자에게 푸른 산과 넓은 발판이 얼마나 그립고 아쉬우랴. 그와 마찬가지로 곤봉 하나를 무기 삼아 남의 생명과 재산을 위협하던 그가 이 쇠창살

속에서 이십 년이나 썩는다면 그야말로,

"사람 죽이네." 하는 비명밖에 나오지 않을 것이다.

문득 밖은 시끌시끌해진다. 발자욱 소리가 잠깐 요란하더니 '아큐!'하는 비명이 일어나며 털썩 하고 복도에 사람 넘어지는 소리가 난다.

"이놈의 자식이 어데로 달아나!"

순사는 씨근벌떡거리며 호기 있게 부르짖는다.

"또 유도 연습이오? 이놈이 오늘 서장 댁에 들어갔던 놈이지요?"

사법계에서 누가 나와서 묻는 모양이다.(그들의 문답은 대개 일본말이지만 구태여 그대로 쓰지 않는다.)

"아니야요. 이놈이 달아나기에 좀 쥐어질렀지오."

담당은 묻는 말 첫마디에만 변명하며 둘째 마디엔 그렇다고 뜻만 알린 듯하다.

"달아나라고 해요. 늙은 것이 굉장한데… 허허…. 엄살 말고 일어나."

발로 강도를 일으키는 듯,

"그래, 나이 몇 살이냐?"

"내 나이 말이오?"

목멘 소리가 대답한다. 그러고 제 나이 많은 것을 한심하다는 드키 또는 자랑치는 드키 탄식조로

"금년에 일흔 넷이오." 한다.

우리는 이 문답에 더욱 놀래었다. 나이 칠십을 넘어 강도 노릇을 한다는 것부터 끔찍한 일이거든 밤도 아니요 한낮에 보통 도적 같으면 몸서리를 치고 달아날 경찰서장의 집에 침입했다는 것은 정말 엄청난 일이다.

"참 대담한 일인데." 하고 구레나룻은 혀를 빼물었다.

"참 굉장한데, 경찰서장의 집에 막 들어갔다지요." 하고 똥통 옆에 앉았던 소년 절도가 그 토끼 귀를 쫑긋한다. 그들의 얼굴에는 일종의 영웅

이나 제 눈앞에 나타난 듯한 경탄하는 빛이 황홀하게 흘렀다. 과연 팔십 다 된 노인의 한 일로 보아 그는 놀라운 위인에는 못 갈 값에 간담이 서늘한 거물에는 틀림이 없었다. 일종 엄숙한 기분이 얼마동안 우리를 사로잡았다.

우리는 별안간에 이 유치장에 나타난 '영웅'의 그림자나마 보아지라고 발버둥을 쳤다. 왼 방안이 거의 총기립이 되어 목책 틈으로 눈을 내 놓았지만 우리 방은 십일호란 끄트머리 구석방이요. 그 범인과 경관 사이에 힐난이 일어나기는 유치장 입새이기 때문에 갖은 노력도 필경 물거품에 돌아가고 말았다. 그 '영웅'은 머리털 하나 옷자락 한 폭을 우리에게 아끼었다.

"어느 방에 집어넣을까요?"

담당이 묻는 모양.

"글세… 아직 작정을 안 한 모양이던데…."

"검속으로 둘까요, 보외報外로 할까요?"

"글세… 아직 어데 한 구석에 그대로 두구려."

우리는 유치할 방 문제가 날 때에 행여 우리 방이나 아니었으면! 하는 마음과, 그와 정반대로 다행히 우리 방이었으면! 하는 열망이 동시에 일어났다. 그런 무서운 인물을 꺼리는 공포증恐怖症과 '영웅'의 목소리를 직접으로 들어보겠다는 숭배열崇拜熱이 서로 싸웠다. 그러나 아직 아모 방에 넣지 않는다는 말에 우리는 적이 안심의 숨길을 돌렸다.

"저런 범인은 따로 두는 무서운 방이 있겠지요?"

구레나룻은 나를 보고 기발한 질문을 내놓았다. 내가 미처 대답하기 전에 하이칼라가 받아서,

"글쎄요? 그럴 리야 없겠지요? 혹 감옥으로 바로 보낼는지도 모르지요?"

그럴 사이에 우리의 상상과는 딴판으로 그 범인은 처치되었다. 담당 순사의 구두 소리와 함께 저항하는 듯한 그 범인의 어지러운 발소리가 우리 방을 향해 오지 않는가! 분명히 아모 방에도 넣지 않기로 작정된 것을 알건마는 혹시나 우리 방에 넣지 않는가 하여 우리는 다시금 공포증과 호기심에 사로 잡혔다. 그 결과는 한 방에 같이 있는 공포를 덜어 주는 동시에 눈앞에 '영웅'을 보는 호기심을 만족시킬 수 있게 되었다. 담당 순사는 그 범인을 우리 방 앞까지 끌고 와서 쓰러뜨리는 듯이 앉혀 놓고,

"여기 가만히 앉아 있어!"라고 호령 한 마디를 남긴 후 제 갈 데로 가버렸다.

우리는 그 범인을 한 번 보고 놀래었다.

도야지 꼬리만한 상투. 설마른 암치쪽처럼 누렇게 뜬 주름 많은 얼골. 불에 타다가 만 듯한 경성다못한 흰 수염. 휘어들고 꼬부라든 좁은 어깨. 졸음이 오는 듯한 눈곱 발린 광채 없는 눈. 갈기갈기 찢어진 히피족 밑에서 내다보는 콧물이 케케히 말라붙은 광목적삼 앞자락. 아랫도리엔 역시 때 묻은 광목 고의. 발은 벗었고 대님으로는 상점에서 물건 살 때에 쓰는 끄나풀을 매었다. 왼손에는 노란 수건을 들었고 오른손에는 생무 껍질을 벗겨 만든 듯한 꼬부장한 지팽이를 쥐고 있다.

우리가 이때까지 상상하던 무서운 인물 놀라운 영웅이 이 할아범일 줄이야, 어디까지 양순해 보이고 어리석어 보이고 불면 쓰러질 듯한 이 잔약한 늙은이일 줄이야! 우리는 우리 눈을 의심 안 할 수 없었다.

"저 늙어빠진 친구가 그런 대담한 짓을 저질렀단 말이오?"

구레나룻은 나를 노리며 마치 내가 애매한 그 노인을 몰아넣기나 할 듯이 큼직한 눈을 더 크게 뜨고 분개한다.

"저 노인 어데서 그런 용기가 났을꼬?" 하고 나도 어처구니가 없어 방 안을 둘러보았다.

"남을 때리기는 고만두고 제 몸도 가누지 못하겠는걸."

하이칼라는 픽 웃었다. 어린 토끼 귀는,

"저 꼬부장한 지팡이를 좀 봐요. 저게 곤봉이란 무기야?" 하고 소리를 내어 웃는다.

"그러고 저 노란 수건은 복면하는 데 쓰는 탈인가?"

우리 일동은 어이없어 웃었다. 참활극慘活劇의 우리 주인공은 얼굴을 나타낸 찰나에 희소극喜笑劇의 배우가 되고 말았다.

담당이 밀쳐 주고 간대로 반쯤 쓰러져 있던 그 노인은 이윽고 몸을 도사리며,

"이놈의 새끼들이 이게 무슨 지랄고? 백지 죄 없는 사람을 잡아 가두고 마른 날에 벼락이 안 무섭나?"

혼잣말로 중얼중얼한다. 그 무디고 꺽센 목청만은 아까 우리가 듣던 무서운 강도의 목소리와 조금도 틀림이 없었다. 넋두리를 따라 그 눈곱이 꾀죄한 눈을 깜박거리더니,

"우리 인식이! 인식이!" 하고 별안간 훌쩍훌쩍 코를 들어 마시기 시작한다. 굽어든 어깨가 더욱 둥그레지며 가늘게 떨리는 모양과 빠뜨린 고개 위로 앙상하게 드러난 목덜미의 힘줄과 뼈가 우리에게 사라지는 듯한 느낌을 주었다. 우리 주인공은 세 번째 변해졌다. 참활극의 히어로로 등장한 그는 어느 결에 희극의 배우로 바뀌고 이번에는 또다시 비극의 주인공으로 그 본색을 나타내었다.

이윽고 그는 숙였던 고개를 번쩍 들었다. 누렇게 뜬 얼굴엔 벌컥 피가 올랐다.

"인식아! 인식아!"

제 처지도 잊은 듯이 고함을 지르자 쥐었던 수건과 지팡이도 집어 던지고 힘줄과 검버섯만 남은 두 손으로 마룻바닥을 치며 엉엉 소리 높여

울기 시작한다.

"시끄럽다 시끄러워!"

담당이 주의를 하였으나 늙은이의 울음소리는 높아질 따름이었다. 할수없이 순사는 필경 그 노인에게로 달려왔다. 그 우는 증상이 너무도 가엾고 측은한 데 마음이 움직이었음이리라. 올 때의 발소리 들어서는 매우 사나울 듯하던 그 순사는 의외로 친절하였다. 노인의 어깨에 손을 대며,

"왜 이리 울어. 늙은이가 이게 무슨 꼴이야." 하고 달랠 따름이었다 . 노인은 응석이나 피는 듯이 울음 반 말 반으로,

"와 나를 가두노, 와 나를 가두노? 우리 인식이는 죽으라카나, 우리 인식이는…."

넋두리를 끈치지 않는다.

"죄를 짓지 말았으면 잡혀 오지 않았을 것 아니냐!"

순사는 귀찮은 듯이 제 친절을 몰라주는 것이 괘씸한 듯이 한 마디를 쏜다.

"내가 무슨 죄고? 대문간에 내비린 신문 한 장 존(주은) 것밖에 나는 아모 죄가 없지그리."

"신문 한 장?"

아까 노인이 잡혀 들어올 때 없던 그 순사는 우리 주인공의 내력을 잘 모르는 눈치였다.

"그래 신문 한 장을 주섰다가 잡혀 왔단 말이냐?" 하고 어이없다는 듯이 씩 웃는다.

"신문은 존는대 쪼맨은(조그마한) 일본 가시내가 빼뜰라 캐서 작대기로 이마를 좀 밀었다고 붙들려 왔구마."

"그래, 인식이는 누구냐?"

"내 손자지 누구라. 제 애미가 백날만에 유종을 앓아 죽고 내 등으로

금년에 시 살까지 업어 키웠구마. 내가 오늘 밥을 안 얻어 주면 우리 인식이는 죽누마." 하고 할아버지는 다시금 엉엉 소리를 낸다.

"그러면 밥이나 얻어 가지고 갈 일이지, 남의 집 신문을 왜 훔쳐!"

순사는 그래도 호령기를 잊지 않았다.

"내비린 게니 좆지. 밥을 싸 가지고 갈라 캤구마."

우리 주인공의 수수께끼는 한 겹 두 겹 풀렸다. 어미 잃은 어린 손자, 제등으로 길러낸 손자의 배고파 우는 양을 보다 못하여 그는 오막살이나 남의 집 추녀 끝을 기어 나왔으리라. 밥은 얻기는 얻었지만 비럭질 길을 처음 나선 터이라 미처 밥 담아 올 그릇을 준비하지 못하였으리라. 쌀데가 만만치 않으매 그는 공교히 경찰서장 집 문간에 떨어진 신문지 조각을 발견하고 신이야 넋이야 하며 앞뒤 생각 없이 그것을 주웠으리라. 신문 들이치는 소리를 듣고나왔던 서장의 누이나 딸이 그가 주운 신문지를 빼앗으려 드니까 그는 밥 싸 가질 욕심에 눈이 어두워 지팽이로 그의 계집애를 갈긴 것이 상인강도란 무시무시한 죄목에 걸린 것이다.

이 비참한 수수께끼를 푸는 사이에 어느 결에 괴었는지 내 눈에서는 뜨거운 눈물 한 방울이 소리 없이 떨어졌다.

그 후 사흘이 지났다. 그 노인은 한결같이 아모 방에도 넣지 않고 유치장에서도 무슨 장애물같이 이리 밀리고 저리 쫓기었다. 그는 모든 것을 단념한 모양으로 인제는 울지도 않고 인식이도 찾지 않았다. 눈물 소동과 사랑의 호소도 아모런 보람이 없음을 깨달았음이리라. 다만 밥 때마다 그는 말썽을 부렸다. 그는 소위 보외報外로 제정한 유칫간에도 들어가지 못한 관계인지 소위 관식官食에도 빠졌다. 성이 몹시 날 때엔 밥 돌리는 차입집 중노미를 보고,

"이 누묵 자식들, 사람 잡아 놓고 와 밥도 안주노?"라고 그 늙고 마른 몸과는 딴판으로 소리를 벽력같이 지르기도 하고 혹은 지나치는 담당

순사를 보면,

"나아래(그는 나으리란 말이 서툴던지 이렇게 발음하였다.) 이래 있는 사람은 밥도 안 주는기오?"라고 애원하기도 하였다. 나는 그 '이래 있는 사람'이란 말에 억눌린 분노와 형용 못할 빈정거리는 뜻을 느끼었다. 서두는 보람이 있어 그는 언제든지 끼니만은 찾아 먹었다.

마지막 날 점심때에 그와 차입집 중노미 사이에는 충돌이 일어났다. 노인은 제 차지를 받지 않았다고 고집을 세우고 중노미 애는 분명히 주었다고 우기었다.

"오늘 아츰에도 주고 돌아서니 안 받았다고 떼를 쓰기에 또 한 그릇을 주었는데 금방 점심을 받고 또 달란 말이 무슨 말이야!"라고 모개같이 생긴 중노미 애는 툭툭 비어지게 살찐 얼굴에 핏대를 올린다.

"뭣이 우째, 받은 밥을 내가 우쨌단 말고?"

노인도 노기등등하다.

우리는 물론 노인 편이었다. 순사 뺨치게 사납게 구는 애놈이 밉기도 하였거니와 저 잔약한 노인이 어느 결에 준 밥을 게 눈 감추듯 먹었을 리도 만무하였다.

"이놈아, 한 그릇 드리려무나. 혈마 노인이 거짓말 하겠니?"

그 애 집에서 사식을 대 놓고 먹는 구레나룻은 대번에 차입집 애를 꾸짖었다. 유치장에서 사식을 먹는 것은 한 특전이다. 턱찌끼 반 접시와 맹물 아닌 차 한 모금도 여기서는 금싸래기같이 귀하기 때문에 관식 먹는 이의 위대도 놀랍거니와 차입집에게도 서슬이 푸르렀다.

본래부터 그 애와는 승강이 많던 하이칼라도 덩달아,

"저놈의 애는 곱게 줄 것도 꼭 말썽을 부리겟다." 하고 혀를 찬다.

중노미는 형세가 제게 불리하게 되자 쭈르르 담당 순사에게로 달려가서 그 사연을 말한 모양이었다. 일본인 순사 한 명이 뛰어왔다.

“이놈아 한 번 먹었으면 존 것이지. 한 끼에 두 번씩 먹어, 나쁜 놈이.”

제법 유창한 조선말로 집어 세우고는 다짜고짜로 그 늙은이의 몸을 뒤지기 시작한다. 우리는 그 순사의 행동에 분개하였다. 비록 배가 고파 달라고는 할지언정 그까짓 관식을 몸에 숨길 실업의 자식이 어데 있으랴. 아모런 사리도 분간할 사이도 없이 죄인이라면 덮어놓고 의심을 두는 데 불쾌한 감정을 걷잡을 수 없었다. 그러나 그것은 직업적 손버릇인지도 모르리라. 수색하는 순사 자신도 그 노인의 뱃속 이외에 콩밥 덩이가 튀어나오리라고는 꿈에도 생각지 않았으리라.

“이虱되나 하고 때 사발이나 긁어낼걸.” 하고 구레나룻은 비웃었다.

사실은 또 우리의 예상과 틀렸다. 그 노인의 고의춤에서 콩밥 뭉치는 발견되고 말았다.

“이런 데 넣어 두었구먼.”

그 순사는 어이없다는 듯이 일본말로 부르짖으며 무슨 불결한 물건을 만친 것처럼 상판을 찡그리고 그 콩밥 뭉치를 태기를 쳤다. 우리 방 앞에 떨어진 밥 뭉치를 보니 그 노인이 들고 있던 노란 수건으로 삐죽삐죽 싼 것인데 그 부피로 봐 한두 끼 분량은 훨씬 넘는 듯싶었다.

“참 어쩔 수 없군.”

순사는 배앝는 듯이 한 마디 던지고 노인의 등을 한 번 쥐어지르고는 그대로 가 버렸다. 너무도 같잖은 일이기 때문에 특별한 벌도 세우지 않는 것 같다.

멀쑥해 가지고 얼빠진 듯이 쓰러져 있던 콩밥 도적은 한참만에야 부스스 일어 앉으며 입안 말로 중얼거렸다.

“아모나 주는 그 잘난 밥을 다 빼뜨네. 지랄 안 하나. 우리 인식이나 갖다 줄 걸.”

노인 편을 들었던 우리 방 사람들도 멀쑥해졌다.

"허 참, 별일이 다 많네. 그까짓 콩밥은 감춰 뭘 한담?"

"제 버릇은 할 수 없어. 유치장 안에서도 도적질을 하는군."

"나는 그 노란 수건이 어데로 갔나 했더니 그 콩밥을 쌌구먼."

"나이 칠십에도 지각이 안 났더람? 그야말짝으로 관 속에서나 철이 들려나? 하느님 맙시사."

동정과 호감을 주었던 반동으로 비난과 비웃음도 컸다.

나는 손바닥을 뒤지는 듯이 돌변한 그들의 태도에 분개하느니보담 차라리 그 노인을 위해 슬펐다. 입때까지 동정을 아끼지 않던 마지막 동무까지 잃어버리고 쓸쓸한 사막에 외로이 제 길을 걸어가는 성자聖者를 보는 듯한 슬픔이 나의 가슴에 복받쳤다.

"그 잘난 밥! 우리 인식이나 줄걸!"

이 말 한 마디에 나는 애연한 정보담도 빛나는 인생의 햇발을 본 듯싶었다. 그 잘난 밥! 그렇다! 그들에게는 그 잘난 밥이다. 그 잘난 이나마 감추려던 그의 심정! 경우와 처지와 모든 것을 잊어버리고 오직 손자에 향한 뜨거운 이 사랑만은 배부른 이들로는 상상도 못할 노릇이다. 그가 울음을 그치고 하소연을 그치고 손자를 위해 끼니끼니마다 몇 개 밥알이라도 고의춤에 모으는 즐거움은 온 세상을 통틀어 준대도 바꾸지 않았으리라. 남 안 보는 깊은 밤 열은 죄수의 꿈이 깨일 때마다 그는 그 밥주머니를 어루만지며 인식이를 가만히 불러 보고 자애에 넘치는 웃음을 흘렸으리라. 가난한 이의 사랑은 종교다, 신앙이다. 그것이야말로 이 세상의 위대한 기적이 아니고 무엇이냐.

그 날 오후에 나는 사법실로 불려 나가 사법 주임 박 경부에게 취조를 받았다.

아까 그 노인의 밥주머니를 끄집어낸 일본 순사가 얼골을 나타내며 그 노인의 처지를 물었다. 박 경부는 일본말로,

"그 늙은이는 거지가 아니오? 그런 것을 유치장에 넣으면 되려 좋아하지 않겠소?"

"그래요. 오늘 점심에도 관식을 훔쳤어요."

"저런! 그것 보아. 그 따위는 잡아온 것이 이편의 손해인걸. 허허… 웬만치하고 고만 내보내지요."

박 경부는 대수롭지 않게 결정을 해 버리고 나의 취조를 진행하였다.

취조를 마치고 나와 보니 그 노인의 그림자는 벌써 유치장에서 사라졌다. 유치장 신세를 지는 것도 좀 더 높은 계급이 가진 특권인 듯하다. 그는 유치장에서까지 쫓겨나고 만 것이다!

『문예공론』, 1929년

정조와 약가

최 주부는 조그마한 D촌이 모시고 있기에도 오감할 만큼 유명한 의원이다. 읍내 김 참판 댁 손부가 산후증으로 가슴이 치밀어서 금일금일 운명할 것을 단 약 세 첩에 돌린 것도 신통한 일이어니와, 더구나 조 보국 댁 젊은 영감님이 속병으로 해포를 고생하여 경향의 명의는 다 불러 보았으되 그래도 효험이 안 나니까 그 숱한 돈을 들여가며 서울에 올라가 병원인가 한 데에서 여러 달포를 몸져누워 치료를 받았으되 필경에는 앙상하게 뼈만 남아 돌아오게 된 것을 이 최 주부의 약 두 제 먹고 근치가 된 것도 신기한 이야깃거리다. 이 촌에서 저 촌으로 그야말로 궁둥이 붙일 겨를도 없이 불려 다니고 심지어 서울 출입까지 항다반[1] 있었다. 애병, 어른병, 속병, 헐미[2] 할 것 없이 그의 손이 닿는 데는 마치 귀신이 붙어 다니는 것처럼 신통한 효력을 내었다. 맥도 잘 짚고 침도 잘 놓고 헐미도 잘 째고 백발백중하는 그 탕약이야 말할 것도 없지마는, 무슨 약으로 어떻게 맨들었는지 그의 고약이야말로 세상에 둘도 없는 명약이었다. 나무하다가 낫에 베인 손가락, 모숨기하다가 거마리한테 물리고 그대로 발이 짓물러서 썩어 들어가는 데도 그의 고약 한 장이면 씻은 듯이 나았다. 곽란[3]을 만나 금방 수족이 차고 맥이 얼어붙는 것도 그의 침 한

---

1) 항다반: 차를 먹듯 늘 있어 예사롭고 흔함.

2) 헐미: 살갗이 헐어서 상한 자리.

대면은 당장에 돌린다.

그 중에도 아낙네 사이에 더더욱 평판이 좋았다. 그의 빼어난 재조는 부인병… 더욱이 젊은 부인병에 더욱 빛난다. 김 참판 댁 손부에게 발휘한 것과 같이 산후증에 더욱 묘를 얻었지만 대하증 오줌소태도 영락없이 곤쳐 주고, 더욱 놀랜 것은 애를 배태도 못하는 여자라도 그의 약을 한두 제만 먹으면 흔히 옥동 같은 아들을 쑥쑥 낳아 내뜨리는 일이다.

그는 금년에 간당 쉰 살이다. 쉰 살이면 우연만한 늙은이라 하겠으되 머리에 흰 털 하나 없이 검은 윤이 지르르 흐르는 듯하다. 삶아 놓은 게 딱지같은 시뻘건 얼골빛과 방울빛과 같이 둥글고 큼직한 코는 언제든지 기운 좋고 혈운 좋아 보이었다.

수십 년을 두고 많은 인명을 살려낸 공덕인지 본래 먹을 것 없던 그가 인제 와서는 볏섬이나 추수도 받게 되어 허리띠가 너누룩해져서 여간 환자는 잘 보지도 않는다. 교군을 들이대든지 읍내 인력거가 나오지 않으면 그는 좀처럼 동하지 않는다. 그러나 젊고 반주그레한 여자 환자에게만 옛날 친절이 아직도 쇠하지 않았을 뿐이다.

"망할 자식, 병을 안 보려거든 약국을 집어치우지." 하고 그에게 거절을 당한 환자가 더러는 분개하였다.

"약국을 집어치우면 계집은 뭘로 호리누?"

이렇게 빈정대는 사내도 하나씩 둘씩 늘었다. 그러나 오늘날 와서는 이 괭이 상판만한 D촌에 있어서는 그는 비단 명의일 뿐만 아니라 어엿한 지주님이요 부자이기 때문에 드러내 놓고 그를 이러니저러니 시비하는 사람은 아직 생겨나지 않았다.

여름 새벽, 부지런한 그는 일찌거니 논꼬에 물이나 마르지 않았나 하

---

3) 곽란: 더위를 먹거나 그 밖의 일로 심하게 토사하는 급성 위장염.

고 머슴들을 더리고 휘 한 바퀴 돌아오니깐 마당 가운데 개처럼 쭈그리고 앉은 여자의 모양을 발견하였다.

"누구야?"

그는 무망중에 부르짖었다. 쭈그리고 앉았던 그 그림자는 깜짝 놀랜 듯이 몸을 일으키어,

"저어 저 샌님, 좀 모시러 왔어요."

메인 목이 짜내는 듯이 대답하였다.

'또 왔구나!'

그는 속으로 생각하고 불쾌한 듯이 성큼성큼 걸어 사랑 겸 약방으로 쓰는 뜰아랫방으로 들어가며,

"요새 모숨기에 바빠서 못 가겠는걸."

배앝는 듯이 한마디 던졌다.

그는 이런 청자꾼에 진절머리가 났다. 명의를 청하러 오면서 탈것도 안 가지고 타박타박 걸어가자는 이따위 예절 모르는 축들과는 정말 말하기도 싫었다. 졸리다가 못해 가서 볼라치면 오막살이 단간방에 병자인지 뭐인지 귀신 다 된 것이 끙끙 앓는 소리나 지르고 돼지 새끼처럼 발가숭이 애들이 쉬파리 떼 모양으로 엉덩글하고, 좋은 약을 써서 곤쳐 주어도 약값은 으레 떼어먹는 법이다. 쭉해야 닭 마리 계란 꾸러미나 또는 담뱃줄이나 가져올 뿐이다. 이것은 그래도 염치 있는 패지마는 어떤 작자는 십여 리씩 끌고 가서 밥 한 술 대접하는 법 없이 촐촐 굶겨 보내기가 일쑤다. 한껏 대접이라야 땅이 꺼지는 한숨과 쇠오줌같이 질금거리는 눈물과 귀가 아픈 치사 인사다. 그것들은 사람에겐 한숨과 눈물이 진수성찬인 줄 아는 모양이다. 더구나 오늘날은 나도 당당한 지주님이 아니냐! 제까짓 작인 따위가 이리 오너라 가거라, 건방지기도 분수가 있지 않느냐!

'저희들 주제에 약이 다 뭐냐? 개 발에 다갈이지!'

그는 이런 청자꾼을 만날 때마다 속으로 이렇게 중얼거리고 제물에 욕지기가 났다.

오늘 식전 꼭두에 들어닥친 이 여자도 그런 따위 환잣집 사람인 것은 얼른 보고도 깨달을 수 있었다.

제 방에 들어온 뒤에도 그는 불쾌한 감정을 걷잡을 수 없었다. 못 가겠다고 거절을 하거든 냉큼 돌아나가 주었으면 피차에 편할 텐데, 마치 진흙땅에서 투그리는 개처럼 추근추근하게 졸라대는 데는 더군다나 사람이 죽을 지경이다. 그 여자도 만일 가지 않거든 머슴을 불러 몰아내는 수밖에 없다고 배짱을 정해 두었다.

"샌님! 샌님! 한시가 바쁩니다. 아모리 일이 바쁘셔도 잠깐 가서 보아주셔요."

어느 틈에 그 여자는 사랑 밀창 앞까지 온 모양이다. 그는 문도 열어 보지 않았다.

"글쎄 일이 바빠서 못 간다고 해도 그래."

의원은 둘째 마디부터 화증을 낸다.

"못 가시면 어떡합니까? 사람 하나 살리시는 셈 치시고 잠깐만 가 보아주셔요."

그 여자도 상상한 대로 끈적끈적하게 조르는 패다.

"어떡하다니?" 하고 벌컥 성을 내려다가 그래도 체모가 그렇지 않아서 점잖은 가락으로,

"그야 인명이 재천이니 내가 본다고 살고 안 본다고 죽겠소? 허허."

의원은 딱하다는 듯이 자랑치는 듯이 헛웃음을 지었다.

"그야 그렇지요."

청자꾼은 제 말 고대로 인사성도 없이 시인하는 것이 더욱 제 자존심

에 거슬렀다.

"그렇지만 사람 앓는 것을 보고 어찌 약 한 첩도 아니 써 봅니까?"

그 여자는 솔직하게 제 맘 먹은 고대로 실토를 하면서 말끝이 어데로 돌아가는지 모르는 모양이다. 명이고 뭐고 별다른 기대도 않고 다만 인정에 약이나 좀 써 보자는 수작이다. 의원은 화증이 나다가 못해,

'본배 없는 것들이란 할 수 없어!' 하고 속으로 어이없어 웃었다.

"약 한 첩! 그러면 병 증세를 말하오. 약을 지어 주게."

의원은 큰맘을 썼다. 식전 꼭두부터 졸리기도 싫고 끄들려서 다니느니 보담 거지에게 동전 한 푼 적선하는 셈치고 약 한 첩으로 좇아 보내는 것이 상책이라 생각한 것이다.

의원은 그제야 영창을 열었다. 아직 해는 뜨지 않았으되 여름의 아츰 빛은 신선하게 밝았다. 그 떼쟁이는 서슴지 않고 영창 한복판에 뚜렷이 얼골을 나타내었다. 굶주림과 고역에 시달린 탓이 되어 얼골빛은 핏기 하나 없이 백지장 모양으로 핼쑥하다. 그러나 그 반달 모양을 그린 새까만 눈썹, 그 밑에서 문틈으로 엿보는 새벽빛 모양으로 맑고 시원한 눈, 동그스름한 앳된 입모습은 아직도 그 나이 스물을 얼마 넘지 않은 것을 알으킨다. 청자꾼은 의외로 젊고 아름다웠다. 그 여자는 슬쩍 의원을 쳐다보다가 말고 고개를 다소곳하며,

"아녜요, 병자도 샌님 한 번 뵈옵기가 소원이고 동리 사람들도 샌님께만 보이면 고칠 수가 있다고 해서요. 세상없어도 모시고 가야 돼요."

조금도 꾸밀 데 없는 말씨건만 그 목청은 어데까지 곱고 보드라운 것을 새삼스럽게 느끼었다.

최 주부는 어여쁜 청자꾼의 위아래를 훑어보며,

"대관절 집이 어데요?"

"왜 그 동리를 모르셔요? 예서 한 십리 안팎밖에 안 돼요."

집을 묻는 것이 가겠다는 뜻인 줄 알고는 청자꾼의 얼굴에는 기쁜 빛이 살짝 돌았다.

"십리 안팎! 이 여름에 가찹지 않은 길인데!" 하고도 의원의 눈 가장자리는 스르르 풀리었다.

"그래 밤을 도와 왔어요. 낮에 가시자면 더우실 듯해서요." 하고 어여쁜 여자 눈은 안심한 듯이 해죽이 웃는다.

"너무도 생각하십니다." 하려다가 한 번 짓깔을 빼노라고,

"암만해도 너무 먼걸." 하고 의원은 입맛을 쩝쩝 다시면서도 그의 눈길은 창자꾼의 헤어진 광당포 적삼 속으로 군데군데 드러난 흰 살 위를 헤매었다. 그 여자는 그 눈길을 느끼자 두 손으로 부끄러운 듯이 제 가슴을 여미며 의원의 눈치를 지레짐작하고,

"약값은 세상없어도 해 드리겠습니다. 자배기도 한 개 남았고 농짝도 하나 있답니다. 그걸 다 팔아서라도 약값은 만들어 드릴게요." 하고 그 맑은 눈이 스르르 흐려지며 금방에 눈물이 걸신걸신해진다.

"원 천만에, 무슨 약값 때문에… 그럼 좌우간 가보지요. 대관절 앓는 이는 누구요!"

"애 아범이야요." 하고 그 여자는 괴었던 눈물을 그예 떨어뜨리고 말았다.

"언제부터 앓았소?"

"흉년 들던 재작년 겨울부터 시름시름 앓았답니다. 금년 봄 들고는 아주 몸져누웠어요."

"그것 안 되지요." 하고 의원은 눈을 크게 떠 보였다.

"여기서 그 동리를 가려면 고개를 하나 넘지요? 한 오리 장정이나 사람의 그림자도 없지 않소?"

"그래요. 밤에 올 적에도 행여 호랑이나 만날까 보아 가슴이 조마조마했답니다." 하고 그 여자는 어린애처럼 웃는다.

의원은 부산하게 세수를 하고 망건을 쓰고 몇 가지 약을 주섬주섬 집어넣은 후 처음보담은 아주 딴판으로 선선히 길을 떠났다.

훤한 광명에 쫓기고 엷어지면서도 실안개는 새벽녘의 꿈길처럼 아직도 산허리와 논두렁에서 어릿어릿 존다. 파랗게 깔린 모와 뿌유스름한 논꼬 사이에 움직이는 흰 점은 새벽에 일어난 농꾼들이리라. 처음 눈뜬 새들이 갖은 노래를 종알거릴 제 '엄매!" 하고 어미 찾는 송아지 울음이 무겁게 들려온다. 느리고도 바쁘고 종용하고도 시끄러운 농촌의 첫 아츰. 짚신이 푹푹 젖는 논두렁길을 걸어온 지 한참 만에 그들은 M고개의 기슭에 다다랐다. 오른편으로 소나무와 잡목이 경성다뭇한 석산을 끼고 올라가노라면 왼편으로 그리 까풀막지지 않은 낭떠러지의 여울물이 발아래서 소리치고, 빼근하게 덮인 풀 사이에 실낱같은 흰 길이 꼬불꼬불 원을 그리며 뺑뺑이를 돈다.

청자꾼은 앞서고 의원님은 뒤를 따랐다.

고개를 두어 모롱이 돌았을 제 일찍 뜨는 여름 해는 어느 틈에 그 불덩이 같은 얼골을 나타내었다. 뜨거운 볕살은 축축하고 시원한 그림자를 휘몰아 쫓으며 우거진 가지와 잎새의 푸른 바탕에 영롱한 광선을 그린다. 풀끝에 맺힌 이슬들은 얼마 안 해 스러질 제 운명에 마지막 광채를 발하는 것처럼 은가루같이 번쩍인다. 짧은 밤 사이에 가까스로 몸을 식힌 길바닥은 벌써 훈훈하게 달기 시작한다.

최 주부의 눈은 아까부터 앞서 가는 이의 잔등에 땀이 배인 것을 놓치지않았다. 땀이 여러 번 겨른 그 광당포 적삼은 땀에 대한 아모런 저항력도 없는 것처럼 살에 착 달라붙었다. 처음에 접시만한 언저리가 주발만해지고 사발만해지고 자꾸 번져 나간다. 그 둥그스름한 어깨에도 돈짝만한 살구꽃이 피었다.

청자꾼의 등에 살구꽃이 피는 모양으로 의원의 가슴에는 불꽃이 이글

이글 타올랐다 숨이 턱에 . 닿고 발 한 자욱마다 이마에서 땀 한 방울씩 떨어졌다. 그러나 청자꾼은 제 등에 땀 밴 줄도 모르고 제 뒤에 누가 따라오는 것도 잊은 듯하여 뒤도 한 번 돌아보지 않고 두 다리가 잽싸게 놀며 종종걸음을 친다.

"여보 여보 아지먼네, 우리 좀 쉬어 갑시다."

사람의 그림자란 얼씬도 않는 고개를 네 모롱이나 돌았을 제 뒤선 이는 숨을 헐떡거리며 부르짖었다.

앞선 이는 그제야 잠깐 얼골을 돌린다. 구슬 같은 땀방울이 맺힌 발그레한 얼골, 뒷등 모양으로 앞섶도 착 달라붙어서 뚜렷이 드러난 가슴의 윤곽, 한 옴큼에라도 쥐어질 듯한 가는 허리.

최 주부는 핑핑 내어둘리는 듯이 눈을 슴벅슴벅하다가 그대로 풀밭에 주저앉았다. 환자의 안해는 민망한 듯이, 딱한 듯이 서성서성할 뿐.

"덥지 않아요? 이리 와 좀 쉬시우." 하고 여전히 그 붉은 기 도는 눈을 슴벅슴벅하면서 커다란 쥘부채를 훨훨 부치다가 갑자기 제 앉은 자리가 바루 길가요 햇살이 너무 부신 것을 깨닫자 깔았던 고의 뒤를 툭툭 털고,

"여긴 볕이 드는군." 하면서 그늘을 찾는 핑계로 산기슭 풀밭으로 휘적휘적 기어올랐다. 사람 발자욱이 별로 밟지 않은 풀밭은 아름다웠다. 파란 쿠션을 깔아 놓은 듯한 잔디도 좋거니와 바위 얼골을 덮은 담쟁이에 오불오불한 붉은 줄기 가진 병꽃풀, 좁쌀낟만씩한 한 수효도 없는 흰 꽃을 머리에 이고 기름기름하게 뻗은 대나물에 석죽화 빰칠 어여쁜 패랭이꽃, 이름은 사나우나마 가련한 파랑꽃의 인나, 달기씨깨비, 노란 뿌리를 내어민 백합화들! 제각기 다른 풍정으로 사람의 눈을 이끈다. 다홍에 분홍에 자주에 연두에 희고 누르고 혹은 굵게 가지각색의 이 자연의 비단!

최 주부는 앞으로 담쟁이 얽힌 바위가 가리고 뒤로는 소나무 숲이 빼욱하게 푸른 그늘을 던지는 아늑하고 포근포근한 잔디밭을 필경 발견하였

다. 그는 거기 펄썩 주저앉으며 기슭 아래서 망설이는 청자꾼을 불렀다.
"어 여기가 참 시원하군. 이리 와 잠깐만 쉬어 갑시다."
청자꾼은 민망한 듯이 또는 난처한 듯이 얼마쯤 주저주저하다가 필경 올라오고 말았다. 먼저 자리 잡은 이는 얼른 제 옆자리를 손으로 한 번 쓰다듬어보고 뒤에 온 손님에게 앉으란 뜻을 보이었다. 그러나 환자의 안해는 그 옆으로부터 한 간쯤 떨어져서 금방에 날아갈 듯이 쭈그리고 앉았다. 그렇다고 그 여자가 의원을 의심한다거나 못 미더워하는 기색이 털끝만큼이라도 있다는 것은 아니었다. 다만 갈 길이 바쁜데 일분일초를 이러고 보내는 것이 민망한 눈치였다.
"거기가 예보담 나아요?" 하고 의원은 드러내 놓고 부둥부둥 가까이 갔으되 본능적으로 몸을 흠칫할 뿐이요, 환자의 안해는 조금도 경계하는 빛이 없었다.
"웬 땀을 그렇게 흘리오? 너무 기어한 모양이구먼." 하고 의사는 물끄러미 어여쁜 청자꾼을 쳐다보다가 별안간에 이런 소리를 하며 땀이니 씻어 줄듯이 오른손을 번쩍 들다가 말고,
"어데 맥이나 좀 짚어 볼까요?" 하면서 이번에는 왼손으로 그 새 새끼 같은 손목을 잡아당기어 제 무릎 위에 놓았다. 여자는 앞이마 머리칼이 사내의 불덩이 같은 빰을 스치며 앞으로 잠깐 쓰러진다. 법대로 의사의 식지와 장지가 나란히 환자의 맥 위에 놓이자마자 문득 아귀 센 두 손을 가늘게 떠는 손목을 움켜쥐었다. 그러자 여자는 별안간에 독수리에 채인 새 새끼 모양으로 깜짝 놀라며 손을 빼려 할 겨를도 없이 솥뚜껑 같은 검은 두 손은 또다시 땀에 촉촉하게 젖은 여자의 젖가슴에 구렁이처럼 휘감겼다.
그 여자의 얼골은 어데까지 맑고 깨끗하였다. 한 군데 흐린 점도 없고 흥분된 기색도 없다. 슬퍼도 않거니와 분해도 않는다. 새파란 잎 새로

새어 흐르는 햇발처럼 명랑하다. 바람기 없는 공중에 뜬 나비의 나래와 같이 종용하고 풀끝에 맺힌 이슬 모양으로 영롱하다. 꼭 아까 모양으로 앞장을 서서 다시금 종종걸음을 칠뿐이다.

최 주부가 도리어 겸연쩍었다.

'조금 더 앙탈이라도 하였더면!' 하고 혼자 웃었다. 정조 관념이란 약에 쓰려도 없고 아모한테나 몸을 맡기고도 눈곱만한 부끄러운 맘을 모르는 것이 불쾌하였다.

'이런 것들은 할 수가 없어…' 하고 속으로 제법 개탄까지 하였다. 가다가 심심하면 좇아가서 손도 쥐어보고 뺨도 만져 보았건만 그 여자는 그의 하는 대로 맡기고 눈썹 끝 하나 움직이지 않았다. 물결치는 대로 떠나가는 부평초와 같이 걸리면 멈추고 놓이면 또 흘러갈 뿐이다. 하늘가에 흐르는 흰 구름 모양으로 모든 것이 무심하고 심상하다.

마츰내 그들은 다 쓰러져 가는 오막살이 삽작문 앞에 섰다.

"예가 우리 집에요." 하고 하염없이 웃어 보인다.

의원은 제 지은 죄 밑천으로 머리끝이 쭈뼛쭈뼛하는 듯하며 발 들여놓기가 서먹서먹하였다. 문득 여자의 손가락이 사내의 손목에 쇠꼬챙이같이 박혔다.

"어서 들어가셔요. 우리 아범은 꼭 곤쳐 주셔야 말이지 그렇잖으면 큰일 날 줄 아서요." 하는 나직한 말소리가 의사의 등골에는 찬물을 끼얹는 듯하였다.

의사는 허둥지둥하는 발길로 삽작 안에 끌려 들어섰다. 수숫대로 친 담도 반 넘어 쓰러졌고 집이래야 토막인데 툭 꺼져서 나려앉으려는 지붕은 몇 해를 이지 않은 듯, 명색 부엌 한 칸에 거기 잇달아 ㄱ자로 방 두 칸이 형용만 남았는데 황토로 발라 놓은 벽에 엉거름이 턱턱 갈라져서 더러는 떨어지고 더러는 주둥이를 쳐들고 떨어질 때를 기다린다. 대꼬

챙이로 얼기설기 엮은 대에 신문지를 되는 대로 발라 놓은 명색 방문을 열고 들어서니 매콤한 냄새가 첫째 코를 엄습한다. 그 다음엔 삿자리 깐 방바닥과 신문지벽에 진을 치고 있던 파리들이 윙 하면서 새로 오는 사람에게로 달려든다. 또 그 다음엔 거미같이 마른 네댓 살 되는 발가숭이 계집애가 양초 자루만한 다리를 비비꼬는 듯이 쭈적쭈적거리며,

"엄마!"

소리를 내자 대번에 삐죽삐죽 울기 시작한다.

방 아랫목엔 환자가 웃통을 벗고 배 위에만 헌 누더기를 걸쳤는데 울퉁불퉁하게 드러난 뼈가 가죽 한 겹을 남겨 놓고 가까스로 얽매어 있는 듯, 이맛전만 불쑥 높고 뺨과 턱 언저리는 훑은 듯이 쪽 발랐는데 만일 뚜룩뚜룩하는 큼직한 눈이 없었던들 아모라도 해골로밖에 안 보게 되었다.

안해와 의사가 들어오는 것을 보고 상반신을 일으키려던 그 환자는 안해의 보드라운 손길에 다시 누웠다.

"더치시면 어쩌자구?"

"고 고맙네. 그 먼 델 갔다 와서! 그래, 모시고 왔지? 어이구, 저 저 땀 보아. 개똥아, 어머니 부채 찾아 드려라." 하고 제 어린 딸에게 명령한다.

"괜찮아요, 괜찮아요." 하며 치마꼬리로 땀을 씻고 문득 제 얼골을 그 해골 다 된 얼굴에 문지르며 훌쩍훌쩍 운다.

"왜 울어? 인제 의원님이 오셨는데 약 먹으면 나을 텐데!"

환자 또한 목이 메인다 . 뼈만 남은 꼬치꼬치 마른 남편의 손은 안해의 흐트러진 머리칼을 쓰다듬는다.

"세상없어도 나을 테야. 안 죽고 살아날 테야. 울지 말아요. 울지 말아요."

그들은 몇 번이나 이러고 서로 울며 위로하였던고!

"그런데 여보서요. 내가 죄를…." 하고 안해는 더욱 느껴 운다.

웃묵에 서성서성하고 있던 죄인은 그 소리에 가슴이 뜨끔하였다. 그 방울 같은 코끝에 땀이 또 한 방울 맺혔다.

"여보, 죄가 무슨 죄요? 저 샌님을 좀 앉으시게나 하오."

안해는 말대로 선뜻 일어나 웃묵으로 오더니만 제 치맛자락으로 삿자리를 훔칫훔칫한 후에,

"이리 좀 앉으셔요." 하여 의원을 앉히고는 다시 남편에게로 왔다.

"저 샌님을 모시고 오다가, 저 샌님의 말씀을 들었어요. 집에 모시고 온대야 약값 드릴 거리도 없고 당신의 병은 세상없어도 곤쳐야 되겠고…"

말끝은 다시금 눈물에 흐렸다.

아까부터 바늘방석에 앉은 것 같은 최 주부는 그 말에 회호리바람이 왼몸과 맘을 휩싸고 뒤흔드는 듯하였다. 금시로 저 해골바가지가 이를 뿌드득 갈고 일어서며 날카로운 칼로 제 목을 푹 찌를 것 같았다. 그러나 환자의 대답은 그야말로 천만뜻밖이었다.

"자 자 잘했소."

한 마디 하고 그 새 새끼 같은 팔뚝으로 안해를 제 가슴에 쓸어안고 흑흑 느낀다.

"그것도 내 병 탓이지. 내 죄지 임자가 무슨 죄요? 아뇨, 임자 죄는 아뇨." 한다.

최 주부는 제 눈과 제 귀를 믿을 수 없었다. 세상에 기괴한 일도 있고는 볼 일이다. 이왕지사 정조를 깨뜨렸거든 그 비밀일랑 제 속 깊이 감춰 둘 일이지, 그것을 샅샅이 남편에게 꽂아바치는 년도 년이어니와 뻔뻔스럽게 그런 소리를 드러내 놓고 지껄이고 제 정부조차 버젓하게 더리고 온 계집을 잘했다고 위로하는 놈도 놈이 아니냐.

이윽고 두 남녀는 떨어지며 청자꾼은 또 아모 일도 없었던 것처럼 또

는 마땅히 할 일을 하였다는 것처럼 환한 얼굴을 의원에게로 돌렸다.

"병을 좀 보아 주세요."

의원은 두근거리는 가슴을 간신히 진정하고 정중하게 맥도 짚어 보고 병날미도 들어보았다. 재작년 한재에 부치던 논 열 마지기가 다 타 버리고 추수마당에서 빗자루만 털게 된 뒤로 굶기를 밥 먹듯 하였고 작년에는 그 논마저 떨어져서 농사도 못 짓고 품팔이로 그날그날을 지내노라니까 점점 병이 더쳐서 오늘날 이 지경에 이른 것이라 한다. 그것은 갈데없는 부족증이다.

기혈 부족, 원기 부족에서 생긴 병이니 의원의 양심은 초제 몇 첩 가지고는 도저히 돌릴 수 없는 병임을 알으킨다.

의원은 제가 가지고 온 약재를 골라서 보원탕 세 첩을 지어 주고 이 병은 매우 뿌리가 깊으니 여간 낱첩으로는 낫지 않을 터인즉 가미한 십전대보탕 한 제는 먹어야 되겠다고, 그 약을 지으려면 약재를 가져온 것이 없으매 돌아가서 지어 보내겠다고 설명해드렸다. 이왕 지은 허물이니 손해는 보더래도 약 한 제쯤으로 삭쳐 버리고 한시 바삐 이 괴상한 자리를 떠나려는 배짱이었다.

그러나 그렇게 풀기 없이 제 팔뚝에 쓰러졌던 그 계집은 인제 와서는 여간 아귀가 센 것이 아니다. 제 남편의 병을 곤쳐 주기 전에는 한 발자욱도 여기서 움직이지 못한다, 한 달이고 두 달이고 얼마든지 약을 써서 그여이 병 뿌리를 빼야 놓아 보낼 터이다, 약재가 없으면 적어 주면 몇 차례라도 넘나들며 가져오겠다고 악지를 쓴다. 의원은 환잣집 의견에 아니 복종할 수 없었다. 입맛을 쩍쩍 다시면서 쪽지를 적어 주고 환자의 안해는 십리 안팎길을 한숨에 뛰어가고 뛰어왔다.

밤이 되었다. 병자와 의사가 자는 방엔 삿자리 한 잎으로 칸을 막았다.

"난 샌님을 모시고 잘까요?"

안해는 서슴지도 않고 예사롭게 남편에게 묻는다.

"참 그래, 그러구려. 개똥이는 내 옆에 갖다가 누이고 임자는 그리고 건너가구려."

남편도 제가 먼저 말할 것을 잊었다는 듯이 대찬성이다. 그 수작이 끝나기가 무섭게 안해는 실행한다. 저녁 먹던 맡에 웃방에 곯아떨어진 개똥이를 환자 방으로 갖다 누이고 자기는 의원의 곁에 와서 눕는다. 이번에는 의원의 몸이 오그라붙는 듯하였다,

그는 일부러 큰 소리로,

"괴이한 일이로군. 아까는 내가 환장이 되어서 그랬지만 다시야 그럴 수가 있소? 병자를 두고 딴 방에 자다니." 하고 제법 점잔을 빼 보았다.

"괜찮사와요, 괜찮사와요."

남편은 마치 손님에게 밥이나 권하는 듯이 안해와 같이 자기를 권한다. 안해도 남편에 지지 않게 손님의 사양은 귓결에도 넣지 않으려 한다. 옷까지 훌훌 벗어 버리고 옆에 착 달라붙어 누우며 머리맡에 놓인 손님의 부채를 찾아 들더니,

"더우시지 않으셔요?" 하면서 훨훨 부쳐 준다. 아모리 사양을 해도 손님이 잠들기 전에는 부채질을 쉬려고도 하지 않았다.

열흘 동안이나 최 주부는 정말 땀을 빼었다. 굴속 같은 방안, 밤마다 예사로 벗고 눕는 환자의 안해, 산나물에 좁살낟을 눈에 겨우 띄리 만큼 띄운 죽물. 눈곱만치 남은 양심의 가책. 기괴한 광경에서 오는 불안. 감옥살이의 고통도 이대도록 지긋지긋하지는 않을 듯싶었다.

다행히 환자는 약발을 잘 받았다. 약 한 첩 들어가 보지 못한 장위에는 인삼과 녹용이 그야말로 선약 같은 효험을 드러내었다. 최 주부는 하로 바삐 이 고통에서 벗어나려고 이해타산도 모조리 잊어 버렸다. 제 돈을 들여 닭 마리도 사서 고아 먹이게 하고 나종에는 제 집 쌀까지 가져오래

서 이밥을 지어 먹이도록 하였다. 환자의 회복은 하로가 다르고 한시가 달랐다. 열흘이 되매 기동도 맘대로 하게 되고 뼈만 남았던 몸에 살까지 부옇게 찌게 되었다.

마지막 날 새벽에 잠을 깨어 보니 제 옆에 누웠던 환자의 안해가 없었다.

삿자리 한 잎 너머로 그들의 속살속살하는 이야기 소리가 들린다.

"참 인젠 가슴도 두두룩하시구려"

안해는 남편의 가슴을 만져 보는 모양.

"가슴뿐야? 자, 이 팔을 만져 봐요, 제법 살이 올랐지. 오늘이라도 농삿일을 하겠는데. 허허."

"안 돼요. 아직 안 돼요 좀 조리를 더 하셔야지. 또 병환이 더치시면 어떡해?"

안해는 질색을 한다.

"인제 다시는 병이 안 날 테야. 인젠 두 주먹 쥐고 벌지. 그래도 입에 들어가는 것이 없으면 도적질이라도 할 테야. 안 굶으면 병이 안 나겠지. 이번엔 꼭 죽을 줄 알았더니만 임자 덕에 살았지." 하고 잠깐 말이 끊침은 젊은 내외의 으스러지는 듯한 포옹이 있는 모양.

"임자를 안고 나니 두 팔에 기운이 더 붙는 듯한데… 신기한걸. 내일부터는 임자를 업고 다니면 기운이 나겠지."

"나종에는 별소리를 다 하시는구려. 그래 조금도 꺼림직하지 않으셔요?"

"뭣이 꺼림직하단 말이오?"

"저 남의 아지번네하고 같이 잤는데도."

"백날을 같이 자면 무슨 일이 있나? 내 병 땜에 임자에게 귀찮은 노릇을 겪게 한 게 애연할 뿐이지."

"참, 그래요 나도 그런 일을 당하면서도 조금도 부끄럽지 않았어요. 처음엔 가슴이 좀 두근거리더니만 무슨 짓을 하든지 당신 병만 낫우었으면 그뿐이라 하고 보니 맘이 고만 가라앉아요."

"그럼 서로 위해서 하는 일이 부끄러울 것이 뭐람?"

그들의 수작은 아츰에 재깔거리는 새 모양으로 흐리고 터분한 점은 도모지 없고 어데까지 명랑하고 어데까지 상연하다.

"그래도 저 방에서 샌님을 뫼시고 자려니까 어쩐지 가슴이 뻐근하고 슬퍼요."

그는,

"나도 그래 고마운 생각이 지나쳐 눈물이 나려고 하더구먼. 인젠 병이 나았으니까 다 옛말이지."

두 내외는 또 쓸어안는 모양. 그 때에 개똥이가 자다가 무엇에 놀랜 듯이 삐 하고 운다.

"왜 왜!" 하고 애 달래는 소리가 나더니 삿자리를 걷어치우며 조심조심 건너온다.

그 날 아츰에 최 주부는 놓이게 되었다. 환자도 개똥이를 안고 문밖까지 전송을 할 수 있게 되었다. 최 주부는 여남은 걸음 걸어가다가 고개를 돌이키니 두 내외는 아직도 나란히 사립문턱에 서서 자기의 가는 양을 바라보고 있었다.

때마츰 그들은 떠오르는 햇발을 담뿍 안고 있었다. 의좋게 나란히 서 있는 그들의 얼골엔 광명과 행복이 영롱하게 번쩍이는 듯하였다.

"저런 것들은 정조도 모르고 질투도 모르는 모양이지!"

최 주부는 눈이 부신 듯이 얼른 고개를 돌리며 혼자 중얼거렸다.

『조선의 얼골』, 1926년

그리운 흘긴 눈

그이와 살림을 하기는 , 내가 열아홉 살 먹던 봄이었습니다. 시방은 이래로 — 삼십도 못 된 년이 이런 소리를 한다고 웃지 말아요. 기생이란 스무 살이 환갑이라니, 삼십이면 이를테면 백세 상수한 할미쟁이가 아니야요? — 그 때는 괜찮았답니다. 이 푸르족족한 입술도 발그스름하였고 토실한 뺨볼이라든지, 시방은 촉루髑髏란 별명조차 듣지마는 오동통한 몸피라든지, 살성도 희고, 옷을 입으면 맵시도 나고, 걸음걸이도 멋이 있었답니다. 소리도 그만저만히 하고 춤도 남의 흉내는 내었답니다. 화류계에서는 그래도 누구 하고 이름이 있었는지라, 호강도 우연만히 해 보고 귀염도 남불잖이 받았습네다. 망할 것, 우스워 죽겠네. 하자는 이야기는 아니 하고 제 칭찬만 하고 앉았구먼.

어쨌든 나도 한 시절이 있은 것은 사실입니다. 해구멍이 막히지도 않아 요릿집에서 인력거가 오고, 가고만 보면 새로 두 점 석 점 전에는 집에 돌아온 적이 별로 없었습니다. 그나마 집에 와서 곧 자느냐 하면, 그렇지도 않아, 대개 집에 손님이 기다리고 있기도 하고 또는 손님과 같이 올 때가 많았습니다. 그래 가지고 또 고달픈 몸을 밤새도록 고달프게 굴다가, 해 뜬 뒤에야, 인제 내 세상인가 보다 하고, 간신히 눈을 붙이면 사정 모르는 손들이 낮부터 달겨들어서 고단한 몸을 끌고 꽃구경을 간다, 들놀이를 간다, 절에를 나간다, 합니다그려. 그러니 몸이 피로 않을 수 있습니까? 놀기란 참 고된 일입네다. 어느 때는 사지가 늘어지고, 노는

것이 딱 싫고 귀찮아서,

'이년의 노릇을 언제나 마나!' 하고, 탄식이 나옵니다.

그럴 때 나의 눈앞에 그이가 나타났습니다. 나보담 네 해 맏이인 그는, 귀공자답게 얼골도 곱상스럽고 돈도 잘 쓰며 노는 품도 재미스럽고 호기스러웠습니다. 나는 고만 그에게로 마음이 솔곳하고 말았지요. 그이도 나에게 적지 않게 빠진 모양이었습니다. 그럭저럭 관계가 깊어 가자, 그이는 나와 살자고 졸르지 않겠습니까? 마츰 기생 노릇도 하기 싫던 차이고 밉지도 않은 사내라, 내심으론 이게 웬 떡이냐 싶었지만, 그래도 기생 행투가 그렇지 않아 이 핑계 저 핑계로 그이를 바싹 달게 해서 돈 천 원이나 착실히 빼앗아서 어머니를 주고 마지못해 하는 듯이 살림을 들어가게 되었습니다.

그이는 간이라도 빼어 먹일 듯이 나를 사랑해 주었습니다. 나를 얻기 전에도 오입 깨나 해 본 모양이었으나, 나이가 나이라, 어리고 참다운 곳이 있었습니다. 나의 말이면 콩을 팥이라 해도 곧이들었습니다. 나의 청이라면 무엇이고 낙종[1]치 않는 것이 없었습니다. 이 눈치를 알아본 나는, 그이로부터 갖은 것을 졸라내었습니다. 우리 든 집 문서도 내 이름으로 내게 하고, 자개농이랑, 자개 의걸이랑 한 칸 벽에 맞는 큰 체경이라, 물론 온갖 비단과 포목을 필필이 들여오게 하고, 철철에 따르는 비녀며, 사흘돌이로 진고개에 가서는 순금 반지, 진주 반지, 보석 반지를 사게 하였습니다. 이 외에 어머니의 생신이라는 둥, 일가의 혼례에 쓴다는 둥, 장사에 쓴다는 둥, 빚을 졌다는 둥 갖은 핑계를 만들어서 그의 돈을 긁어내었습니다. 무슨 내 변명이 아니라 이런 짓을 한 게 전수이 나의 욕심 사나운 까닭도 아닙니다.

---

1) 낙종: 기쁜 마음으로 복종함. 마음속으로 받아들여 진심으로 따라 좇음.

사라고 하고 달라고 하는 그것이 어쩐지 좋고 재미스럽기도 하였어요. 그리고 또 그것이 그에게 피우는 애교이고 아양이었어요. 그것뿐도 아니지요. 내 말이라면 어느 정도까지 들어주나, 곧 그이가 나한테 얼마나 홀리었는지를 자질도 하고 싶고, 뜻대로 성공을 하면 물건 얻은 것보담 몇 갑절 더 기뻤습니다. 몰론 어머니가 뒷구멍으로 부추기기도 하였지만.

그인들 몇 만금을 제 수중에 두고 쓰는 게 아니라, 아버지를 팔고 빚을 내는 것이니, 하로 이틀 아니고 물 쓰듯 하는 돈을 언제까지 대어갈 수가 있겠습니까? 같이 산 지 석 달이 못 되어 돈 주변할 길이 막힌 모양이었습니다. 아모리 귀한 자식의 빚봉수라도 한 번 두 번이지 전부 아버지가 갚아줄 리가 있겠어요? 더구나 구두쇠로 유명한 그의 부친이 그 때까지 참은 것도 장한 일이지요. 마츰내,

"너 같은 놈은 자식으로 알지 않으니 죽든지 살든지 나는 모르겠다." 하게 되었습니다. 그 전에도 여러 번 그러고 얼렀지만 인제는 아주 사실로 나타나게 되었겠지요.

빚쟁이는 벌떼같이 일어났습니다. 요릿집에서 금은방에서 선전縇廛 드팀전에서 더구나 고리대금업자한테서 빚쟁이는 문간을 떠날 새가 없었습니다.

부잣집 외동아들로 자라나, 도모지 졸리는 것을 모르던 그이는 담박에 입술이 바싹바싹 말라가기 시작하였습니다. 문간에서 찾는 소리만 나면 왼 몸을 옹송그리고 얼골이 파랗게 질리는 꼴이란 곁에서 보아도 가이 없었습니다.

내 탓으로 이 곤란을 받건마는 그래도 나를 원망하거나 미워하는 기색은 보이지 않았습니다. 빚에 졸리는 것이 딱하기도 하고, 또 자격지심도 나서,

"나 때문에 이런 곤란을 당하시지요? 내가 몹쓸 년이야." 하면은, 그이는,

"그게 무슨 말이야?" 하며 질색을 하고,

"왜 채선彩仙이 때문이람? 내가 못생긴 탓이지." 하고는 도리어 면목 없는 듯이 고개를 숙이었습니다.

이런 중에 그에게는 또 기막힌 일이 생기었지요. 그것은 다른 일이 아니라 그이가 돈 쓰기도 급하였고, 또 못된 동무의 꾀임에 빠지어 아버지 도장을 위조하여 빚을 낸 일이 발각이 된 것이야요. 돈 꿔어준 놈도 물론 알고 한 일이지만 그의 아버지가 나는 모른다고 딱 거절을 하니까 인제는 그이를 보고 어르딱딱거리며 사기를 했느니 인장 위조를 했느니 만일 일주일 안으로 갚지 않으면 고소를 하느니 하고 야단을 합니다. 간이 작고 마음이 여린 그는 얼굴이 샛노랗게 타 들어가겠지요. 몇 번 그의 어머니를 새에 두고 또는 직접으로 자기 아버지께 말을 해 보는 모양이었으나 도모지 일이 안 된 줄은 그 찡긴 눈썹과 부러진 새 죽지 같은 어깨를 보아도 짐작할 수 있습디다. 그이는 조바심이 되어서 못 견디는 듯이 누웠다 앉았다 일어섰다 금세로 집을 뛰어나가는가 하면 금세로 또 뛰어 들어오겠지요. 그러다가 나종에는 돌부처나 무엇같이 한 자리에 우두커니 앉으면 멍하니 바람벽만 바라보고 어느 때까지 손끝 하나 꼼짝도 아니 하였습니다.

내일같이 그 일주일이란 기한 날이고 오늘 같은 저녁이었습니다. 여름답게 흰 구름이 봉오리 봉오리 솟은 하늘엔 밝은 달이 걸리었습니다. 우리는 저녁을 먹고 나서 마루로 나와 달을 쳐다보고 있었습니다. 그 때에 나는 문득,

"작년 이맘때에는 한강에서 선유를 하였는데." 하였습니다. 굼실거리는 시원한 물결은, 그림자를 부수는 배가 눈앞에 선하게 떠 보이매 갑자기 덥고 갑갑해서 견딜 수 없겠지요. 그러나 아모리 뻰치 좋은 나인들 사면팔방으로 빚에 졸리어 머리를 못 드는 그이에게 뱃놀이 가잘 염의야

있어요?

"이런 밤에 집에 처박히어 나가지도 못하구." 하매 번화롭던 옛날 기생 생활이 그리웠습니다. 살림 들어온 것이 후회가 났습니다. 이렇게 마음이 달뜨는 판에 곁에서 훌쩍훌쩍 하는 소리가 나지 않겠습니까? 돌아다보니 그이가 울고 있지 않아요!

"왜 우셔요?" 하니까 얼른 대답은 아니 하고 설움이 북받치어 참을 수 없다는 듯이 이윽히 코만 들이마시다가 껄떡대는 목청으로,

"채선이는, 채선이는 내가 내가 감옥엘 들어가면 또 기생으로 나가겠지?" 하고 눈물이 그렁거리는 눈을 나에게로 돌리겠지요. 내 속을 알아채었나 보다하고 가슴이 뜨끔하였으되 놀아먹은 보람이 있어서 담박에,

"흉업게스리 그게 무슨 말씀이야요?" 하고 질색을 하였습니다.

"아니야, 내가 감옥엘 가면 채선이는 또 기생에 나가서 뭇놈의 사랑을 받을 거야."

감옥에 간단 말이 조금 안되었지만 속으로는 암 그렇지 하면서도 입밖에 내어서는,

"그럴 리가 있겠어요? 설령 나으리가 감옥에 간다손 치더라도 내야 당신 사람이 아니야요? 왜 또 기생에 나가겠습니까? 댁에 가서 행랑방 구석으로 돌아다닐지라도 나으리의 나오시기만 기다리지요."라고 꿀을 담아 붓는 듯한 마음에 없는 딴청을 부리었습니다. 이 말에 그이는 매우 감동된 모양이었습니다. 바싹 다가들며,

"그게 참말이야!"

"그럼 참말 아니구."

"그래, 내가 감옥엔 가도 수절을 하고 나를 기다리겠단 말이야?"

"그럼 수절하구말구."

천연덕스럽게 꼭 그리할 듯이 딱 끊어서 대답을 하였으되 속으로는 수

절이란 말이 어째 「춘향전」이나 읽는 듯해서 우스웠습니다.

"만일 내가 감옥엘 아니 가고 죽는다면?" 하고 그이는 나의 얼골을 딱 노리었습니다. 그 시선이 전에 없이 날카로워서 슬쩍 외면을 하면서도,

"따라 죽지." 하고서 청승맞게, 너 죽고 나 살면 열녀 되나, 한강수 깊은 물에 빠져나 죽지 하는 노래를 읊었습니다. 나도 죽일 년이지요. 그 소리를 들으며 그이는 또 얼빠진 듯이 우두커니 앉았다가 무슨 단단한 결심을 한 것같이 벌떡 일어서며,

"채선이, 내 할 말이 있으니 방으로 들어가자." 하지 않겠어요? 나는 홍 또 안고 끼고 하려나 보다 하였습니다. 그이는 아즉도 숫기가 남아 있어 남 보는 데 아니 남이 볼 만한 데에서는 나의 손목 한번 시원스럽게 못 쥐고 그리 하고 싶을 때엔 꼭 방으로 끌고 들어갔습니다. 더구나 요사이 와서 몹시 근심을 한 뒤이라든지 또는 비관한 뒤이라든지 반드시 나를 쓰다듬고 어루만지기를 잊지 않았습니다. 이런 짐작을 한 나는 조금 앙탈도 하고 싶었으나 그의 운 것이 가엾어서 말대로 방에 들어 갔습니다. 방에 들어온 그는 방문을 모두 안으로 닫아 걸겠지요. 내 짐작이 틀리지 않구나 하면서도,

"이 유월 염천에 방문을 왜 닫아요? 남 더워 죽겠는데."라고 까짜를 올렸건만 그 말에는 아모 대답이 없고 제 할 일을 다해 버립디다. 전 같으면 부끄러운 듯이 눈을 찡긋하기도 하고 손짓으로 말 말라고도 하였으련만. 나는 벌써 내 입술에 닿는 그의 입술, 나의 젖가슴으로 허리로 도는 그의 팔을 기다렸건만 그이는 이상스럽게 엄연한 얼골로 마주 앉아 있을 뿐입니다. 얼마 만에 그이는 가라앉은 목소리로,

"채선이! 네나 내나 이 세상에 더 구차히 산다 한들 또 무슨 낙을 보겠니? 차라리 고만 죽어버리는 게 어떠냐?" 하겠지요. '미쳤나, 죽기는 왜 죽어' 하면서도,

"그래요, 고만 죽어 버려요."라고 쉽사리 찬성을 하였습니다.
"그래 나하구 같이 죽을 테냐?"
"나으리하구 죽는다면 죽는 것도 꿀이지요."
"내야말로 너하구 같이 죽는다면 한이 없겠다." 하는 그이의 소리는 떨리었습니다. 나도 일부러 목이 메이며,
"내야말로 나으리하구 죽으면 한이 없어요."
"말만 들어도 고맙다만 정말 나하구 죽을 테냐?"
"원 다심도 하이. 죽는다면 죽는 게지. 그렇게 내가 못 미덥단 말이야요?" 하고 가장 남의 속을 못도 알아준다는 듯이 새파랗게 성을 내었습니다. 그리하는 것이 어째 신파 연극을 하는 듯싶어 재미스러웠어요. 설마 죽을 리는 만무하고 이왕이면 이대도록 너한테 정이 깊다는 걸 표시함도 좋았어요.
그이는 나의 기색을 살피더니 그만하면 되었다 하는 듯이 벌떡 얼어나 자기가 쓰는 가방을 가져오더니 그 안에서 흰 봉지를 하나 끌어내겠지요. 그 봉지 속으로는 밤낱만한 고약 같은 것 두 개가 나왔습니다.
"저것이 아편이구나." 하매 가슴이 조금 섬뜩거리었으되 그리 놀라지는 않았습니다. 그 약으로 말하면 그이가 돈 안 주는 자기 아버지를 놀라게 하려고 몇 번 자기 어머니에게 보이는 것을 곁에서 구경을 하였으니까요. 그것을 먹고 죽는다고 야단을 해서 돈을 얻어 온 일도 있으니까요. 그러니 시방 와서 새삼스럽게 놀랠 것도 없지마는 같이 죽자는 말끝에 그것이 나온지라 시방껏 달떴던 마음이 조금 긴장은 됩디다. 그이는 자리끼를 당기더니 그 약을 앞에다 놓고 이슥히 나려다 보며 닭의똥 같은 눈물을 뚝뚝 떨어뜨리지 않겠습니까. 그 때만은 나의 가슴도 찌르르하였습니다.
한참 약을 나려다보고 울고 있던 그이는 무슨 비장한 결심을 한 듯이

몸을 흠칫하더니 그 약 한 개를 얼른 입에 집어넣고 한 개를 집어 나를 주지 않겠습니까. 나도 서슴지 않고 그 약을 받아 입에 넣었습니다. 약을 머금은 그는 손가락으로 자리끼를 가리켜 나한테 물을 마시란 뜻을 보이었습니다.

나는 그의 시키는 대로 물을 마시었으나 물만 넘기었지 약은 혀 밑에 감춰둔 것은 물론입니다. 내야 꿈에도 죽을 마음이 없었습니다. 같이 사는 정의에 그이의 빚에 졸리는 것이 딱하지 않은 바이 아니고 그 때문에 살림살이가 전같이 호화롭지는 못하였을망정 그걸로 비관할 까닭은 조금도 없었습니다. 정 못 살게 되면 도로 기생으로 나갈 뿐입니다. 벌써 살림살이에 물려서 그렇지 않아도 기생생활이 그립던 나인데 아직 나이 어리고 남에게 귀염 받던 일, 호강하던 일이 어제 일같이 역력히 기억에 남아 있는 나인데, 앞길에도 기쁨과 호강이 춤추며 기다리고 있는 줄 믿는 나인데, 왜 죽자는 마음이 추호만친들 생기겠습니까? 내 몸뿐만 아니라 그이가 죽는다는 것도 믿지 않았습니다. 처음엔 실없는 거짓말로 알았고 약을 머금은 뒤에라도 또 무슨 연극을 꾸미는가 보다, 내일이고 모레면 그 댁에서 허덕지덕 돈을 갖다 줄 터이니 또 흥청거릴 수 있구나 하고 도리어 기쁘기도 하였습니다. 독약을 먹고 하는 노릇이라 가슴이 조금 아니 떨린 것도 아니지만.

그러나 어찌해요! 그이는 나의 물 마시는 것을 보더니 매우 안심된 듯이 내 손에서 자리끼를 빼앗아 꿀떡 마셔 버렸습니다. 그이가 정말 약을 삼킨 것은 좁은 목구멍으로 굵은 약덩이가 넘어가노라고, 얼골이 새빨개지고 어깨를 추스르며 목줄기가 구불텅거리는 것만 보아도 알 수 있습디다. 그러더니 고만 뒤로 벌떡 자빠지겠지요. 약 힘이 삽시간에 퍼진 것은 아니겠지만 약을 먹었다 하는 생각에 정신을 잃었는가 보아요.

이 뜻밖의 일에 — 그이로 보면 조금도 뜻밖의 일이 아니겠지만 — 나는 더 할 수 없이 놀래었습니다. 저이가 정말 죽었구나, 하는 생각이 칼날같이 가슴을 찌르자마자, 뭐라고 형용할 수 없는 감정이 왼 몸을 뒤흔들었습니다. 무어니무어니 하여도 고작해야 열아홉 살 먹은 계집애가 아니야요? 이 난생 처음 당하는 큰일에 어안이 벙벙하여 '악' 소리도 치지 못하고, 가위눌린 눈만 휘동그리다가, 나도 죽었네 하는 듯이 뒤로 자빠졌습니다….

얼마 되지 않아 그이가 벌떡 일어나 미친 듯이 방안을 왔다 갔다 하지 않아요? 아편을 먹으면 자는 듯이 죽는다는 것은 빨간 거짓말인가 보아요. 답답하고 뉘엿거려서 못 견디겠다는 듯이 두 손으로 가슴을 쥐어 뜯으며 핫핫 하고 괴로운 숨을 토합디다. 그러더니 다짜고짜로 두 손을 입안으로 넣어 왝왝 헛구역질을 하겠지요. 아마 속이 너무도 괴로우매 죽자는 결심도 간 곳 없고 먹은 약을 토해 낼 작정이던가 보아요. 그러나 약은 아니 나오는 듯하였습니다.

이 광경을 바라보는 나도 일변 무섭기도 하였지만 못 견디리 만큼 괴롭기도 하였습니다. 그의 받는 고통이 도모지 내 탓이 아니야요? 날로 하여 돈을 쓰고 그 돈에 몰리다 못하여 죽는 죽음이니 내 탓이 아니고 누구의 탓이겠습니까? 그런데 나는 죽을 때까지 그를 속이었습니다. 거짓 죽는 시늉을 해서 그를 속이었습니다. 내가 만일 따라 죽는다 아니 하고, 그를 말리었던들 그이는 아니 죽고 말았을지도 모르지요. 그 약을 먹고 저런 욕을 아니 볼는지도 모르지요. 그러면 내 손으로 그이를 죽인 것이나 진배가 무엇입니까? 그 때에야 물론 이렇게 사리를 쪼개서 생각은 안 했지마는 차마 그이의 괴로워하는 꼴을 볼 수는 없었습니다. 나는 진저리를 치고 눈을 딱 감았습니다. 그 때입니다. 무엇이 나의 어깨를 흔들지 않아요? 번쩍 눈을 떠 보니까 그이가 걷어쳐 올라가는 개개풀린 눈으로 내 옆에 앉아서 나를 나려다보고 있겠지요. 나는 소름이 쭉 끼치어 흠칫하고 몸을 소스라쳐 일으켰습니다.

나의 일어나는 것을 보고 그이도 따라 일어서며, 용서해 달라는 표정으로,

"괴롭지, 괴롭지? 공연히 나 때문에."라고, 더듬거리고는 눈에 눈물이 핑 도는 듯하였습니다. 그 소리는 어쩐지 무서움에 떠는 나의 창자 속까지 스며들어가는 듯하였습니다. 나의 눈에도 뜨거운 눈물이 쏟아졌습니다. 그러자 그이는 바짝 다가들며, 한 손으로 내 목덜미를 안고 또 한 손일랑 나의 입에 들이대입디다. 죽어 가는 그이, 아니 벌써 송장이나 진배없는 그의 손이 나에게 닿았건만 나는 조금도 전같이

두렵고 무서운 증이 들지 않았습니다.

"배앝아라 배앝아, 어서 배앝아." 하고 그이는 손가락을 내 입안으로 꿔역꿔역 들이밀겠지요. 이때에 입안에 든 약을 생각한 나는 흘리던 눈물을 뚝 그치고 에그머니! 싶었습니다. 나는 그이의 지중한 사랑에 감읍하였으되, 그이가 돌려내려고 애를 쓰는 것이로되, 나는 그 약을 내어 놓기가 죽어도 싫었습니다. 나는 차라리 삼켜버리려 하였습니다. 몇 번을 침을 모아 그 약을 넘기려 하였으나 원수엣 덩이가 큰 까닭인지 세상 넘어가지를 않습디다. 그러는 판에 내 입에 들어온 그이의 손가락이 벌써 그 약을 집어내겠지요. 그 약을 집어내자 나를 바라보던 그이의 얼골은 시방도 잊히지 않습니다.

어쩌면 그 곰상스럽던 얼골이 그렇게 무섭게 변할까요! 나는 어떻다 형용 할 수가 없습니다. 제 계집이 딴 사내를 끼고 자는 것을 보는 본남편의 얼골이나 그러할는지요? 그 얼골의 표정은 분노 그것이었습니다, 원한 그것이었습니다. 입술을 악물고 드러난 이빨 하나만 보고라도 누구든지 질겁을 할 것입니다. 더구나 잊히지 않는 것은 그 눈자위예요. 일상 생글생글 웃는 듯하던 그 눈매가 위로 홉뜨이어서 미친 개 눈깔같

이 핏발을 세워 나를 흘긴 것이야요. 그 무섭기란 시방 생각하여도 몸서리가 치어요. 그이는 숨이 진 뒤에도 그 홉뜬 눈을 감지 않았습니다.

몰론 나는 고약한 년이지요. 그를 죽을 때까지 속인 몹쓸 년이지요. 그러나 그이는 나에게,

"괴롭지?" 하고 묻지 않았어요?

"배앝아."라고 하지 않았어요? 돌려내려고 내 입에 손까지 넣지 않았어요? 그러다가 약을 삼키지 않고 그저 있음을 보았으면 내 마음은 어떠하든지 그이는 — 죽어가면서도 나를 생각한 만큼 거룩한 사랑을 가진 그이는 기뻐해야 옳을 일이 아니에요? 좋아해야 옳을 일이 아니에요? 그렇게 성을 내고 나를 흘길 일이 무엇이에요? 내 그른 것은 어찌겠든지 그때에는 그이가 야속한 듯싶었어요. 야속하다느니보담 의외이었어요. 그런데 시방 와서는 그 흘긴 눈이 떠나올 적마다 몸서리가 치이면서도 어째 정다운 생각이 들어요, 그리운 생각이 들어요!

『폐허이후』, 1924년

현진건 중편소설

타락자

현진건 중편소설

타락자

1

우리 둘이 — C와 나 — 명월관明月館 지점에 왔을 때는 오후 일곱 시가 조금 지냈을 적이었다. 봄은 벌써 반이 가까웠건만 찬바람이 오히려 사람의 살점을 에는 작년 이월 어느 날이다. 우리가 거기 간 것은 우리 사社에 처음 들어온 K군의 초대를 받은 까닭이었다.

이런 요리점에 오기가 그 날이 처음은 아니다. 처음이 아니라면 많이 다닌 것 같지만, 그런 것도 아니니 이번까지 어울려야 겨우 세 번밖에는 더 안 된다. 나는 이런 연회석에 참례參禮할 적마다 매우 즐거웠다. 길다란 요리상을 중심으로 여러 사람이 둘러앉아 웃고 떠들며 술도 마시고 요리도 먹는 것이 좋았음이라. 아니 그것보담도 나의 가슴을 뛰게 한 것은 기생을 볼 수 있음이었다. 친할 수 있음이었다.

"무엇 때문에?"

이 물음에 답하기 전에 나는 잠깐 나의 경우를 설명해 두고 싶다. 나는 일본에서 공부를 하다가 중도에 폐학廢學[1] 안 할 수 없게 된 사람이다. 그것은 어느덧 이 년 전의 일이다.

나도 공부할 적에는 모범적 학생, 유망한 청년이란 칭찬을 들었었다.

---

1) 폐학(廢學): 학업을 중도에서 그만둠.

기실 그것이 허예虛譽[2]는 아니었다. 남은 히비야日比谷(일비곡)운동장에서 뛰고, 아사쿠사 구淺草區(천초구) 놀이터에서 정신을 잃을 때에도 나는 한 자라도 알려고 하며 두 자라도 배우려 하였다. 나는 공일도 모르고 휴일에도 쉬지 않았었다. 나의 유일의 벗은 서책뿐이었다. 나에게 위안을 주고 오락을 주는 것은 오직 지식뿐이었다. 창틈으로 새어 오는 찬바람에 곤困한 잠이 깨어지고, 선선한 달빛이 찬물처럼 외로운 벼개를 적시는 새벽, 사향思鄕의 눈물을 뿌리다가도 갑자기 머리맡에 두었던 책을 집어 들었었다. 이대도록 나는 공부에 열광적이었다. 공부만 하고 보면 위대한 인물이 될 수 있다. 내가 숭배하는 영웅호걸도 따를 수 있다. 그보담 지내간들 무엇이 어려우라! 나는 까마득하나마 광채 찬란한 장래를 꿈꾸었다. 나의 환영은 희망의 붉은 꽃이 필 대로 핀 꽃밭 사이로 떠돌았었다. 물론 나는 이 꿈을 믿었었다. 이 환영을 참으로 여기었다. 그러나! 심술궂은 운명은 그것을 홍뎅이치고 말아다. 불의에 오촌 당숙에 별세하시니 나는 그의 입후入後가 아니 될 수 없었다. 팔십이 넘은 종조모님의 홑손자가 되고, 삼십이 남짓한 당숙모님의 외아들이 되고 말았다. 인제는 집을 떠날 수 없다. 바다를 건너 일본에 가기는커녕 며칠 시골만 다녀와도 할머님과 어머님이 우시며 부시며 집안이 호젓한 것을 하소연하신다.

꿈은 깨어졌다. 환영은 사라졌다. 광명이 기다리던 앞길에 잿빛 안개가 가리었다. 희망의 불꽃은 그물그물 사라져 간다. 날이 감을 따라 달이 감을 따라 가슴을 캄캄하게 하는 실망의 구름장만 두터워 갈 뿐이었다. 나의 혼은 얼마나 이 크나큰 손실에 오열하였는지 신음하였는지! 마츰내 돛대가 꺾어진 배 모양으로 이리 비틀 저리 비틀하게 되고 말았다.

---

2) 허예(虛譽): 실속이 없는 명예.

"되는 대로 되어라! 위인이 다 무엇이랴! 인생이란 물거품의 그림자에 불과한 것이다!"

밤새도록 잠 한숨 아니 자고 머릿속에서 온갖 신기루를 쌓아 올리다가 그것이 싸늘한 현실에 무참히 깨어질 때 이런 자포자기하는 생각을 일으키기도 하였다.

공부할 동안 끊었던 담배도 어느 결엔지 잇續(속)게 되었다. 때때로, "화난다! 화난다!" 하고는 술을 찾기도 하였다. 술은 본래 못 먹음은 아니니, 어릴 적부터 맛도 모르면서 부친의 잡수실 술을 도적해서 한 모금 두 모금 홀짝홀짝 마셨다. 그래도 중간에 그것을 절금切禁하였으니 정말 공부에 심신을 바친 나는 그것을 생각할 겨를도 없었다. 담배와 술을 먹게 된 때는 집에 나온 지 한 일 년이나 되었으리라.

술을 먹는대도 요리점에서 버듬적하게 먹을 처지가 아니라(그런 처지야 맨들려면 맨들 수 있지만은 그까지는 아직 타락하지 않았었다.) 십 전어치나 이십 전어치나 받아다가 집에서 자작自酌할 뿐이었다. 거주소수 수갱수擧酒消愁愁更愁[3]란 격으로 주기酒氣는 도리어 화증을 돋운다. 화풀 곳은 없다. 어찌 되든 집을 휙 나오는 수밖에 없다.

나오기는 나왔지만, 발 들릴 곳이 없다. 서울서 학교에 다닌 일도 없고 또 교제를 싫어하는 나이라 어느 친구 하나 없다. 있대도 나의 화풀이 받을 벗은 아니니다. 지향 없이 종로 네거리를 헤맬 따름이다. 남산공원에나 올라가서 저도 모를 소리를 지르기도 하고 한껏 흥분하여 혼자 우는 것이 고작이었다.

그 후 내가 ㅇㅇ사社에 들어가자 오늘처럼 사우社友의 초대를 받아 요

---

3) 거주소수 수갱수(擧酒消愁愁更愁): 술을 드니 시름이 없어지나 시름은 다시 시름을 가지고 온다.

리점에 간 일이 있다. 거기서 나는 기생이란 물건을 보았다. 여염집 여자에게는 좀처럼 볼 수 없는 어여쁜 표정, 옷이 몸에 들어 붙은 듯한 아름다운 맵시, 교묘한 언사言辭, 유혹적 웃음이 과연 그럴듯하였다. 묵묵히 보고만 있는 나에게도 위안을 주고 쾌락을 주는 것 같았다. 답답하던 가슴이 한결 풀리는 듯싶었다. 싸늘하던 심장에 따뜻한 피가 흐르는 듯싶었다.

"이럴 때에 기생이나 아는 것이 있었으면…."

쓸쓸히 덮쳐오는 환멸의 비애에 가슴을 물어뜯기도 하다가 흔히 이런 생각을 하게 되었다. 전자前者에는 기생이라면 남의 피를 빨고 뼈를 긁어내는 요물이고 사갈蛇蝎이라 하였었다. 그런 데 드나드는 사람조차 사람으로 알지 않았었다. '부랑자', '타락자'… 말 못할 인간이라 하였었다.

"유위유망有爲有望한 꽃다운 청춘에 무슨 노릇을 못해서 화류계에서 세월을 보낸단 말입니까? 그들은 제 일평생을 그르칠 뿐만 아니라 그 해독을 제 자손에게까지 끼치어 제 가족을 멸망시키고 제 민족을 멸망시키는, 사회의 죄인이고 인류의 죄인 아닐 수 없습니다."

어떤 연설회에서 얼굴을 붉혀 가며 이렇게까지 절규도 한 일이 있다. 그때의 나, 지금의 나, 변한들 어찌 이다지도 변하랴! 인제 길거리에 혹 기생들과 서로 지나치면 문득 가슴이 꿈틀함을 느끼었다. 나는 그 치마 뒷자락을 홀린 듯이 돌아보기도 하고 슬쩍 코에 앉히는 그 매력 있는 향기를 주린 듯이 들여 마시기도 하였다.

어느날 나는 마츰내 소위 토벌討伐까지 하게 되었다. 그것은 사우社友 C가 심심 파적破寂이란 구실 밑에 놀러를 가자 함이었다.

이 C란 이는 몸집이 작고 짧으며 머리가 곱슬곱슬한 사람인데 그 홍갈색으로 반질반질하는 얼굴은 무른 것 단단한 것에 다 달궈 보았다, 하는 듯하였다. 나는 그 재사영롱才思玲瓏한 농담을 좋아하며 또 나보담 근 십

넌 만이언만 조금도 연장자로 자처치 않는 데 감복하였었다. 그리고 또 그의 여관이 우리 집 가까이 있는 때문에 우리는 자조로이 상종하게 되었다. 그도 몇 해 전 주머니가 넉넉할 때에는 화류계에 많이 놀았다 한다. 그의 말을 빌리건대, 그는 화류계리花柳界裡에 백전노장百戰老將이었다.

우리는 어둠침침한 행랑 뒷골로 돌았다. 나는 어데가 어데인지 잘 알지도 못하였다. 다만 C의 뒤만 따른다. C의 번지番地 보는 성냥불이 몇 번 번쩍하였다. 그럴 적마다 나의 가슴에도 희망과 기대가 번쩍였다. 그래도,

'나는 같이 아니 왔소.'라고 변명하는 듯이 늘 몇 걸음 물러서서 고개를 돌리고 있었다. 번지는 자꾸 틀리었다. 어느 때는 속 깊이 들어갔던 골목을 도로 나오기도 하였다.

헛되이 성냥 개피만 허비하였다. 인제 희망은커녕,

'웬걸 거길라구.'

미리 실망조차 할 지경이다. 그리고 C가 속히 그 집이 그 집 아닌 줄 알고 딴 데로 갔으면 하였다. 다리가 아프다. 찾던 집을 찾기는 찾았다.C는 대문을 살그머니 열더니 그 안으로 사라졌다.

"이리 오너라."라고 부르는 소리가 들린다. 웬일인지 나의 가슴은 닥쳐올 중대한 일을 기다리는 사람 모양으로 뛰놀았다. 펄떡 하고 행랑방 문 여는 소리가 난다.

"기생 있소?"

"기생 집 아니야요." 하는 퉁명스러운 말이 끝나자마자, 탁하고 성낸 듯이 문을 닫는 것 같다.

"대단히 잘못했구려, 고런 것, 나하고 오늘 저녁에 만나자 해 놓고 고만 이사를 간담?"

C는 비위 좋게 거짓말을 뿌리고 웃으며 나왔다. 그 날 밤 원정은 실패

이었다.
"공연히 남을 끌고만 다니지."
도로 그 골목을 걸어 나오며 나는 C를 원망하였다.
"똑 보아야 멋인가? 이렇게 다니는 것이 운동도 되고 좋지. 우리가 어데 다니고 싶어 다니나, 하도 갑갑스러워서 그러지."
"그것은 그래."
나는 동의를 하면서도 어째 무엇을 잃은 듯이 섭섭함을 어찌할 수 없었다.

2

시간은 이미 일곱 점 반이나 되었건만 손들은 오히려 모여 들지 않았다. 너르다는 명월관 C지점 일호실은 쓸쓸하게 비어 있다. 손이라고는 C와 나 외에 우리를 초대한 K와, 그의 절친한 친구로 이 연회의 설계자이고 준비원인 D가 있을 뿐이었다. 아니 그들 뿐은 아니다. 우리가 들어올 때 밥을 먹다가 일어선 기생 둘도 있다.
그의 하나는 한 번 본 일이 있는 계선桂仙이란 것이었다. 그는 이미 기생으론 노자老子를 붙일 만한 낫세이다. 삼십 가까웠으리라. 그도 한참 당년에는 어여쁜 자태와 능란한 가무로 많은 장부의 간장을 녹이었다 한다. 어느 이름난 대관을 감투 끝까지 빠지게도 맨들었다 한다. 그러나 지금 보는 나의 눈에는 그런 일이 거짓말인 듯싶을 만큼 그의 얼굴은 사람을 끄는 무슨 힘도 없었다. 두 뺨은 부은 듯이 불룩하고 이마는 민 듯이 훌렁하였다. 더구나 그 시들시들한 살빛에는 벌써 늙은 그림자가 깃

들인 것 같다. 하건만 여성으로는 차마 못 들을 음담외설淫談猥說이 날 적마다 그 검은 눈을 스르르 감아 붙이며, '홍홍'하는 콧소리와 함께 그 뜨거운 입술을 비죽비죽하는 것은 음탕 그것이었다. 저기 옛날 솜씨의 남은 자취를 찾으려면 찾을 수 있을는지! 그렇다고 그에게 나와 고향을 같이한 명예 있음조차 부정할 수 없다. 더구나 그가 나를 처음 볼 때,

"저이가 아모 지배인의 아우가 아닌가요?"라고 C에게 물었으리만큼 그는 지금 어느 시골 ㅇㅇ회사 지배인으로 있는 우리 형님을 잘 알았다. 어린 나를 몇 번 보기조차 하였다 한다. 따라서 그는 기생 중 나를 아는 오즉 한 사람이었다. 또 하나는 처음 보는 기생이었다. 나의 주의는 처음부터 그에게로 끌리었다. 공평하게 말하면 그 또한 미인 축에 끼이지는 못할는지 모르리라. 이마는 조금 좁고 코끝은 약간 옥은 듯하였다. 하나 그 어여쁜 빰볼과 귀여운 입언저리가, 그런 흠점을 감추고도 남았었다. 그것보담 그 어린 우유牛乳 모양으로 하늘하늘한 앳된 살이 더할 수 없이 아름다웠다. 적어도 그 날 밤에는 그렇게 보였다.

"너 요사이 나지미[4] 많이 정했니? 그래 나는 네 나지미 될 자격이 없단 말이냐? 나도 좀 되어 보자꾸나, 응?"

몇 만금萬金 부모의 재산을 오입의 구덩에 쓸어 넣고, 그 대신 몇 곡조 노래와 몇 마디 농담을 얻은 D는, 그 통통하게 살찐 손을 늘여 그 기생의 손목을 잡고 , 빙글빙글 웃어가며 이런 말을 하였다. 그들은 밥을 다 먹고 상도 치운 때이었다.

"네 좋습니다." 하고 그 기생은 가볍게 고개를 끄덕인다.

"그래 정말이냐?"

"네, 좋습니다." 하고 대어드는 D를 밀치며 문득 소리를 쳐 웃는다. 입

---

4) 나지미: 같은 창녀한테 세 번 이상 다녀서 단골이 됨. 또는 그 손님.

술이 귀염성 있게 방싯 열리며 하얀 쌀낟같이 찬찬한 이빨 사이에 다문다문 섞인 금니가 유혹적으로 번쩍인다. 나의 입술에도 어느 결에 웃음이 흘렀다.

"홍홍, 논을 팔란 말이지, 밭을 팔란 말이지? 에이고 요런 것." 하고 D는 손으로 그의 뺨을 치고, 쳤다느니보담 스치고 물러앉는다.

"이리 좀 오게그려."

기생을 보면 감질이 나서 못 견디는 C는 애교의 웃음을 흘리며 그 기생을 부른다. 그 때 나는 C와 한 자리에 앉아 있었다. 가슴이 출렁하였다.

"우리가 어째 여태껏 서로 만나지 못했담?"

채 앉지도 않은 그의 손을 잡아다리며 C는 말을 붙이기 시작하였다.

"이름이 무엇?"

"춘심이야요."

"고장이 어데야?"

"ㅇㅇ이야요."

나는 먼저 그가 나와 한 고을 사람임을 기뻐하였다.

"서울 온 지 얼마나 되었나?"

"한 삼 년 되지요."

"이건 참 내가 너무 고루하군."

C는 인제 내 판이라 하는 듯이 일변 몸을 그리로 다그며 일변 그 독특한 농담을 늘어놓기 비롯하였다. C의 하는 양은 마치 열 번 스무 번 보아 친히 아는 듯하였다. 나는 물끄러미 그들의 하는 양을 보고만 있었다. 나의 눈에는 요술쟁이가 입으로 오색 종이를 뽑아냄을 구경하는 촌뜨기의 그것 모양으로 의아疑訝와 경탄의 빛이 있었으리라. 보기 사나웁기도 하였다. 부럽기도 하였다. 어찌하면 저렇게도 말을 잘 붙일 수 있는가 하고, 가는 손을 함부로 쥘 수 있는가, 한시바삐 C의 대신에 내가 그와

말을 하였으면, 손을 쥐었으면 하였다. 선망羨望에 타고 있는 나의 눈은 맛난 음식을 먹는 어른의 입만 바라보는 어린애의 그것 같았으리라.

어느덧 C의 팔은 비스듬히 춘심을 안고 있다. 사랑을 속살거리는 애인들처럼 C의 입술은 춘심의 귀에 닿을 듯 말 듯하다.

"에그, 점잖은 이가 그게 무슨 말씀이야요?" 하고 춘심은 몸을 빼친다.

"점잖길래 그런 말을 하지, 어린애가 그런 소리를 하던?" 하고 C는 제 말솜씨에 만족한 것같이 빙그레 웃었다.

춘심은 나에게 곁눈질하며 빈정대는 듯이 방긋 웃는다. 마츰 그 순간인 즉, 나도 춘심을 보고 웃을 때이었다. 그것은 C의 재담 때문이 아니다. 아까부터 생각하고 생각하던 춘심에게 건넬 묘한 말을 얻고 나오는 줄 모르게 띠운 웃음이라. 그런데 의외에 두 웃음은 마주쳤다. 어쨰 내 마음을 춘심에게 꿰뚫려 보인 듯싶어 나는 하염없이 얼굴을 붉히었다. 그래도 나의 가슴에는 기쁜 물결이 술렁하고 퍼지는 듯하였다.

'나를 좋아하는가 보다.' 하는 생각이 나의 피를 끓게 하였다.

우연히 오고 간 이 웃음이 둘 사이에 거멀못을 친 듯이 그와 나를 달라붙게 하는 듯싶었다 나는 . 고만 무조건으로 그가 정다웠다. 뜻도 모를 무슨 말이 불쑥 올라온다. 그 찰나이었다. 밀창이 고이 열리며 보얀 얼굴과 푸른 치마가 얼른한다. 그 다음 순간에 나는 누구를 향하는지 모르게 한 팔을 짚고 인사하는 기생을 보았다.

그 기생도 계선이보담 나이 많았으면 많았지 어리지 않으리라. 그리고 그 얼굴이야! 분으로 메이고 메인 보람도 없이 드문드문한 손티, 가뭇가뭇한 주근깨, 깎은 듯한 뺨, 그야말로 아모렇게나 생긴 것이었다.

'저까짓 것을 왜 불렀을까?'

나는 속으로 의아히 여길 지경이었다.

"형님! 인제 오셔요?"

춘심은 반갑게 부르짖으며 불현듯 몸을 일으킨다. 몹시 시달리는 C로부터 벗어날 핑계 얻음을 못내 기뻐하는 듯이.

C는 아모 일도 없었던 모양으로 시침을 뚝 따고 그 곱슬곱슬한 머리를 쓰다듬으며 그제야 손들이 모이지 않음을 깨달은 것같이,

"왜들 오지를 않아?"라고 하였다.

그와 나의 거리는 멀어지고 말았다. 그에게 말을 건넬 절호한 기회를 놓치고 말았다. 자아 수십 명이나 올 터이니 그는 어느 틈에 끼일는지! 누구하고 꿀 같은 이야기를 주고 받을는지! 나는 하릴없이 뒷전만 보고 있을 뿐이다.

'에이, 못생긴 것!'

나는 마음속으로 애닯게 부르짖었다.

저희들끼리 모인 그들은 이야기꽃을 필 대로 되게 한다. 연잎에 실비 뿌리듯 속살속살하기도 하며 때때로 옥반玉盤을 깨뜨리듯 때그르르 하고 웃기도 하였다. 나는 어린 듯이 그들을 바라보고 있었다. 계선이가 눈으로 나를 가리키며 춘심이더러 무에라 무에라 하는 듯하였다. 그는 고개를 까딱까딱하기도 하고 슬쩍슬쩍 나에게 시선을 던지기도 하였다.

"내 말을 하는가 보다." 하고 나는 눈을 나리 감았다. 얼굴에 춘심의 시선을 느끼면서.

사람들은 여덟 점이나 되어 모여들기 시작하였다. 서로 맞춰 둔 것같이 한 사람 뒤를 한 사람이 잇고 그 사람이 채 자리도 잡기 전에 다른 사람이 들어왔었다. 어느 결에 갈고리란 갈고리는 모자와 외투가 빈틈없이 걸리었다.

"인제 기생 소리나 한 마디 들읍시다."

한동안 늘 하는 인사와 무미한 담화談話가 끝나고 잠깐 무료한 침묵이 있은 후 누가 이런 제의를 하였다.

"그것 좋지요."

다른 소리가 찬성을 한다.

"그래 볼까요?"

그런 일이면 내가 도맡지요, 하는 듯한 얼굴로 D는 말을 하였다. 그의 쉰듯한 소리는 뽀이는 불렀다. 퉁명스럽게 꾸짖는 듯이 뽀이에게 분부하기 시작하였다. 가야금이 들어왔다. 장구가 들어왔다.

갈강갈강한 뽀이는 가야금을 잊忘기도 하고, 장구가 소리가 잘 아니 나기도 하여 D에게 톡톡히 꾸중을 모시었다. 하건만 그 뽀이는 '그런 야단이야 밤마다 만납니다.' 하는 듯이 그 하이칼라 한 머리를 긁적긁적하고는 허리를 굽실굽실하며 연해 연방,

"네, 네." 하고 시키는 대로 하였다.

먼저 춘심이가 가야금을 뜯기로 하였다. 그는 나에게 등을 향하고 줄을 검사하기 비롯하였다.

"저 계집애가 왜 돌아를 앉어!"

나는 화증을 내었다. 그대도록 나는 그의 얼굴을 보기나마 언제든지 계속 하고 싶었다.

줄을 고르고 저희들끼리 문의도 끝난 뒤, 우는 듯한 구슬픈 가야금 가락을 맞추어 느리고 순한 춘심의 소리가 섞여 들리었다.

"가자가자 어서 가, 위수 건너 백로가…."

말소리는 뚝 끈치었다. 모든 사람의 시선은 그리로 몰리었다. 그리고 제각기 고대 음률에 지식이 있어 그 잘잘못을 가릴 듯이 귀를 기울이고 있다. 그 지식의 발표로 어느 구절에 '좋다'하여야 옳을지 정신을 모르고 있는 듯싶었다.

"…기경선자騎鯨仙子간 연후 공추월지단단 자라 등 저 반달 실어라 우리 고향을 한께 가…."

노랫가락은 멋있게 슬쩍 넘어간다.

'홍홍'하는 콧소리가 여기저기서 일어난다.

나도 부지불식간에 '홍'하고 말았다. 그 노래는 마치 봄바람 모양으로 나의 마음을 어루만져 주었다. 그 서슬에 얼어붙은 무엇이 스르르 풀리는 듯싶었다. 그 무엇이 활개를 벌리고 우줄우줄 춤을 추는 것 같기도 하였다. 그렇지 않으면 어깨가 우쭐우쭐할 리 있으랴! 이럴수록 그 노래의 임자가 보고 싶었다. 그 표정이 어떨까? 그 입술이!….

'저 맞은편 사람에게 무슨 말을 하는 척하고 슬그머니 그의 정면에 가 앉을까?'

절묘한 낙상落想이다! 그러나 나의 몸은 무엇으로 동여 맨 것같이 꼼짝도 할 수 없었다. 나의 눈은 박힌 듯이 그의 뒤 꼴에 어리고 있었다. 앞으로 구부릴 적마다 반질하고 빛나는 그의 머리, 연분홍 숙고사 저구리 밑에서 곰실곰실 움직이는 어깨의 윤곽, 늘었다 굽혔다 하는 팔, 그 꾸김꾸김한 치마주름… 이 모든 것보담도 가야금 줄 위에서 남실남실 춤추는 보얀 손가락이 나의 넋을 사르고 말았다. 보면 볼수록 그 모든 것에 미美가 더하고 매력이 더하였다. 때때로 정신이 아찔해지며 모든 것이 한데 뒤범벅도 되었다. 그 고사庫紗무늬가 서로 뭉켜지기도 하고 치마 주름이 한 데로 몰려지기도 하였다. 어슴푸레한 어둠 가운데서 보얀 손가락만 파뜩파뜩 하기도 하였다. 나종에는 모든 것이 아물아물해지며, 눈앞에 불꽃이 주렁주렁 흩어진다….

3

요리상은 들어왔다. 우리는 그것을 가운데 놓고 둘러앉았다. 기생들은 술병을 들고 서 있었다.

이윽고 비교적 나이 좀 많은 편에 두 노기老妓는 자리를 잡고 앉았다. 그런데! 춘심은! 그는 잠깐 나의 안계眼界에서 사라졌다. 나는 얼른 좌석을 둘러보았다, 없다! 웬일인가? 그러다가 나는 마츰내 아모의 곁에도 아니 앉고 오히려 나의 등 뒤에 서 있는 그를 발견하였다. 그 때의 기쁨은 여간 몇 천원 잃었던 돈을 찾은 것에 비할 것이 아니었다.

찾기는 찾았지만 내 곁에 앉을지 말지는 그래도 미지수이다. 감이 그저 떨어지기를 기다리랴. 못 올라 따겠거든 나무를 흔들기라도 하여야 한다. 그것조차 못할 지경이면 그 밑에 입이라도 벌리고 누워야 한다. 앉히려는 뜻만이라도 보여야 한다. 나는 밍그적밍그적 몸을 한편으로 밀어 그의 앉을 자리를 비워 놓았다. 그리고 이리로 앉아요? 란 말을 풍긴 눈찌로 몇 번 그를 슬쩍슬쩍 쳐다보았다. 남의 눈치는 빌어먹게도 못 알아준다. 하다하다 못하여 나는 내 곁에 앉은 P에게 눈꿈쩍이를 하였다. 이것은 정말 나의 피땀을 흘린 마음의 노력이었다. P는 춘심을 힐끗 쳐다보더니,

"이리 앉지!"

대수롭지 않게 말을 던졌다.

그 당장엔 그냥 뻣뻣이 서 있었다. 이 짧은 찰나가 나에게는 얼마나 길었으랴! 이윽고 소루룩 코에 앉히는 향기 실린 실바람을 느낄 제, 그는 벌써 사뿐하고 나의 왼편 P의 오른편에 앉아 있었다. 펄떡펄떡 고동하는 나의 가슴의 장단 맞춤으로 나의 한 옆을 스치는 그의 옷이 사르륵 하고 그윽한 소리를 내었다.

그와 나는 서로 대일 듯 말듯이 앉게 되었다. 이것은 우연인 듯싶어도 우연이 아니다. 이 많은 사람 가운데 하필 나의 곁을 취하랴. 여기 무슨

깊은 의미가 있어야 되리라. 암만해도 나에게 마음이 있는가 보다. 그렇지 않으면 나의 등 뒤에 서 있을 리도 없을 것이다. 그도 나 모양으로 나를 알고 친하기를 마음 그윽이 갈망하고 있었으리라. 이런 생각을 한 나는 말할 수 없는 환희를 느끼었다. 자석에 끌리는 쇠끝 모양으로 우리 둘의 사이는 점점 다가들어 갔었다. 그의 팔과 가장 스치기 쉬웁도록 나의 팔은 슬며시 나려 놓이었다. 나의 손은 그 보드라운 살에 대이기 전에 먼저 그 보들보들한 옷자락에 더할 수 없는 쾌미快味를 맛보았다.

나는 술잔을 비우고 또 비웠다. 아니 비우고 견딜 것인가. 그 힘을 빌려야만 나에게로 날아오는 행복을 꼭 잡을 수 있다. 아니라, 그의 보얀 손이 재불동하며 방울방울이 잇딸아 떨어진 이 술이야말로 행복 그것이 아니랴!

적어도 행복의 구름을 걸러 내린 감로수甘露水가 아닐 수 없다. 우리는 말만 하면 속에 잡아놓은 행복이 날아갈까 두려워하는 것같이 그는 묵묵히 부어 주고 나는 묵묵히 마시었다. 나의 마음은 실실이 풀어졌다. 그리면서 한껏 긴장하고 있었다. 평소 때와는 달라 술은 좀처럼 취해 오르지 않는다.

정신은 잔을 거듭할수록 더욱 말뚱말뚱해 갈 뿐이었다. 그의 손을 쥐자면서도 그의 얼굴을 보자면서도 그와 말을 하자면서도 나는 헛되이 시선을 딴 데로 돌리어, 너절한 남의 말참예를 하고 있었다.

술은 벌써 열 잔이 넘어갔다. 전 같으면 이미 정신 모르고 나뒹굴어졌으리라. 하지만 웬일인지 오늘 밤에는 잔을 거듭할수록 정신은 더욱 말뚱말뚱하였다.

술은 열 잔이 넘어갔다. 그제야 조금 얼큰한 듯하였다. 나는 담배 하나를 집어 들었다.

"성냥 없소?"라고 나는 그에게 첫 말을 건네었다. 그것도 그의 담배 붙이는 것을 본 까닭이었다. 그는 성냥 한 개피를 그었다. 나는 으레 붙여 줄 줄 알고 담배 문 입을 내밀었다. 하나 그는 불을 붙여 주려고도 않고 그것을 나에게 준다.

나는 실망도 하고 섭섭도 하였다. 하지만 붙여 달랄 용기는 없었다. 하릴없이 그것을 받았다. 실망한 빛이 나의 안색에 드러났으리라. 그 다음 순간에 그 앵두빛 같은 입술이 방실 열리며, 나에게 무어라고 소근거렸는가! 그는 마치 변명하는 듯이 방긋 웃으며,

"불을 붙여 주면 아니 된데요."

이것은 더 의외이었다.

"어째 그래?"

"저!…."

매우 말하기 어려운 듯이 망살거리다가 또 한 번 빙글 하고는 말을 이어,

"저! 정이 갈린대요. 왜 저! 첫날밤에 신부가 신랑의 담뱃불을 붙여 주면 소박 맞는다는 이야기가 있지 않아요?"

꿀 같은 말이다! 아모리 부끄럼 많은 도련님이라 한들 이에 미쳐서야 말문이 아니 터지랴!

"그러면 나에게 소박 만날까 걱정이란 말이지?"

나는 뚫을 듯이 그의 얼굴을 들여다보며 다그쳐 물었다.

그는 부끄러운 듯이 시선을 피하며 의미 있게 웃기만 한다. 그 아름다운 입술이란! 모든 것을 잊고 열렬한 키스를 하고 싶었다. 그것은 못하나마 나의 손만은 어느 결에 상 밑에서 그의 녹신녹신한 손을 꼭 쥐고 있었다. 이 말 끝을 잃어서는 아니 된다. 무슨 말이든지 하여야 될 것 같다. 하나 아까 생각해 놓은 절묘한 언사는 다 어데로 갔는지? 씻은 듯이 잊고 말았었다.

사람의 말을 흉내 내는 앵무새 모양으로 남의 늘 하는 말을 되풀이하

는 수밖에 없었다.

"이름이 무엇?"

"춘심이야요."

"고장이 어데?"

"ㅇㅇ이야요."

"나도 ㅇㅇ사람이야."

"참말씀이야요?"

"그러면 거짓말 할까?"

"네에…." 하고 고개를 까딱까딱하였다. 그의 손가락이 살금살금 나의 손 안을 누르고 있다.

나는 또 술을 한 잔 마시었다.

"자꾸 술만 잡수셔서 어찌합니까? 진지를 좀 드시지요."

담긴 밥이 그대로 남아 있는 밥 보시기를 가리키며 그는 잔상스럽게 권하였다.

"나는 괜찮아. 참, 밥 좀 먹지?"

"싫어요."

그는 고개를 흔든다. 나는 밥 보시기를 그의 앞에 갖다 놓으며,

"시장할 것을 그래, 좀 먹어요."

"아니, 먹기 싫어요."

"그러면 무엇 딴 것이라도 먹어야지."

"아까 잔뜩 먹었어요."

우리는 벌써 사랑이 흠씬 든 애인끼리 하는 모양으로 서로 생각하며 서로 아끼고 있다.

문득 여러 사람의 웃는 소리가 우레같이 나의 이막耳膜을 울린다. 나는 깜짝하며 고개를 들었다. 모든 시선은 우리에게로 몰리었다. 모든 웃는

얼굴은 이리로 향하여 있다.

"미남자는 다른걸."

"○○야 오죽이 이뻐야지."

"아암, ○○보고 아니 반하면 눈 없는 기생이지!"

"둘의 얼굴이 한 판에 박아 놓은 듯이 같은걸."

"저런 부부가 있었으면 좀 어울릴까?"

"별소릴 다 하네. 오늘밤에라도 되면 그뿐이지."

모든 사람은 웃음 섞어 이렇게 떠들었다. 나의 얼굴은 모닥불을 담아 붓는 듯이 화끈화끈하였다. 그것은 부끄럼의 불 때문뿐이 아니다. 빨간 행복의 불꽃도 방글방글 피고 있었음이라. 그러나 나의 얼굴과 그의 얼굴이 같다함에는 불복이었다. 살거리가 흰 것은 서로 어금버금할는지 모르리라마는 나의 오목한 코끝과 알맞은 이마 넓이는 그의 그것들의 발 벗고 따를 바 아니다. 말이 났으니 말이지, 나의 얼굴은 남에게 그리 뒤지지 아니리만치 못생긴 것은 아니었다. 더구나 나의 눈은 C의 말을 들으면 가을 물같이 맑은데 맥맥한 정파情波가 도는 듯한 것이었다.

"자네에게는 계집이 많이 따르리니." 한 것은 어느 친구의 나를 비평한 말이다. 나도 어째 그럴 듯싶었다. 우선

오늘밤으로 말하면 나는 벌써 춘심이가 나에게 홀린 줄 알았다. 저는 기생으로 예사로이 하는 것이라도 나에게는 의미심장한 것이었다. 물론 나도 그

에게 마음이 기울어졌으리라 하되 그것은 여성으로의 그의 아름다움에 끌림이요, 그가 나보담 잘나서 그런 것은 아니다.

그것은 그렇다 하고 여러 사람의 칭찬이 기쁘기는 하였다. 그 기림이 춘심으로 하여금 나의 잘난 것을 다시금 깨닫게 하는 점에 있어 더욱 기뻤다.

나는 빙그레 득의양양한 웃음을 웃었다.

"둘이 한 곳에만 붙어 앉아 쓰나? 춘심이. 이리도 좀 오게그려."

나와 맞은편에 앉은 M이 그 험상궂은 상에 어울리지 않는 간악한 웃음을 띠며 그를 부른다. 나는 어이없이 M을 바라보았다. 나의 눈은 감때사나운 형이 제 작난감을 보자고 할 때 쳐다보는 어린 아우의 그것 모양으로 그것을 앗길까 하는 두려움과 또 그것을 빼앗지 말아 달라는 애원이 섞여 있었으리라.

그는 그리로 갔다. 하건만 나는 의연히 기뻤다. 그가 가도 그저 아니 간 까닭이다. 몸을 일으키는 그 찰나에 그 아름다운 얼굴을 나에게로 돌리며 눈웃음을 쳤다.

"잠시라도 나리 곁을 떠나가기는 참 싫어요. 그래도 기생 몸 되어 손님이 부르는데 아니 갈 수 없습니다. 눈 한번 깜짝할 동안만 참아 주셔요. 내가 곧 돌아올 터이니…."

그의 추파는 이렇게 말하는 듯하였다.

"될 수 있는 대로 얼른 오게. 벌써 오나!"

나도 눈으로 이렇게 일렀다.

M은 음흉한 웃음을 껄껄 웃으며 그의 손을 잡아 이끌 사이도 없이 안반 같은 제 무릎 위에 올려 앉힌다.

"저런!"

남에게 저렇게 쉬운 일이 나에게는 왜 그리 어려웁던가?

"이것을 좀 보아, 어떤가?"

M은 춘심의 어깨에 머리를 누이며 나를 보았다.

"어떻기는 무엇이 어때?"

나는 태연히 말을 하였다마는 나의 귀에도 그 소리가 억지로 지은 것 같이 울림을 어찌할 수 없었다.

"오장이를 짊어지고도 분하지 않아?"
"아이고, 참 죽겠는걸."
이번에는 한 불 넘어 보았다. 그래도 자리 잡힌 소리는 아니었다. 몹시 가슴이 울렁거린다. 암만 시치미를 따도 그가 남에게 안긴 것을 보기 싫었다. 스스러운 생각이 무의식한 가운데에도, 또 스스로 부정하면서도 마음 어데서인지 움직이고 있었음이리라.
나는 툇마루로 나왔다. M의 노닥거리는 꼴도 보고 있기 무엇하였고 또 먹은 술이 왼 몸에 불을 일으켜 선선한 공기도 마시고 싶었음이라. 웃고 떠드는 소리가 가끔 흘러 듣기지만 거기는 딴 세상같이 고요하였다. 지나가는 사람의 그림자도 볼 수 없었다. 한참 서서 저도 모르게 무슨 생각을 하고 있었다. 이윽고 무심히 고개를 돌린 나는 무엇에 놀랜 듯이, 가슴이 꿈틀하였다. 나의 앞에 춘심이가 서 있다.
"어데를 가?"
나는 몇 해 못 만나던 절친한 친구와 길거리에서 뜻밖에 마주칠 때 모양으로 반갑게 소리를 쳤다. 그러자마자 그의 가냘픈 허리는 벌써 나의 가슴에 착 안겨 있었다. 그 날씬날씬한 허리란! 자릿자릿 눌리는 가슴이란! 나는 잠깐 황홀하였다.
"집이 어데야?"
나는 슬며시 감았던 팔을 풀며 생각난 듯이 물어 보았다.
"그것은 왜 물으셔요?"
그의 대답은 의외였다. 번연히 알겠거늘 왜 채쳐 물을까? 나는 잠깐 할 말이 없었다. 그는 제 일신에 관한 무슨 중대한 해결을 기다리는 것처럼 얼굴빛을 바루고 있다.
"그것을 왜 물어!"
나는 혼잣말같이 중얼거리었다.

"왜 물으서요?"

그는 대질러 묻는다.

"나, 놀러갈 터이야."

나는 간신히 이 말을 하였다.

"놀러는 왜 오서요?"

그는 또 다그쳐 묻는다.

"자네 보고 싶어서." 하고 나는 다시금 그를 잡아다리었다.

"고만두셔요." 하고, 그는 몸을 빼치며 냉연하였다.

"그것은 또 웬말이야?"

나는 정말 웬 셈인지 알 수 없었다.

"그래, 나를 보고 싶으실까요?"

"그러면!"

"무얼, 지금뿐이지. 내일이면 씻은 듯이 잊으실걸 뭐." 하고, 원怨하는 듯 한恨하는 듯 눈을 깔아 메친다. 나는 꿈을 처음으로 깨인 듯하였다.

"무슨 그럴 리가 있나?"

나는 부드럽게 그를 위로하였다. 이 말은 결코 겉을 바르는 말이 아니었다. 충장衷腸에서 우러나온 말이었다.

"흥, 그럴 리가 있나? 나도 많이 속아 봤습니다."

그는 이 말을 남기고 돌아서더니 나를 떠나 한 걸음 두 걸음 생각 깊은 발길을 옮기었다. 나는 무엇을 잃은 듯이 망연하였다.

별안간 그는 발길을 홱 돌이킨다. 방긋 쏟아지는 듯한 웃음을 흘리고 선뜩 나의 앞에 들어서자 그 다음 순간에는 그의 향기롭고 보들보들한 두 팔이 나의 목을 잡고 있었다. 그리고 그 부드러운 입술이 나의 귀를 스칠 듯 말 듯하며,

"참말 나를 아니 잊으실 터이야요?"라고 소곤거렸다. 나는 정신이 얼떨

떨하였다. 한동안 말도 나오지 않았다.

"그래, 나를 아니 잊으실 터이야요?"

"잊을 리 없지."

"정말?" 하고 물끄러미 쳐다보다가,

"꼭 그리 하셔요."란 말과 함께 나에게 달콤한 키스를 주었다.

"다옥정茶屋町 ○○번지. 위선 이 번지를 잊지 마셔요."

나는 기계적으로 고개만 끄덕일 뿐이었다.

"이 연회가 끝나거든, 우리 같이 가요, 꼭." 하고, 가볍게 나의 등을 두드린 후 저 갈 데로 가버렸다. 나는 우두머니 그대로 있었다. 미끈하고 그의 팔이 감기었던 목 언저리는 무슨 기름이 발라 있는 듯싶었다. 그리고 나의 입술은 무슨 벌레가 기어 다니는 것같이 근실근실하였다.

나는 웃음을 띠고 방에 돌아왔다. 모든 사람이 나를 보고 웃는 듯싶었다. 방바닥이고 천정이고 전등불이고 모다 나에게 웃음을 건네는 듯하였다.

말끔 좋은 사람들 뿐이라 하였다. 이런 좋은 사람들에게 술 한 잔 아니 권할 수 없다 하였다. 나는 차례로 술을 권하였다. 나도 그 돌려주는 술잔을 사양치 않았다. 나는 잔뜩 술이 취하였다. 그 뒤에 들어온 춘심은 인제 나의 것이 되고 말았다. 세상없는 사람이 불러도 나는 그를 놓지 않았다.

그가 기어이 가야 될 사정이면 둘이 같이 갔었다.

나는 주정을 막 하였다. 간에 헛바람 든 사람 모양으로 연해연방 웃었다. 술을 더 가져 오라고 뽀이를 야단도 쳤다. 할 줄 모르는 노래를 고함치기도 하였다. 그 너른 방을 좁다고 휘돌며 춤도 추었다. 내 마음대로 놀았다. 남이야 싫어하든 미워하든 비웃든 욕하든 나는 조금도 관계치 않았다. 사社의 윗사람이 몇 있었지만 그것들! 다 초개草芥같이 보이었다.

4

내가 타는 듯한 갈증을 느끼고 잠을 깬 때는 눈을 부시게 하는 햇발이 문살을 쏘고 있었다.

어찌 된 셈인가? 지금껏 나의 가슴에는 춘심의 온유한 몸이 녹신거리고 있었는데… 여기는 암만해도 그의 방은 아니다. 확실히 우리 집이다. 보라! 윗목을 빽빽하게 차지한 옷걸이, 삼층장, 반다지 그 위에 이불을 싼 모란꽃을 수놓은 물 날은 야단 보褓. 문갑 위와 밑과 가운데 뒤숭숭하게 재이고 꼽혀있고 누인 책자들, 틀림없는 우리집 건넌방이다.

흐릿한 기억 가운데 문득 어젯밤 헤어지던 광경이 떠나왔다. 몇 아니 남은 손들도 외투를 입으며 모자를 찾게 되었다. 그 때가 되도록 나는 춘심을 놓지 않았다. 언제든지 언제든지 그의 곁을 떠나기 싫었음이라. 하건만 딴 기생들이 제 만토도 있고 셈도 따질 요리점 사무실로 사라질 제 춘심이도 아니 일어설 수 없었다.

"어데를 가?"

"사무실에 가야지요."

"나하고 같이 가!"

나는 어린애 모양으로 울듯이 부르짖으면서 그에게 매달렸다. 마치 한 번 놓치면 다시 못 잡을 행복을 붙드는 것처럼. 그럴 때 어째 구두 생각이 났던지 그것을 불현듯 집어 들고 그의 뒤를 따르려 하였다.

"창피합니다. 남이 흉을 봅니다. 대문에서 기다릴 것이니."

그는 이렇게 타이르자 나를 내어 버리고 그림자를 감추었다. 그 때 시커먼 실망이 납덩이같이 나의 가슴을 나리지르던 것을 지금도 생각할 수 있다. 그러나 어찌하여 집으로 돌아왔는지는 까맣게 모를 일이다.

나는 고개를 들어 둘러보았으나 자리끼는 벌써 거기 없었다.

"물! 물 주어!"라고, 나는 성난 듯이 소리를 질렀다.

황망한 발자최가 마루를 울릴 겨를도 없이 안해가 물그릇을 들고 들어온다. 김이 무럭무럭 남은, 미리 덥혀 두었음이리라.

"무슨 술을 그렇게 잡수신단 말입니까? 윈 골목이 떠나가도록 고함을 치고 대문을 부서지라고 짓두드리고…. 야단야단해도 그런 야단이 어데 있겠습니까?"

내가 살듯이 물을 들입다 켜고 있는 동안, 안해는 발간, 물 묻은 손을 요 밑에 넣고 이런 말을 하였다.

"내 원 참."

안해는 말을 이어,

"마루에 그냥 털썩 드러누우시더니, 세상 일어나시나요. 죽을 애를 써서 근근히 방에 모셔다 놓으니 외투를 입으신 채 쓰러지시지요."

나는 묵묵히 물만 마시고 있었다. 그러면서 속으론 또 무척 성가셨구나하였다.

나는 가끔 이런 괴로움을 그에게 끼치었다. 일뿐 아니라 가슴이 답답할 제, 비위가 틀릴 제, 화증 풀이도 그에게 하였다. 설운 사정도 그에게 하였다. 사회에서 받는 나의 불평, 가정에서 있는 나의 울분, 또는 운명에 대한 저주들 말끔 그에게 퍼부었다. 그가 이 모든 불행의 원인인 듯하게 나는 그를 들볶았다. 하지만 그는 그것을 싫다 아니하였다. 쓰리다 아니하였다, 달게 받아주었다. 까닭 없이 자아치는 애닯은 슬픔으로 하여 하염없이 눈물을 뿌릴 제,

"왜 이리 하셔요, 왜 이리 하셔요?" 하는 그의 눈물 젖은 부드러운 소리가 슬픔을 거두어 주었다. 또는 공연히 부글부글 피어오르는 심사를 어찌할 수 없어 억메를 덮어 죄 없는 그를 야단을 치다가도 그 또렷또렷한

눈치를 보면 어느 결엔지 마음이 가라앉음을 깨달았다. 여기 나는 불충분하나마 불만족하나마 위자慰藉도 얻고 행복도 스러웠다.

만일 그가 없었던들 나는 벌써 타락의 심연에 왼 몸, 왼 마음을 다 빠뜨리고 지금쯤은 헤어날 수도 없게 되었으리라.

"에그, 물 고만 잡수셔요. 진지가 벌써 다 되었는데." 하고 그는 물그릇을 앗는다. 그리고 한동안 나를 물끄러미 보고 있던 그의 눈과 입술에 문득 의미 있는 웃음이 흐른다.

"어젯밤에 날더러 무에라고 한 줄 아셔요?"

"무에라고 하기는!"

"그래, 모르셔요?"

"나 몰라."

"그런데 어젯밤에 어데 가셨습니까?"

"명월관 지점에 갔었지."

"기생이 왔지요?"

"그럼, 왜 그래?"

"그렇지요." 하고, 안해는 북받쳐 나오는 웃음을 못 참겠다는 듯이 진저리를 치며 웃는다. 사르르 감기는 눈초리에 가는 금이 잡히고 연한 뺨살이 광대뼈 위로 토실토실 하게 밀리자, 장미꽃 봉오리가 피어나듯 입술이 동글고 오목하게 열리는 것이 그의 웃음의 특징인 동시에 또 그가 가진 가장 아름다운 특징이었다.

"왜 말을 아니 하고 웃기만 웃어?"

안해는 웃음에 막히어 말을 이루지 못하면서,

"저어, 하하하하…. 아이고, 참 우스워 죽겠네…. 저어…."

"저어… 하지 말고 말을 해요."

"저어… 하하하하. 한잠을 주… 주무시고 부시시 일어나시길래 외투와 두루막을 벗겨 드리려 하니까 하하하하." 하고, 그는 이불 위에 무너지며 어깨를 들썩거리고 한참 웃음에 잦아진다.

나는 멋모르고 빙그레하며,

"말을 해요, 말을 해요." 하였다.

이윽고 안해는 웃음의 파문이 이리 밀리고 저리 밀리는 다홍빛 같은 얼굴을 들더니,

"저어… 눈을 감으신 채… 하하하하, 나 나를 한 팔로 스르르 잡아당기시며 하하하하 춘심이 춘심이 하 하시겠지요. 하하하하, 그 춘심이란 게 누구이야요?"

나는 가슴이 뜨끔하였지만 무안새김으로 빙그레 웃으며,

"춘심이가 춘심이지." 하고 시침을 뚝 땠다.

그러나 별안간 춘심의 아름다운 모양이 선명한 활동사진같이 선뜩 머리에 비쳤다. 환영에 달뜬 나의 시각이 안해의 옥양목 저구리에 붉은 광선이 사르르 덮힘을 느끼자, 어느 결엔지 연분홍 국사庫紗(고사) 저구리 입은 춘심이가 연기같이 나의 앞에 앉아 있었다….

"무엇을 이렇게 생각하셔요?" 하는 안해의 말소리를 들은 때에도 나의 눈은 꿈꾸는 사람 모양으로 말뚱말뚱 하였다.

그 다음날 밤에야 나는 C와 함께 춘심의 집에 갔었다. 가고 싶은 마음이야 한시가 바빴지만 다방골에 서투른 나는 C의 힘을 아니 빌릴 수 없었다. 그러나 그의 집 번지는 내가 알았다. 취중에 오직 한번 들은 그 숫자가 야릇하게도 나의 기억에 새긴 듯이 남아 있었다. 다만 그 집 찾기가 곤란도 하고 또 이런 명예롭지 못한 방문을 혼자 하기 싫어서 C를 힘입으려는 것이라.

어젯밤에도 두 번이나 C를 만나려 하였건만 출입이 잦은 C는 여관에 붙어 있지 않았다. 오늘도 저녁 일찍이 서둘렀지만 긴치 않은 C의 방문

객으로 말미암아 나는 지리한 시간을 꿀꺽꿀꺽하고 아니 참을 수 없었다. 기쁜 기대와 달디단 희망에 눈을 번쩍이면서 가슴을 뛰면서 길에 나선 지는 아홉 시가 훨씬 지난 때이었다.

그의 집은 광천교廣泉橋에서 남쪽 개천을 끼고 한참 올라가다가 조그마한 다리 놓인 데서 가운데 다방골로 빠지면 오른편 셋째 골목 막다른 집이었다. 이 근처에 발이 넓은 듯한 C는 어렵지 않게 그것을 발견하였다.

대문 안으로 쑥 들어선 우리는 흘러나오는 가야금 가락에 잠깐 걸음을 멈추었다. 그 날 밤 춘심의 가야금 뜯던 채화彩畵 일폭이 다시금 얼른하고 나의 안계를 스쳐 간다. 그 남실남실하는 보얀 손가락이… 그 반질반질하는 까만 머리가….

거침없이 중문을 열어젖힌 C는 점잖게,

"이리 오너라."고 불렀다. 그 소리가 떨어짐을 따라 묵은 악기도 울림을 멈추었다.

"누구십니까?"

안에서 고운 목소리가 묻는다. C는 성큼성큼 마당으로 사라졌다. 나는 오히려 하회下回를 기다리며 어둠침침한 중문간에 몸을 숨기고 있었다. 이윽고,

"들어와요."란 C의 부름을 듣자 환희의 전율이 찬물처럼 왼 몸에 쭉 끼치었다. 춘심이가 있구나 하였다.

나는 야릇한 불안을 느끼며 허청허청 발길을 옮기었다. 열린 미닫이 사이로 밝게 흐르는 광선을 막은 듯이 서 있던 처녀 하나가 이상한 눈치로 나를 살피다가 기어 들어가는 목소리로,

"올라오서요." 하였다. 얼른 방안을 엿보았다. C는 벌써 방안에 자리를 잡고 앉아 있다.

춘심의 그림자는 보이지 않는다.

안방에서나 옆방에서나 또는 나 못 본 어슴푸레한 한 구석에서나 춘심의 튀어나옴을 마음 그윽이 바라면서 나는 구두를 끌렀다.

"형이 어데 갔어?"

C의 이 말에 나의 어리석은 바람은 속절없이 깨어지고 말았다. 나의 마음은 밤같이 어두웠다.

"유일관唯一館에 갔습니다." 하고 그 동기童妓는 놀랐다는 듯한 눈으로 묻는 듯이 나를 바라보았다.

끝 모를 검은 빛에 맑은 광채가 도는 그의 눈매는 더할 수 없이 어여뻤다. 열 대여섯이 될락 말락 하리라. 봉올봉올 피려는 목련꽃처럼 그의 얼굴은 탐스럽고 아름다웠다.

나는 묵묵히 숨소리만 씨근거렸다. 웬일인지 낯이 화끈화끈 타는 듯하였다. 하염없이 시선만 이리저리 던졌다. 세간은 그리 화려하다고 못하리라.

옷걸이와 이불 얹힌 커다란 궤와 일본제 경대뿐이었다. 그러나 기생방에만 있는 고혹적 색채는 모본단 보료에도, 비스듬히 세운 가야금에도 농후하게 흘러 있었다. 한편 벽 알맞은 자리에 화판畵板에 넣은 양화洋畵 한 장이 걸렸다. 그것은 푸른 연기가 어린 듯한 산 윗머리를 흰 구름이 휘휘 둘렀는데 수풀우거진 곳에 푸른 '리본'같은 강이 흐르며 그 위로 몽롱한 달빛 안은 일엽편주一葉扁舟가 남녀 단둘을 싣고 소리 없이 떠나간다. 그것으로 나는 고만 주인의 취미가 고상하고 풍아한 줄 짐작하였다.

"애써 오니 어째 없담!"

이윽고 나는 자탄 비슷하게 이런 말을 하였다. 농담같이 하랸 것이 어째 절망의 가락을 띠고 있었다. 벌린 입도 웃음을 이루지 못하였다.

"저어 형님한테 기별할까요?"

나를 살피기를 마지않던 금심琴心은 — 이것이 그 동기童妓의 이름이다

— 인제 알았다, 하는 얼굴로, 우리에게 물었다.

"무얼 그럴 것은 없지."

C는 거절하였다.

"아니 저어… 형님이 가실 때 손님이 오시거든 알게 하라 하였어요."

"어떤 손님이?"

나는 가슴을 뛰며 물었다.

그는 조금 망상거리다가,

"저어 오늘 오실 손님이 계시니 그 손님이 오시거든 …."

"나를 가리킴이 아니로군."

나는 번개같이 생각하였다.

"우리는 오늘 온다고 한 손님이 아니야. 온다고 하기는 그저께 밤이야."

나는 비웃었다.

"네, 그렇습니까?" 하고, 금심은 무안한 듯이 고개를 숙이다가 무엇이 생각난 것같이,

"참, 저어 그저께 밤에 손님 두 분이 오신다고 식도원食道園에서 인력거꾼이 왔습니다."

나는 더욱 실망하지 않을 수 없었다. 명월관에서 놀았거늘 식도원이 또 웬 말인가!

"식도원에서!"

나는 부지불식간에 부르짖었다.

"우리는 명월관에서 놀았는데… 그러면 딴 손님이던 게지."

금심은 놀라 나를 바라본다. 그 큼직하게 뜬 눈은 마치 이런 말을 하는 듯하였다.

"어째 그럴까? 우리 형님의 기다린 손님은 분명히 이분인데…. 그러면

내가 잘못 들었던가? 식도원 아니라 명월관이던가?"

"그래 손님이 왔던?"

나의 말은 급하였다.

"아니야요. 형님 혼자만 왔어요. 와서 손님 두 분이 아니 왔더냐고 묻습디다."

모를 일이다! C의 말을 들으면 나보담 먼저 나온 그는 문간에서 춘심을 만났는데 춘심의 말이 준비가 다 있으니 나와 같이 오라고 신신부탁하였다한다.(이 준비란 것은 곧 다른 기생을 C에게 붙여 주겠다는 뜻이라) 두 분 손님이라 함은 곧 나와 C를 지칭함이리라. 그러하지만 식도원 운운은 풀 수 없는 의문이다.

"그 날 밤에 매우 우리를 기다린 모양이지."

돌아오면서 나는 C에게 물어 보았다.

"기다리긴 무엇을 기다려?"

C는 이 천치야 하는 어조로,

"무엇 보고 기다리겠소? 오! 얼굴이 어여쁘니까. 얼굴 뜯어먹고 사나, 논 팔고 밭 파는 놈이라야지, 서울 온 지 삼 년이나 되는 년이 나지미가 자녀 ××하나뿐일걸."

5

비 맞은 옷 모양으로 풀 하나 없이 집으로 돌아왔다. 무슨 기막힌 일이나 본 듯이 모자와 두루막을 되는 대로 훽 집어던지고는 힘없이 쓰러지고 말았다. 호올로 바느질을 하고 있던 안해는 잠깐 눈썹을 찡그리고 웃옷과 모자를 걸었다.

"진지 좀 아니 잡수렵니까?"

이윽고 안해는 나에게 물었다.

"아까, 나 저녁 먹었는데…."

"어데 한 술이나 떴습니까… 요사이는 도모지 진지를 못 잡수시니 무슨 까닭이야요? 살이 나리시고… 신색이 그릇되시고… 왜 기운 하나 없어 보입니까? 춘심인지 무엇인지 그로 하여 그럽니까?"

이런 말을 하며 안해는 근심스러운 가운데에도 비웃는 빛을 보이었다.

참말 술이 양에 넘친 탓인지 뜬 사랑에 멍든 탓인지 그 후부터 무슨 가시나 난 것같이 혀가 깔끔깔끔하며 밥이 달지 않았다. 꿈자리조차 뒤숭숭하였다. 잠을 깨면 흔히 왼 요, 왼 이불이 축축하게 땀에 젖어 있었다. 물에 빠진 듯한 몸은 오한惡寒에 떨며 머리가 지끈지끈 아프기도 하였다.

"내 말이 옳지요? 춘심이 때문이지요?" 하고 안해는 어서 그렇다 하라는 듯이 나를 들여다보다가 웃음의 가는 물결이 그 까만 눈썹 언저리를 흔들더니 고만 자지러져 웃으며,

"그만 일에 진지를 못 잡술 게 무어야요? 탈기脫氣할 게 무어야요? 정 그러시거든 한번 가서서 정을 풀면 그뿐이지."

나도 웃으며,

"무슨 그것 때문에 그럴라구…."

"안 그런 게 다 무어야요?"

"그렇다면 어찌할 터이요?"

"그러기에 가시란 밖에."

"얻어도 샘을 아니 하겠소?"

나는 안해가 옛날 요조숙녀의 본을 받아 군자의 애물愛物을 투기치 않으리란 평일의 주장을 생각하며 한번 다져 보았다.

"그것은 당신께 달렸지, 양편을 다 좋게 하면 왜 샘을 하겠습니까?"

"그러면 샘을 아니 하겠다는 말이로군."

나는 또 한 번 다지었다.

"샘이니 우물이니는 둘째 치고 제발 원을 풀고 진지를 많이 잡숫게 해요. 낙심천만한 모양은 차마 볼 수 없습니다." 하고 실인室人은 다시금 실소하였다.

"가라면 못 갈까? 지금 당장 갈 테야."

그러나 지금 당장은커녕 그 이튿날도 나의 그림자는 다방골에 나타나지 않았다. 기생집에 이틀 밤을 연거푸 감이 무엇도 하거니와 그가 나에게 마음이 있는지 없는지 알 수 없는 수수께끼인 까닭이다. 그 날 밤 둘이 놀던 일을 생각하면 그는 확실히 나에게 쏠리었다. 그러나, 춘심은 홀린 척도 하고 홀리기도 함을 위업爲業하는 기생이다. 명월관 손님도 오라 하고 식도원 손님도 가자 하여야 되나니, 마치 그물을 여기도 치며 저기도 쳐서 고기의 걸리기만 기다리는 어부 모양으로 사나이를 낚는 것이 그의 장사이다.

그러면 나에게 준 뜻 많은 추파와 꽃다운 언약도 말끔 그의 맛난 미끼일는지 모르리라. 몇 칸 집을 깝살리게 하고 몇 뙈기 논을 날릴 수단일는지 모르리라. 하느님 마옵소서!

그러나! 그러나! 그의 얼굴이 보고 싶다. 못 견디리만큼 보고 싶다. 소루룩 코 안으로 기어들던 향긋한 실바람은 오히려 후각 어데인지 남아 있었다. 박하를 뿌린 듯한 나의 목은 문득문득 비단결 같은 팔을 느꼈다.

이화에 월백하고 은한이 삼경인데
일지춘심을 자규야 알랴마는
다정도 병인양하여 잠 못 들어 하노라.

시문독본時文讀本에서 읽은 이 시조를 이따금 이따금 목을 빼서 청청스럽게 읊조렸다. 또 붓을 들면 이 글을 적기도 하였다. 그리고 춘심이란 두 글자를 뚫을 듯이 들여다보며 정신을 잃었다. 그 두 글자가 굼실굼실 움직여 엄청나게 굵고 크게 되어 시커멓게 눈을 가리기도 하였다. 봄 춘春자의 '삐침'과 '파임'이 그의 가냘픈 팔이 되어 나의 허리에 감기도 하였다….

6

그 이튿날이다. 아츰을 마치고 권연卷煙 한 개를 피워 문 나는 이리저리 마당을 거닐 때였다.

"편지 받으오." 하는 소리를 듣자 누런 복장이 얼른하며 하얀 네모난 종이가 중문 앞에 떨어진다.

그것은 엽서형 서양 봉투였다. 매우 이상하다 하는 듯이 나는 겉봉을 앞뒤로 뒤치며 한참 보고 있었다. 그러다 사방을 둘러보기가 무섭게 얼른 호주머니에 집어넣었다. 또 꺼내었다. 또 넣으려다 말고 손에 움켜쥔 채 어찌할 줄 모르는 것처럼 왔다갔다하였다. 문득 미친 듯이 건넌방으로 뛰어 들어왔다. 그것은 춘심의 편지이다! 앞장엔 한 자 한 획 틀림없이 우리 집 번지와 나의 이름을 적었고, 그 뒷장엔 '다옥정茶屋町 ○○번지 김소정金小汀으로부터'라고 쓰이었다.

나는 번개같이 봉투 윗머리를 찢었다. 안에서 그림엽서 한 장이 나온다.

굽이치는 물결 모양으로 검누른 머리를 좌우로 구불구불 늘어뜨리고, 바람에 나부끼는 듯한 얄따란 한 오리 벼 자최가 아른아른하게 감긴 풍

염한 두 팔과 앞가슴을 눈같이 드러내었는데, 장미꽃 한 송이를 시름없이 든 손으로 턱을 고이고 눈물이 도는 듯한 추파에 님 생각이 어린 금발 미인의 그림이었다. 그리고 이쁘게 언문 반초諺文半草를 날린 그 사연은 아주 간단하였다.

항용이면 수신자의 주소 씨명을 쓸 자리 한복판에 두 줄로 '아모리 기다려도 아니 오시기로 두어 자 적사오니 속 보시지 마시압.'이라 하였고 그 밑 칸 글월은 이러하였다.

> 보고 싶어 홍응.
> 왜 오시지 않습니까? 기다리는 제 마음 행여나 아실는지?
> 지정일변 아시겠소?
> 어찌하면 좋을까요?

이때의 기쁨이야 무에라 할는지! 가슴에 무슨 경기구輕氣球 같은 것이 있어 나를 위로위로 치슬러 올리는 듯하였다. 길길이 뛰고 싶었다. 날고 싶었다. 모든 사람에게 이 기쁨을 말하고 싶었다. 종로 네 거리에 뛰어나가 오는 사람 가는 사람에게 춘심이가 나에게 편지한 것을 알려도 주고 싶었다. 밀장을 화닥닥 열었다. 무슨 큰일이나 난 듯이 안방에 있는 안해를 소리쳐 불렀다.

"이것을 좀 보아요. 이것을!"

안해가 방에 들어도 서기 전에 무슨 경급한 일을 말하는 사람 모양으로 나의 소리는 헐떡거렸다.

"춘심이가 나에게 편지를 했구려. 편지를!" 하고, 왼 얼굴이 웃음에 무너졌다.

그 날 해 지기가 바쁘게 나는 정서情書 준 이를 찾아 나섰다. 안해는 일부러 저녁을 일찍이 걷어치고 또 청하는 대로 술조차 받아 주었다. 나는 무념무상으로 거의 달음박질하듯 걸음을 재게 하였다. 발이 공중으로 날며 땅에 닿지도 않았다. 그 집 골목에 휘 들어서자 갑자기 걸음이 누그러지며 가슴이 방망이질하였다. '예까지 와 가지고' 하고, 하마터면 뒤로 돌 발자욱을 앞으로 콱 내디디었다. 중문턱을 넘으매 머리는 모든 의식을 잃었다는 듯이 힝하였다.

"아이고, 어서 오십시오."

마츰 마당에 있던 금심은 나를 보자 반갑게 인사하였다.

"너의 형 있니?"

"잠깐 어데 나갔습니다." 하다가 나의 꼴이 애처로웠던지,

"지금 곧 올 것입니다. 올라가셔요."라고 말을 뒤붙였다.

그의 말마따나 얼마 아니 되어 춘심이가 돌아는 왔다. 하건만 그의 태도는 의외이었다. 방문을 열고는 아랫목 보료 위에 엉성하게 앉은 나를 보고 시답잖게 다만,

"오셨어요?"란 한 마디를 던졌을 뿐이었다. 그리고 대면도 하기 싫어하는 것처럼 경대 앞에 착 돌아앉는다. 한 번도 못 본 사람에게 하듯 서름서름하다. 그 날 밤 일은 고사하고 편지한 것조차 씻은 듯이 잊은 것 같다.

"오늘밤에 해동관海東館으로 부르지 않았어요?"

분지粉紙로써 얼굴을 요모조모 골고루 닦으며 나를 돌아도 아니 보고 그는 이렇게 묻는다.

"아니."

"그러면 누구일까?… 새로 한 시에 수유를 받았는데…. 나는 '나리'라고."

"나는 그런 일이 없는걸."

요리점에서 호기 있게 불러보지 못하고 제 집으로 온 것이 구구한 듯

도 싫었다. 창피도 하였다. 바늘방석에나 앉은 듯이 무릎을 누일락 세울락 하며 팔을 짚어도 보고 떼어도 보았다. 왜 왔던고 후회까지 하였다. 고만 갈까도 싶었다.

그러나 이 답답한 상태는 오래 계속되지 않았다. 경대를 살짝 떠난 그는 나의 코밑에 바싹 다가앉았다 . 나는 또 그 말할 수 없는 매력 있는 향기를 느끼었다.

“왜 오시지 않았어요? 흥.” 하고, 한숨을 휘 쉬더니 나의 눈 속을 물끄러미 들여다보며,

“편지 보셨어요?”

“응.”

“그 날 밤새도록 기다리니 어데 와야지.”

춘심은 말을 이었다.

“그러면 그렇지, 무슨 두드러진 정이 있어 이 못난이를 찾을라고? 기다리는 년이 미친년이지…. 잠 못 잔 것이 어떻게 앵한지 몰랐어요.” 하고, 이 매정한 놈아 하는 것처럼 눈을 깔아 메친다.

“워낙 술이 취해서 여기 온다는 것이 친우들에게 끌리어 집으로 간 모양이야. 아츰에 잠이 깨고야 알았어.”

“그저께 날 밤에 유일관에 갔다가 집에 오니 오셨다겠지요. 놀음에 왜 갔던고 싶었습니다. 오늘은 오시려니 하고 어제는 아모 데도 아니 갔지요. 거짓말? 이 금심이한테 물어보셔요? 거짓말인가…. 그래 생각다 못해서 편지를 하였습니다.”

그리고 요릿집에 갈 적마다 나를 만날 줄 알고 남 모르게 기뻐하던 것과 진답지 않은 딴 사람만 있고 그리운 내 얼굴을 못 볼 제 얼마나 상심하였으며 얼마나 흥미 삭연興味索然[5] 하던 것을 하소연하였다.

“속없는 사나이도 다 많지.”

춘심은 또 다시 말을 이었다.

"수誰야 모某야 다 앉은 자리 정 가는 곳은 한 곳뿐이라, 이런 소리를 하지 않겠습니까? 그러면 저희들끼리 네니 내니 하겠지요. 무슨 아리알 심이나 있는 듯이 눈을 끔벅끔벅하며 남의 옆구리를 쿡쿡 찌르겠지요. 하하하하…. 정 가는 곳은 이 곳뿐인데." 하고 나의 등을 가볍게 뚜드렸다.

"춘심 아씨 모시러 왔습니다."

껵세인 차부의 목소리가 우리의 정담을 깨뜨렸다.

"어데서 왔는가?"

"해동관에서 왔어요."

춘심의 눈썹은 보일 듯 말 듯 찌푸리었다. 무엇을 한참 생각하더니 큰 소리로,

"거기 있게, 지금 갈 터이니."라고 일렀다.

"술잔 값이나 주어 보내지."

나는 대담스럽게 이런 말을 하였다. 그만치 춘심을 보내기 싫었다.

"그럴 수 있어요? 미리 수유 받은 것이 되어서 그럴 수도 없고…." 하면서 나의 손을 꼭 쥔다."

"어쩌면 좋아!"라고 안타깝게 속살거리고는 몸을 나에게 쓸어 붙이었다….

"… 무슨 탈을 하고 나 곧 올 터이니 기다리겠습니까?"

"그리 쉽게 올 수 있을라구."

"집안에 우환이 있다 하고서 인사나 하고 선걸음에 돌아올 테야. 기다리고 계셔요."

"글쎄."

---

5) 흥미 삭연(興味索然): 흥미를 잃어 가는 모양을 이르는 말.

"글쎄가 아니라 꼭 기다리셔요."

"기다리지."

"꼭 기다리셔요, 꼭. 아홉 점 안으로는 기어이 올 터이니…."

"그래, 아홉 점까지만 기다리지."

"가시면 일후日後봐도 말도 안 할 테야."

"아홉 점만 지나면 간다."

7

한번 간 춘심은 돌아올 줄 몰랐다. 바람이 문을 찌걱거리게 할 적마다 몇 번을 오는가 오는가 하였는지 모르리라. 나는 누울락 앉을락 하였다. 일어서 거닐기도 하였다. 마디고 마딘 시간이건만 아홉 점이 지났다. 열 점이 지났다….

온갖 의혹이 괴여 오르기 시작하였다. 그의 말과 속이 같을진대 여태껏 아니 올 리 없으리라. 그 정 맺힌 눈치도 그 안타까운 몸짓도 모두 허위이런가 가식이런가. 나의 생각이란 염두에도 없고 어느 유야랑(유야랑)과 안기고 안으며 뺨도 비비고 입도 맞추면서 덧없이 깊어 가는 밤을 한恨하는지 누가 알리요! 그런 줄 모르고 눈이 멀뚱멀뚱하게 오기를 고대하는 나야말로 숙맥菽麥이다! 천치이다!

내가 여기서 그의 돌아옴을 기다리는 모양으로 그는 거기서 나의 감을 기다리고 아니 있는지 누가 증명하랴! 암만해도 오늘 낮 새로 한 점에 놀음수유를 받으면서 잘 수유조차 아울러 받았을 것 같다. 그렇지 않으면 처음 볼 때 왜 냉연하였으랴 냉연함은! 충동이었고 나종의 꿀을 담아 붓는 듯한 언사와 표정은 지은 솜씨일다!

"해동관에서 나를 부르지 않았어요?" 한 것은 노골적으로 나를 욕보이는 수작이었다. 격퇴하는 칼날이었다.

"괘씸한 것 같으니"

나는 속으로 부르짖고, 있지도 않은 위약자違約者를 노려나 보는 듯이 미단이를 물끄러미 바라보다가 벌떡 몸을 일으켰다.

"조그만 더 기다리십시오. 곧 올 것인데…. 지금 열 점 아닙니까? 반 시半時만 더 기다려요."

곁에 있던 금심은 따라 일어나 나의 앞을 막으며 간청하였다. 그와 나는 벌써 꽤 친숙하게 되었다.

"고만 갈 테야, 아홉 점까지 기다리란 것을 열 점까지 기다렸으면 무던하지." 하고 나는 그의 팔을 가볍게 잡아 앞으로 밀치었다.

"안 되어요. 안 되어요. 가시다니. 꼭 못 가시게 하라던데…." 하고 금심은 응석하는 듯이 뒤에 매어 달리며 모자를 벗기려고 애를 쓴다.

"밤새도록 아니 올걸 뭐."

나는 모자를 한 손으로 단단히 붙잡고 웃으며 이런 말을 하였다.

"안 오기는 왜 안 와요. 두고 보시오. 곧 아니 오는가. 가시면 제가 야단을 맞아요." 하고 애원하는 듯이 나를 쳐다보며,

"잠깐만 더 기다려요. 십 분만, 오 분만… 네? 네?"

나는 돌아다보고 빙그레 웃으며,

"그래, 너의 형이 나를 꼭 잡으라 하던?" 하고 물어 보았다.

"꼭 못 가시게 하라고…."

"정말?"

"정말이고말고요."

"가 볼일이 있는데…."

입으론 이런 말을 하였지만 이미 갈 뜻은 없었다. 춘심이가 진정으로 나의 기다림을 바랐거니, 어찌 그의 뜻을 저버리랴!

"볼일이 무슨 볼일입니까?"

금심은 나의 마음을 알아챈 듯이 중얼거리자 민속하게 나의 모자를 벗겨 들었다. 그가 개가凱歌[6]를 부르며 웃고 쓰러지자 나도 빙그레 주저앉았다.

춘심은 새로 두 점이 넘어 돌아왔다. 그때껏 나는 견딜성 있게도 거기 있었나니 그렁저렁 열두 점이 넘고 새로 한 점이 넘으매 기다린 것이 아까워도 갈 수 없었음이다. 치맛자락의 사르륵 소리를 듣자 나는 짐짓 한잠이나 든 것같이 눈이 감았다.

밀장은 소리 없이 열리었다. 사람의 넋을 사르는 듯한, 몸과 마음을 가볍게 하는 듯한 향내가 떠돌았다. 저도 모를 사이에 나는 깊이 호흡을 하고 있었다. 그리고 무슨 강렬한 광선에 쏘일 때처럼 감은 눈이 환하며 눈꺼풀이 부신 듯이 떨리었다.

"아이고, 아니 갔구먼!" 하는 속살거림이 들리었다. 그 음향 가운데는 무한한 감사와 무한한 환희가 품겨 있었다. 감은 눈으로도 가만가만히 다가드는 그의 외씨 같은 발을 볼 수 있었다.

그는 금심을 고이 깨워 일으키자 가는 소리로 물었다.

"주무시나?"

"주무시긴 누가 주무셔요? 왜 인제야 와요?"

금심의 잠꼬대 같은 소리가 대답을 하였다.

나는 눈을 떴다. 춘심은 벌써 내 곁에 앉아 있었다.

"미안한 말을, 어찌 다 할는지."

---

6) 개가(凱歌): 승리하여 기뻐서 부르는 노래.

그는 말을 꺼내었다.

"암만 오려니 어데 사람을 놓아야지요. 손님도 안면 있는 이 같으면 사정도 보건만 아는 이란 단지 하나뿐이고 모두 모르는 분이겠지요. 집에 일이 있다니 사람을 놓습니까, 몸이 아프다니 사람을 놓습니까. 하다하다 못해 배가 아프다고 엉구럭을 부리니까 영신환이랑 인단이랑 들여오라겠지요. 속이 상해서 죽을 뻔하였습니다. 오죽이 지루하셨겠습니까?" 하다가 문득 금심을 향하며,

"왜 자리를 아니 깔아 드렸니? 좀 편안히 주무시게나 하지." 하고는,

"나는 가신 줄 알았어요. 이 못난이를 웬걸 기다리실라고 하였어요. 이런 줄은 모르고 오죽 괘씸히 생각하셨겠나 하였어요. 밤을 새워도 편지로 사과나 할까 하였어요. 그런데 와 보니…." 하고 기쁨을 못 이기는 듯이 말끝을 웃음으로 마치었다.

나는 부시시 일어나 앉았다. 그러나 선잠을 깬 사람같이 말 한 마디 할 수 없었다. 그 열렸다 닫혔다 하는 입술과 그럴 적마다 화판花瓣이 벌어지며 진주 같은 화심花心이 나타나는 모양으로 반짝반짝 드러나는 하얀 이빨과 찡그렸다 폈다 하는 그린 듯한 눈썹과 그 밑에서 흐리다가 빛나다가 하는 까만 눈을 멀거니 바라보고만 있었다….

이윽고 금침은 펼쳐졌다. 하건만 나는 화석이기나 한 것같이 망연자실하고 있었다. 어째 무시무시한 증症이 들었다. 이불 속이 곧 지옥인 듯이 들어갈 정이 없었다. 고만 집으로 갔으면 하였다.

"고만 자십시다. 매우 곤하실 터인데…."

저편도 아주 감개무량한 듯이 고개를 떨어뜨리고 앉아 있다가 슬픈 음성으로 침묵을 깨뜨렸다.

"응."

"어린애 모양으로 '응'…." 하고 춘심은 소리쳐 웃으며 별안간 나를 부

둥켜안는다. 나는 마녀에게나 덮친 듯이 머리끝이 쭈뼛하였다.

둘이 그림자는 이불 안으로 사라졌다. 나는 우들우들 떨면서 두 번 아니 오리라 생각하였다.

8

따라 준 독삼탕獨蔘湯을 마시고 문간에서 발발 떠는 그와 작별한 나는 인적 없는 쓸쓸한 거리로 나왔다. 식전꼭두는 치웠다. 몹시 치웠다. 치움 그것이었다. 쓰라리는 발은 자욱자욱이 얼어붙는 듯하였다. 귀가 떨어지는 것 같다. 발갛게 단 쇠가 얼굴에 척척 달라붙는 것 같다. 앞으로 휘하고 닥치는 매운바람은 나의 몸을 썩은 나뭇가지나 무엇처럼 지끈지끈 부수며 세포 속속들이 불어 들어가는 듯싶었다.

'다시는 이런 짓을 아니 하리라.'

나는 다시금 생각하였다.

어머님은 고종 사촌 혼인 구경 겸 소풍 겸 동래에 나려가시고 집에 계시지 않았다. 할머님만 속이면 그뿐이다. 어젯밤은 여러 친구에게 끌리어 청량사淸凉寺에 나갔다가 술이 취해서 못 왔다는 것을 돌차간咄嗟間[7]에 생각해내었다.

아랫목에 쪼그리고 앉아 계시던 할머님은 새쭉한 입을 두 가장자리를 동글게 호로형壺蘆形으로 여시며,

"못된 데만 아니 갔으면, 못된 데만 아니 갔으면." 하고 소근거리셨다.

---

7) 돌차간(咄嗟間): 눈 깜짝할 사이.

"늦게 졸고 보니 전차가 끊쳤겠지요. 어데 올 수 있습니까? 하는 수 없이 자고 왔습니다." 하고 거짓말을 꾸며댄 후 나는 우리 방으로 건너왔다. 나는 빙그레 웃었다.

머리를 빗고 있던 안해도 빙그레 웃으며,

"인제 속이 시원하지요?" 하였다. 그러나 그의 얼굴빛은 피로 물들인 것 같았다.

나는 고만 나무 등치같이 곤한 잠에 떨어지고 말았다. 오종午種 가까이 되어 간신히 안해에게 깨이어 일어난 나는 냉수로 세수洗漱를 하면서도 꾸벅꾸벅 졸고 있었다. 사社에 들어가기는 갔으되 머리가 뿌연 안개에 깔린 듯이 몽롱하여 일이 손에 잡히지 않았다. 그저 자고만 싶었다. 저녁 숟가락을 놓자마자 또 다시 죽은 듯이 잠이 들고 말았다.

그 이튿날 잠을 깨자 제일 먼저 해결해야 될 것은 그것을 어째 치를까 하는 문제이었다. 말할 것도 없이 돈이 필요하다. 그렇다고 주머니에서 잘각거리는 몇 푼 동전으로는 될 수 없는 일이다. 많지 않은 월급이라도 또박또박 타기나 하였으면 그믐을 하로밖에 아니 지낸 때이니 그것 수세할 것이야 남았으련만 곤란이 도극到極한 ○○사社는 사원 월급 지불은 커녕 신문 박을 종이도 못 사서 쩔쩔매는 판이다. 집으로 말하여도 아들의 방탕에 이바지할 재정은 없었다. 그러나 몇 십 원 장만할 거리는 나에게 있었나니 그것은 유산으로 물려받은 미국제 18금 시계였다. 오랜 것이라 모양이 이쁘지 않은 대신 투박하고 튼튼하며 달리아 꽃도 앞 뒤 뚜껑에 아로새겼고 기계에 보석조차 박힌 값진 물건이었다.

"이것만 잡히면, 4, 50원이야 얻겠지."

춘심이 집에 가던 날이나 이제나 힘 미덥게 생각하였다. 난생 처음으로 전당포를 찾아다녔다. 조심 많은 흰옷 입은 취리取利꾼들은 이 속모를 물건을 퇴각하기에 서슴지 않았다. 어느 일본 질옥質屋에서 35원에 잡히는 수밖에 없었다.

그 다음 문제는 전달할 수단이었다. 봉투에 넣어 우편으로 보내고 아주 끈을 떼어버리려 하였다. 양심의 반성도 맹렬하였거니와 한 번 겪어보니 그 탐탐스럽지도 않았음이라. 그러나 야릇한 염려가 나로 하여금 주저하게 하였다. 봉투에 넣어 보내는 것은 많은 금액에만 쓰는 격식인 것 같았다. 더구나 그리함은 그와 나의 사이를 이도利刀로 싹 비어 버리는 것 같다. 그는 실망하리라. 실망한 그만치 나를 욕하리라. 영구히 그를 대할 낯이 없으리라 하매 어째 차마 못할 일인 듯싶었다. 끊는 데도 톱으로 슬근슬근 나무 썰 듯 누그러운 방법이 없지 않으리라고 생각하였다.

'그것은 꾸며대는 소리이다! 정말 끊으려면 저야 실망을 하든 욕을 하든 대할 낯이 없든, 꺼릴 것이 무엇이냐?! 그런 염려를 하는 것은 끊으려면서 아니 끊으려는 것이다!'

나는 마음 어데인지 이런 가책을 느꼈다.

'끊고 아니 끊는 문제보담도 네가 침닉沈溺이 될까 아니 될까가 더 중대한 문제일 것이다. 빠지지만 않으면 그뿐이 아니냐? 슬근슬근 정을 붙여둔들 너에게 해로울 것이야 무엇 있나? 울적하고 무료할 제 일시의 위안거리는 꽤 될 것이다.'

다른 소리가 또 이렇게 변명하는 듯하였다. 마츰내 이런 결론을 얻었다.

'이왕이면 한번 보기나 하자, 그 역시 사람이니 너무 매몰스럽게 함은 내 도리가 아니다.'

맨숭맨숭한 정신으로야 직접으로 돈을 건넬 수 없었다. 어느 요리점에 다리고 가서 자미있게 놀다가 그도 취하고 나도 취한 후 그의 품속에 슬그머니 넣어 주리라 하였다.

여기에 대하여 안해는 극렬히 반대하였다. 안해의 태도는 하룻밤 사이에 돌변하였다. 그의 주장을 의지하면 그런 짓은 성공도 하고 재산도 넉넉한 뒤에 할 일이었다. 하룻밤이면 무던하지 이틀 밤부터는 과한 짓이었다. 참말 끈을 떼려 할진댄 춘심을 아니 보는 것이 상책인 동시에 돈을 봉투에 넣어보냄이 지당한 일이었다. 그리고 돈도 다 줄 것이 아니니 20 원이면 넉넉하였다. 10원은 내가 쓰고 5원은 자기가 써야 되겠노라 하였다.

"무슨 짝에 35원템이나 주어요? 만날 용돈이 없어 허덕지덕하면서. 나도 한 5원 있어야 되겠어요. 먹고 싶은 것 좀 사서 먹을 터이야요."

안해는 이렇게 말을 마치었다. 태기 있는 지 삼사 개월 되는 그는 불가항의 힘으로 도미국이 먹고 싶었다. 물 많은 배梨(이)가 먹고 싶었다. 나는 이 요구를 아니 들을 수 없었다. 그리고는 돈만 치르고 열 점이 아니 넘어 돌아올 것을 재삼 타이른 후 나는 춘심의 집으로 왔다.

"오늘은 오실 줄 알고 아모 데도 아니 갔지."

춘심은 웃는 낯으로 나를 맞으며 이런 말을 하였다. 그는 못 알아보리만큼 어여뻤다. 끊으리 말리 한 것이 죄송할 지경이었다.

그의 집에서 그리 멀지 않은 식도원으로 나는 춘심을 끌고 왔다.

우리는 한동안 먹기도 하고 마시기도 하였다. 이야기도 하고 웃기도 하였다. 포옹도 하고 키스도 하였다. 홀연 춘심은 내 손을 잡아다리어 제 바지를 만져 보이며,

"퍽도 뻣뻣하지요. 따뜻하라고 서양목西洋木으로 바지를 해 입었더니만…."

"툭툭한 게 좋구먼."

나는 무심한 듯이 대답을 하였으나 춘심의 그 말에 무슨 깊은 뜻이 있는 것 같았다. 사치만 일삼는 시체時體 기생과 다른 저의 질소質素를 자랑함일까? 또는 명주明紬바지를 해 달란 말인가? 마츰 그 때에 그는 게으르게 기지개를 켠다. 누구에게 절이나 할 것처럼 깍지 낀 손을 내어밀었

다. 나는 반지 하나 없는 그의 손가락을 보았다. 명월관 지점에서 처음 만나던 때에 나는 그의 손가락에 적어도 두어 개 반지가 끼인 것을 보았다. 나는 아까 의심조차 한꺼번에 푼 듯싶었다.

"홍, 내가 반지를 해 줄까 하고."

나는 속으로 '요년!' 싶었다. 그러면서 해 주고도 싶었다. 묵연默然의 욕망을 못 채워 주는 것이 남아男兒로 치욕인 듯도 하였다. 마음이 괴로워 견딜 수 없었다. 더 많은 것을 바라는 의사 표시를 보기 전에 한시바삐 주려던 돈을 주었으면 하였다. 그러나 요리 값이 얼마인지 알 수 없어 주저주저하고 있었다.

"고만 가요."

그는 후끈후끈 단 뺨을 나의 어깨에 쓰러뜨리며, 나의 마음을 안 듯이 소근거렸다. 요리 값은 8원 얼마이었다.

나는 남은 돈 20원을 쥔 주먹을 내어 밀며,

"저어… 이것 담배용에나 보태 써라."라고 나는 목에 걸린 소리로 머뭇머뭇하였다. 그는 나를 물끄러미 바라보다가 고개를 흔들며,

"싫어요, 싫어요." 하고 부르짖었다.

"얼마 아니 된다마는 정으로 받으렴. 돈이 아니고 정이다."

"기생은 돈 주어야 정 붙는 줄 언제부터 알았소? 홍 돈! 돈! 기생년은 정을 정으로 못 찾고 돈으로 찾는담!" 하고, 춘심은 한숨을 내어쉬었다. 나는 어쩔 줄 몰랐다.

"홍, 돈이 정, 정이 돈! 기생년의 팔자란!"

춘심은 또 한 번 괴로운 한숨을 토하였다. 애닯은 슬픔에 쌓인 그 뜨거운 입김이 마치 나의 심장을 스치는 듯하였다. 그도 사람이다, 여성이다. 시들고 곯아졌을지언정, 뜯기고 짓밟히었을지언정, 그의 가슴에도 사랑의 움은 있으리라. 지금 그 말은 인몰湮沒해 가는 사랑의 애끊는 신음이

리라. 나는 마치 그 사랑을 파악하려는 것처럼 그를 휩싸 안았다. 나는 그의 가슴에 온미溫味와 고동을 느꼈다. 마치 그의 사랑이 나에게 이렇게 속살거리는 듯하였다.

"나는 다 식지 않았습니다. 오히려 봄날과 같이 따뜻합니다. 나의 숨은 아주 지지 않았습니다. 오히려 맥이 뜁니다. 오오! 나를 덥혀 주서요! 북돋워주서요!

그 말에 응하는 것처럼 나의 목소리도 소근거렸다.

"덥혀 주고말고. 북돋워 주고말고. 아아 불쌍한 사랑의 넋이여!"

우리는 십 분 동안 서로 떨어지지 않았다. 떨어진 뒤에도 우리는 어깨를 겨누고 같이 걸었다. 돌아온 데는 물론 그의 집이다! 그러나 나는 그의 만토 포켓 안에 지폐 두 장을 넣고 말았다.

9

내일 단성사 ㅇㅇ권번券番 — 춘심의 다니는 조합 — 온습회溫習會에서 다시 만남을 기약하고 나는 아츰 늦게야 그의 집을 떠났다. 그만큼 대담스럽게도 되었다. 그만치 애련도 깊었다.

5분 전에 잠깐 어데 나갔다 오는 사람같이 신추럽게 돌아왔다. 비난과 책망을 미연에 막기 위하여 엄연히 긴장한 얼굴로 건넌방에 들어왔다. 안해는 없었다. 그 대신 나의 책상 위에 무슨 글발이 있었다. 그것은 안해의 필적이었다.

전일에는 이 몸을 사랑하시옵더니 인제는 이 몸을 버리시니 슬프고 애닯은 심사 둘 데 없사와 이 세상을 떠나려 하나이다. 이 몸이야 죽사온들 아까울 것 없건마는 다만 뱃속에 든 어린 것 불쌍코 가련하옵니다.

두루막은 다리어 장 안에 넣어 두었으니 이 몸 보는 듯이 입으시기 바라나이다. 길이 못 뵈올 것을 생각하온즉 죽어도 눈을 감을 수 없사외다. 다행히 모진 목숨이 끊어지지 않사오면 다시 뵈옵고 첩첩이 쌓인 섫은 사정을 하소연 할까 하옵니다.

나는 매우 감동되었다. 정말 유언장을 본 것 같이 가슴이 찌르르 하였다. 눈물이 핑 돌았다. 물론 거짓이고 희롱인 줄이야 모름이 아니로되 거짓이면서도 거짓이 아닌 듯싶었다. 혹 사실이나 아닐는지!

"할멈! 아씨 어데로 가셨나?"

나는 마루로 뛰어나가며 허전허전하는 소리를 떨었다.

"몰라요! 왜 방에 아니 계셔요?"

밥을 먹는 듯한 할멈은 제 방에서 이렇게 대답하였다. 사실이나 아닐까?

나는 안방으로 건넌방으로 주방으로 뒷간으로 허둥거리며 찾아다녔다…. 안해의 그림자는 볼 수 없다!

"아씨 어데 가셨어? 어서 알으켜 달라니까그래."

나는 광 속에 들어갔다 나오며 다시금 부르짖었다. 대답은 없고 히히 웃는 소리가 들렸다. 나는 곧 행랑방 문을 열어 보았다.

"아씨가 여기 계실라고요."

할아범은 왼 얼굴에 주름을 밀며 태평건곤泰平乾坤으로 빙그레 하였다.

마츰내 나는 다락 속에 숨은 안해를 발견하였다.

"여기 있구먼."

나는 죽은 이가 살아온 것처럼 반갑게 부르짖었다. 콜럼버스가 신대륙을 발견한 때도 이만치 기쁘지 않았으리라. 안해는 웃으며 나려왔다.

"다락이 저승이야?"

우리가 건넌방으로 단둘이 들어 왔을 제 나는 웃으며 그를 조롱하였다. 은닉자도 방글방글 웃고만 있었다.

"그것이 무슨 짓이람? 유언을 써 놓았으면 죽을 것이지 왜 다락 속에 들어 앉았담?"

"왜 모진 목숨이 끊기지 않으면 다시 만나자 하지 않았어요?" 하고 안해는 해죽 웃었다.

"이번은 그랬지만 한 번만 더 가 보아요. 정말 아니 죽나."

안해의 얼굴빛은 갑자기 바뀌어졌다. 슬픔의 그림자에 그의 얼굴은 그늘 지고 말았다.

"참 그렇게 날 속일 줄은 몰랐습니다. 돈만 주고 열 점 안으로 오신다 해 놓고 아니 오시는 데가 어데 있습니까…? 이제나 오실까 저제나 오실까 암만 기다리니 어데 오셔야지요. 새로 한 점을 치고, 두 점을 치고, 석 점을 치겠지요. 그제야 아니 오시는 줄 알았습니다. 자려고 해도 잠은 아니 오고 그년을 쓸어안고 있는 꼴만 보이겠지요…. 참말 애닯고 슬퍼서 견딜 수 없었습니다. 고만 죽고 말랐으면 하였습니다. 그래 요 앞 우물에 빠질까 하였습니다. 내가 한 것에 왜 남의 손을 대이랴 하고 밤중에 일어나 당신의 두루막을 다렸습니다. 내 손에 옷 얻어 입기도 이것이 마지막이다 하니…."

말을 마치지 못하여 그의 코가 연분홍색을 띠워 실룩실룩 경련하기 시작하였다. 그러자마자 두 줄기 눈물이 흰 선을 그리며 뺨으로 흘렀다. 뒤미처 투명한 액체는 흐르고 또 흐른다. 이것을 보고야 아모리 춘심의 지주망蜘蛛網에 감긴 나인들 어찌 그의 고충을 살피지 못하랴. 실행은 안 했지만 사死를 생각한 것은 해보담도 명백한 일이다. 그런 생각이 든 것만큼 그의 속은 쓰렸으리라, 아팠으리라.

"울기는 왜, 울기는 왜?"라고 나는 위로하였다. 그러나 나의 눈도 젖기 비롯하였다. 속눈썹에 뜨거운 눈물이 몰림을 느꼈다.

"또 가시렵니까, 또 가시렵니까?"

이윽고 안해는 울음에 껄떡이며 다그쳤다.

"또 갈 리 있나, 또 갈 리 있나."

말뿐만 아니라 마음으로도 맹서하였다.

그러나 춘심과 만나자고 기약한 때는 왔다! 그 이튿날 저녁이다. 단성사에 갈까 말까…. 이것은 해결키 어려운 문제였다. 암만해도 가고 싶다. 가도 무방할 핑계를 얻으려고 애를 썼다. 단성사는 춘심의 집이 아니다. 공공의 구경터다. 춘심을 보러 가는 게 아니라, 구경하러 가는 것이다. 또 이번 홍행은 ○○○양악대洋樂隊에 기부하기 위하여 우리 사社에서 주최한 것이니가 보아야 할 의무가 있다. 누구가 나를 보더라도 춘심을 만나려고 오지 못할 데를 왔단 말은 아니 할 것이다. 아니 가는 것이 도리어 남으로 하여금 이상하게 여기게 할 것이다. 또 춘심을 만날 기회는 이 후라도 많을지니 보아도 수류운공水流雲空[8]할 시련이 필요하다. 보기 위해서 가는 것이 아니라 정을 끊기 위해서 반드시 가 보아야 되리라.

이유는 얼마든지 있었지만 혼자 가기가 무엇하던 차, 마츰 C가 구경 가자고 왔다. 나는 즐거이 따라 나섰다.

여덟 점 가까이 되었을 때라 위층에 아래층에 할 것 없이 관람석은 입추의 여지도 없었다. 휘황한 불빛도 담배 연기와 사람의 입김에 흐리멍텅하였다. 나는 압박과 질식을 느끼었다.

나의 눈은 부인석에서 춘심을 찾고 있었다. 눈코는 분석할 수 없고, 분

---

8) 수류운공(水流雲空): 흐르는 물과 하늘에 뜬 구름. '지난 일이 흔적 없이 사라져 허무함'을 이르는 말.

면粉面의 윤곽만 총총히 인형같이 꽂혀 있다. 모다 춘심이 같으면서 모다 아니었다.

"저 무대 뒤로 들어갑시다. 거기는 난로도 있고 차도 있으니, 그리고 구경하기도 좋을 터이지." 하고 C는 나를 그리로 끌었다. 거기에는 푸른 것, 붉은 것, 누런 것, 가지가지 의상이 눈을 현란케 하며, 모다 비슷비슷한 기생이 우물우물하였다.

특별히 못생긴 것도 없고 특별히 잘난 것도 없었다. 향기는 고만두고 썩어가는 몸과 마음의 송장 냄새가 그곳 일면에 자욱하였다. 나는 일종의 공포와 구역을 느꼈다. 그야말로 계집 냄새가 날 지경이었다. 그 가운데에도 춘심의 그림자는 보이지 않았다.

"이러다 춘심을 만나면 어찌할꼬?"

나는 문득 생각하였다. 만나면 또 알 수 없는 매력에 끌리지나 않을까? 아니 끌린다 하자. 그러면 보아서 무엇 할 것인가? 멀리서 그도 나를 보고 나도 그를 본다. 보고 흩어진다. 싱거운 일이로다! 싱겁게 아니 하려면 돌아가는 길에 술잔이나 나누어야 되리라. 적어도 인력거나 태워 보내야 된다. 그러하거늘 나의 주머니에는 벌써 쇠천 샐 닢도 없다. 만나면 큰일이다!

"고만 가요."

나는 C한테 턱없는 요구를 하였다.

"왔다가 구경도 아니 하고 가잔 말이야?"

춘심이와 막 마주칠까 하는 공겁심恐怯心이 머리를 쳐들었다. 마음이 조마조마하여 견딜 수 없다. 몇 번 C를 졸랐건만 그는 내 말에 귀도 기울이려 하지 아니하였다.

"가고 싶거든 혼자 가구려."

C는 마츰내 성가신 듯이 말을 던지고 어느 기생과 이야기하기에 골몰

하였다. 나는 하릴없이 또 머뭇머뭇하였다. 그럴 사이에 어째 건너편을 보고 나는 깜짝 놀랐다. 회색 만토에 까만 하부다에 수건을 두른 춘심이가 어느 결엔지 거기 와 있다! 다행히 나는 저를 보았건만, 저는 나를 못 알아본 모양이었다. 나는 불시에 돌아섰다. 무대로 드나드는 왼편 문은 잠겨 있다. 나가려면 춘심의 곁을 지나야 되겠다! 이야말로 진퇴 유곡일다! 그래도 되든 말든 두 판 집고 한 번 나가나 보자. 나는 그리로 향하고 급히 걸었다. 일평생에 관계되는 중대한 일을 단행할 때처럼 나는 더할 수 없이 흥분하였다. 그는 나를 보았다! 둘의 거리는 한 자도 아니 된다. 마츰 지나치는 사람은 많고 그 곳은 좁았다. 나는 춘심에게 외면을 하고 사람 틈바구니에 휩쓸리어 쏜살같이 난관을 넘으려 하였다. 나 좀 보아요 하는 듯이 그는 살금살금 나의 외투 자락을 잡아다리었다. 그 찰나에 나의 발길이 머뭇하려다 뒷사람에게 밀리어 휙 빠져 나왔다. 문간을 나섰다.

안심의 숨을 내쉴 겨를도 없이 후회가 뒤미쳤다. 범치 못할 죄악을 범한 듯하였다. 얼른 본 춘심의 얼굴은 전보담 십 배 백 배 더 아름다웠던 것 같았다. 그 가야금 병창을 못 견디리만큼 듣고 싶었다. 도로 들어갈까? 문지기 보기가 부끄러워 그럴 수 없다. 발이 뒤로 당길 듯 당길 듯하면서도 앞으로 앞으로 옮겨졌다. 가슴은 미친바람에 뒤집히는 바다 모양으로 울렁거리었다. 머리는 벼락에 맞은 듯하였다. 어느 때 시작된 지 모르는 빗줄이 얼굴을 때렸건만 찬 줄도 몰랐다. 분화산 모양으로 왼 몸이 뭉을뭉을 타는 듯하였다. 무슨 까닭인지, 나로는 알 수 없다. 심리학자는 설명하고 싶은 대로 하여라!

10

며칠 동안 발을 끊었다. 그러나 알 수 없는 무슨 힘이 나를 끎을 어찌할 수 없었다. 그 힘은 어데 얼마나 달아나나 보자고 그가 나를 매놓은 실과 같았다. 달아나면 달아나는 대로 그 실은 풀리었다 하되 잠깐만 걸음을 멈추면 그 실은 차츰차츰 감기어 뒤로 이끌었다. 어느 때는 머리 올 같이 가늘고 가늘게 되어 이것이 터진다, 고만 이리 와요, 이리 와요, 살근살근 달래며 마음이 간질간질하게 잡아다리기도 하였다. 어느 때는 쇠사슬 모양으로 굵고 튼튼하게 되어 이리 안 올 테야, 이리 안 올 테야, 위협하는 듯이 쭉쭉 집어채기도 하였다. 이편에서 버티는 힘이 부족하면 휙 따라가는 수도 있다. 하로는 그 집 골목까지 따라간 일이 있다. 그 집 대문을 보자 '에, 뜨거라.' 하고 나의 넋은 달음박질하였다. 바른길로 일없이 진고개를 올라갔다. 늘 하는 모양으로 책사冊肆에서 책사로 돌아다니다가 저물게야 수표교水標橋로 빠져 돌아오는 길이었다.

대관원大觀園에서 어떤 젊은 신사가 기생 하나를 다리고 나온 것을 보았다. 나의 마음은 다시금 동요하였나니 그 기생의 걸음걸음이며 뒷모양이 하릴없는 춘심이었음이라. 나는 걸음을 재게 하였다 느리게 하였다 하며 요모조모 살피기를 마지않았다. 그 나붓이 늘어진 귀밑 머리조차 천연 춘심이었다. 그럴 즈음에 그 기생은 뒤를 힐끗 돌아보았다. 마치 내가 뒤따라옴을 아는 것처럼. 얼골이 같을 뿐만 아니라 사죄하는 듯한 웃음조차 건네는 듯도 하였다. 나는 그 자리에 사라지는가 의심하였다. 그러나 내가 쏜살같이 그의 곁을 스치며 모든 것을 꿰뚫어 보려는 일별一瞥로 그가 춘심이 아님을 간파하였다. 온전히 나의 착각임을 깨달았다.

나는 이런 일을 금방金房 은방銀房 앞에서, 전차 정류장에서 한두 번 겪지 않았다. 마치 나의 눈에 춘심이란 색안경이 끼여 도처에 춘심을 발견하는 것 같았다. 홀로 시각視覺뿐만 아니다. 나의 관능이란 관능은 모다 그러하였다. 그 고소한 머릿기름 냄새를 안해의 머리에서 맡기도 하였다. 그 야릇한 향기를 나의 소매에서 느끼기도 하였다. 그의 소리, 살, 냄새는 벌써 그의 전유물이 아니고 낱낱이 나의 속 깊이 잠겨 있는 듯하였다. 이 모든 것들이 환원작용으로 본임자와 어우러지라고 발버둥을 하고 있거늘 그래도 끈을 떼었거니 하고 있었다. 정말 떼어졌을까? 보라! 어느 연회에서 다시금 만난 우리는 어찌 되었는가! 처음은 서로 눈인사만 교환하였다. 그리고 피차 모르는 사람 모양으로 시침을 따고 있었다. 하건만 연회가 끝나고 요리점 문 밖을 나왔을 제 그의 손은 나의 손을 힘있게 쥐었다.

“어쩌면 그렇게 매정하십니까?”

그는 말을 꺼내었다. 얼마든지 비난을 하라는 것처럼 나는 빙글빙글 웃고만 있었다.

“돌아서신 줄은 나도 알았지만, 그렇게 아니 오실 줄을 몰랐어요…. 그 이튿날 만토 속에 돈 20원 든 것을 보고 남자란 다 마찬가지이다, 이걸로 정을 끊는구나 하였지요….”

“아니 무엇, 그런 것은 아니야. 저어….”

“남의 말을 좀 들어요…. 이것이 들어 남의 좋은 사이를 갈랐구나 하고 그 지폐 두 장을 쪽쪽 찢어버리고 싶었어요. 이다지도 남의 마음 쓰는 것을 모르는가 하니 야속해 견딜 수 없었어요. 어쩌면 내 마음을 알아줄까…, 편지로나 세세사정細細私情 그려 볼까…, 별별 생각을 다하다가 에라 치워라, 매몰스러운 사나이에게 내 속을 왜 빼앗기리 하고 한 발이나 되게 쓰던 편지를 갈가리 찢어 버렸지요.” 하고는 그 때의 괴로운 한숨을 모아 두었다가 인제 쉰다는 듯이 길이길이 숨을 내어쉬었다.

“요사이 조금 바빠서….”라고, 일종 프라이드를 느끼면서 나는 중얼거렸다.

"그런 말 말아요."

춘심은 성난 듯이 잡았던 손을 뿌리치며,

"마음에 있으면 꿈에라도 보인다고, 아모리 바쁘기로서니 잠시 잠깐 다녀갈 틈이야 없단 말입니까? 내가 미친년이지, 내가 미친년이야. 나 같은 것이 정이니 무엇이니 하는 게 개밥에 도토리지…."

"가고야 싶지마는 어데 가겠던. 영업에 방해만 될 뿐이니…."

"내가 장사를 합니까? 영업이 무슨 영업이란 말씀이오? 그런 이면치레를하는 것부터 마음에 없어서 그러는 것이지요, 짜장 보고 싶어 보시오. 그런 생각이 나기나 하는가. 참 사나이라 다릅니다그려. 나는 암만 잊으려 해도 어데 잊혀집디까? 왜 만났던고, 왜 친했던고, 하로도 몇 번을 후회를 하였는지 몰랐어요. 정이란 사람이 맨든 것이지만 인력으로 못할 것은 정입디다."

그의 손은 다시금 나의 손을 쥐었다. 문득 깨달으니 나는 벌써 그의 집 마당에 서 있었다.

11

마음의 방축防築은 고만 터지고 말았다. 유혹의 흐름은 거리낌 없이 밀리었다. 이 물결 가운데는 싸늘한 이지理智와 뜨거운 감정이 서로 부딪고 서로 쳤건만 이지는 흔히 쩔쩔 끓는 열수熱水에 넣은 얼음 조각 모양으로 사라졌다. 모든 것을 잊고 나는 종종 춘심을 방문하였다. 그 역시 언제든지 나를 환영하는 것 같았다.

"왜 그처럼 아니 오셔요?"

그는 중문간에서 마당으로 삐죽이 나타나는 나를 보자 빙그레 웃으며 이렇게 부르짖는 것이 항례恒例이었다.

"아까 왜 만나지 않았어?"

어느 때는 내가 이렇게 대답할 경우도 있었다.

"참 그랬지요. 나는 또 깜빡 잊었지. 금방 보고도 금방 아니 본 것 같애요." 하고 둘이 웃는 수도 있었다. 그리고는 밖이야 햇발이 따뜻하든 달빛이 밝든 밀장은 합문合門이 되었다. 사랑은 낙원을 지을 수 있다. 진세의 아모런 경치와 아모런 풍정도 이에 미칠 것이 무엇이랴! 거울같이 마주만 앉으면 그뿐이다! 말은 말끝을 좇고 웃음은 웃음 뒤를 이었다. 피차의 처지를 설명하자 오뇌도 하고 번민도 한다. 그러나 사랑으로 하여 하는 오뇌요 번민이라. 딴 일로 말미암은 그것보담 달랐다. 그것은 하고 싶어 하는 때문이다.

"그런 생각을 다 하면 무엇합니까? 한시라도 재미있게 놀면 그뿐이지."

찰나주의자인 그는 이렇게 끝을 맺고 가야금을 뜯기도 하였다. 이러다 돌아오는 날은 만족과 행복을 느꼈다. 물린 것은 아니지만 며칠 아니 보아도 참을 수 있었다. 하지만 어째 갔다가 못 만나면 하로도 두세 번을 가고 싶었다. 저나 내나 무슨 고장이 생겨서 곧 아니 헤어질 수 없게 된 때도 그러하였다.

어머님이 밤 열 점 반 차로 동래東萊에서 돌아오시던 날이었다. 정거장 나가는 길에 나는 춘심의 집에 들렀다. 금심이가 있기 때문에 키스 한 번, 포옹 한 번 못하고는 나는 몸을 일으키는 수밖에 없었다.

"왜 벌써 가셔요?"

금심은 나에게 매어달리며 모자 집으려는 팔을 막았다.

"아니, 집에 가 보아야 될 일이 있다."라고 대답하였다. 웬일인지 말소리가 내 귀에도 허전허전하는 것 같았다.

어째 춘심에게는 가야만 될 사정을 말할 수 없는 것 같았다.

"이애, 고만두어라. 오긴 어려워도 가긴 잘 가지. 만 날 천 날 간다, 간다."라고, 춘심은 새모록하게 긁어 잡아당기었다. 모자는 썼건만 그 음향이 전기 같이 나에게 끼치어 몸을 꼼짝도 할 수 없었다. 잠깐 답답한 침묵에 왼 방안 공기가 응결되는 듯싶었다. 금심은 물끄러미 나를 쳐다보고만 있다.

춘심은 차마 가는 뒤 꼴을 못 보겠다고 하는 듯이 고개를 푹 숙이고 있다. '시키시마敷島(부도)'의 권연을 빼어 입으로 그 담배를 불어 빼고 흰 종이를 볼록볼록하게 맨들고 있다. 차라리 가지 말라고 나의 소매를 잡아 당겼던들 이렇게 가기 어렵지 않으련만!

"아이고, 좀 붙잡으셔요."

민망하였던지 금심이가 마츰내 침묵을 깨뜨렸다.

"고만두어라. 양류楊柳가 천만사千萬絲인들 가는 님 어이하리."라고 춘심은 노래 부르는 어조로 한숨을 내쉬었다. 하건만 나를 쳐다본 애 끊는 정이 서린 추파는 무에라고 형용할 수 없는 느낌을 주었다. 다만 한 시간이라도 반 시간이라도 더 놀았으면 하였다. 그러나 기차 대일 정각은 이미 임박하였다. 뒷마루까지 나오는 수밖에 없었건만 그와 작별치 않고는 차마 나려설 수가 없다. 나는 닫혔던 미닫이를 다시금 열었다. 그는 여전히 고개를 숙이고 있다. 오직 한 번이라도 나를 보아나 주었으면!

"그냥 가려니 발이 떨어지지 않는걸."

나는 진정을 농담으로 엄벙하였다. 그는 얼골을 들었다. 하염없이 웃으며,

"아모리 무정한 님인들 작별이야 안 할 수 없지." 하고 일어서 나온다.

사람 눈 없는 어슴푸레한 마루에서 둘의 그림자는 하나가 되었다.

"밖에 볼일이 무슨 볼일이오?"

그는 물었다. 그 소리는 성난 듯도 하고 우는 듯도 하였다.

"어머님이 오늘밤에 오신대. 시방 정거장에 나가는 길이야."

"진작 그런 말씀을 하실 게지. 그러면 어서 나가셔야 되겠구려." 하면서도 나를 놓지는 않았다. 더욱더욱 그의 몸이 달라붙음을 느끼었다.

나의 다리가 마루 끝을 나려서렬 적마다 무릎으로 막았다. 입으로 가지 말라는 것보담 그 몸짓의 말이 더욱 웅변이었다.

이윽고 나는 구두를 신었다. 그도 나를 따랐다. 중문과 대문 어름에서 우리의 그림자는 또 한 번 합하였다.

"어서 가셔요."

"응."

"나는 어찌할꼬?"

"일찍이 좀 자려무나."

나는 그가 녹주홍등綠酒紅燈에 시달리며 밤마다 밤마다 잘 잠을 못 자는 것을 생각하고 이런 말을 하였다.

"어데 잠이나 오나요? 어슴푸레하게 달은 비치고…."

그 날은 봄의 기운이 벌써 뚜렷한 밤이었다. 담회색 구름은 연기같이 흐르고 있다. 그 속으로 윤곽조차 확실치 않은 달그림자가 희미稀微한 광선을 흩고 있다. 무에라고 말할 수 없는 봄 향기에 채운 이 공기, 이 정적, 이 박명薄明, 더구나 베일에 감긴 처녀의 나체 같은 어스름 달 — 이 모든 것들에게는 비밀의 정열의 발효醱酵를 느낄 수 있었다. 봄마음春心으로는 잠도 아니 올 밤이다. 나도 한참 황홀하였다.

"참 가셔야지, 차 시간 늦을라." 하고 그는 문득 감았던 팔을 풀었다.

"자아, 가십시다." 하면서 그는 양인洋人이 하듯 내 팔을 얼싸끼고 게을한 발자욱을 옮겼다.

그러면서,

“이러고 멀리멀리 갔으면.”이라고 꿈꾸는 듯이 말을 하였다.

문간 전등 밑에서 우리는 떨어졌다.

“어서 들어가.”

나는 한 마디를 던지고 돌아섰다. 두어 걸음 가다가 뒤를 돌아오니 그는 그대로 서 있다. 두 눈이 이상하게 빛나는 것 같다. 내 마음 탓인지 모르되 분명히 눈물이 도는 듯하였다. 몇 걸음 가다가 또 돌아보았다. 반만 대문 안 어둠 속으로 사라진 그의 초연悄然히 돌아선 꼴이 눈에 띄었다. 그것이 아주 사라지자 청승궂게 부르는 노래 한 가락이 나의 뒤를 따라왔다.

> “욕망이난망欲忘而難忘이요, 불사이자사不思而自思로다. 갈 거去 자 설워 마라, 보낼 송送 자 나도 있다.”

이런 뒤로는 정이 더욱 깊어진 듯하였다.

12

어데에서 술이 좀 취한 나는 열 점 가까이 되어 웬걸 있을라고 하면서도, 이말무지로 그의 잠긴 중문을 뚜드리며 불러본 일이 있었다.

“놀음 가고 없습니다.”

아니나 다를까 굵다란 남자의 소리가 이렇게 대답하였다. 하릴없이 발을 돌리랼 때였다.

"네에!"

이번에는 새된 여자의 목청이 들리었다. 금심의 소리리라. 짤짤 끄는 신 소리를 들을 겨를도 없이 중문은 열리었다.

시난고난이 드러누워 있는 춘심을 보았다. 핏기 하나 없는 샛노란 얼굴에도 나를 반기는 웃음은 움직였다. 그리고 신음하는 소리를 떨었다.

"아이고 오셔요, 오셔요…. 나는 어제부터 이렇게 아파요…. 이럴 때 오셨으면, 오셨으면 하던 차이여요."

나는 가엾어 못 견디겠다는 표정으로 그의 머리를 짚으며,

"어데가 그렇게 아프담?…. 나는 없단 말을 듣고 곧 가려고 하였지…."

라고 하였다.

"아버지께서 모르시고 그런 것이야요. 목소리가 당신 같길래, 금심이더러, '나가 보아라, 아마 ○○○씬가 보다.' 하였어요."

제 아픈 것은 둘째이고 딴 것이 매우 마음이 키이는 것같이 변명하였다.

"나는 그런 줄 알았어. 그런데 어데가 저렇게 아퍼?"

"무얼 몸살이 좀 낫는가 보아. 그것이야 어쨌든 요사이 왜 그리 안 왔습니까? 어데가 아프면 당신 생각이 열 곱 스무 곱 더 나서 짜장 견딜 수 없습니다…. 암만한들 제 마음을 아시겠소…."

그의 말마따나 나는 며칠 동안 그를 멀리 하였나니, 그것은 빈손으로 오기가 뻔뻔스럽고 추근추근하다는 생각 때문이었다. 나만 오면 딴 이의 부르는 것을 따는 것이 민망도 하였음이다. 더구나 홀대가 나를 기다리고 있다는 고통을 아니 느끼고 올 수 없었음이다. 그러나 어째 와서만 보면 나의 예상은 노상 틀리었다. 그의 일거일동과 일빈일소一嚬一笑[9] 어

---

9) 일빈일소(一嚬一笑): 얼굴을 찡그리기도 하고 웃기도 한다는 뜻으로 사소한 감정이나 표정의 변화.

느 것에 나를 비난하는 무엇을 찾기 어려웠다. 오늘 역시 그러하였다.

"고맙군, 고마워. 그렇게 나를 생각해 주니…."

나는 참말 감사 안 할 수 없었다.

"늘 저러겠다…. 참말이다? 고마울 게 무엇이야요? 어데 나리가 생각하라서 생각합니까? 절로 생각해지니, 생각하는 게지…."

"이랬든 저랬든 고마우이. 이것은 참 참말이다."

"그래 참말이야요? 나리가 참말이라니 나도 참말을 좀 하리까? 나는 화류장에 노는 계집이올시다. 노는 계집이라 이 손님하고도 놀고 저 손님하고도 놉니다. 요릿집에서 요릿집으로 불리어 다닙니다. 번화하게 웃고 지냅니다. 그래도 때때로 외로운 생각이 들어요. 곧 울고 싶어요. 시쳇말로 나지미가 많으면 많을수록 어째 쓸쓸해서 견딜 수 없어요. 요새 문자로 꼭 한 사람에게 연애를 하였으면 하는 생각이 하로도 열두 번이나 나겠지요."

그는 폐부에서 짜낸다는 어조로 이렇게 늘어놓았다. 왼통 허위는 아닌 고백이리라. 참된 사랑을 할 수 없음은 위에 없는 심적 비극일 것이다. 환락의 맨 밑에는 비애가 가루누워 있음도 혹 사실일 것이다. 술에 물커지고 육肉에 해어진, 백공천창百孔千瘡[10] 뚫린 넋의 신음을 나는 듣는 듯싶었다.

춘심은 말을 이었다.

"나리를 알게 되자, 어째 전일에, 생각하던 대로 된 것 같아요.…그런데 웬일인지 더욱 애닯고 슬퍼서 어찌할 수 없었습니다. 그 전 슬픔은 여기에 대면 아모 것도 아니었습니다. 나리를 보면 웃음은 나오면서도 가

10) 백공천창(百孔千瘡): 백의 구멍과 천의 상처라는 뜻으로, 갖가지 폐단으로 엉망이 된 상태를 이르는 말

슴이 메어지는 듯하여요, 고만 죽었으면 하는 생각이 들어요. 나리를 아삭아삭 물어뜯고 싶겠지요. 그러나 물어뜯기는 건 제 가슴이지요. 독한 벌레에게 쏘인 것처럼 쓰리고 아팠어요. 이것이 무슨 까닭인지?…"

이 피를 뿜는 듯한 언언구구言言句句가 단 쇠끝 모양으로 나의 가슴에 들어박혔다. 따끈따끈한 고통을 느끼면서 신랄한 쾌감을 맛보았다. 나도 그를 지근지근 물어주고 싶었다. 물지는 못할망정 나의 입술은 그의 입술을 열렬하게 빨고 있었다. 그 위에 핀 키스의 꽃을 뿌리째 뽑아버리려는 것처럼….이윽고 뜨뜻한 무엇이 나의 얼굴에 축축하게 젖음을 느끼었다. 나는 낯을 떼었다. 그는 울고 있다. 다이아몬드 알갱이 같은 눈물방울이 번쩍이는 그의 속눈썹에 송송 솟는 것을 보았다. 나는 다시금 그를 움켜 안았다….

"놓아 주셔요, 놓아 주셔요." 하고 얼굴을 돌리며 눈물을 씻는다.

"헤프게도…. 웃지나 말아 주셔요. 속없는 년이라고 웃지나 말아 주셔요…. 얼 없는 사나이의 우는 꼴을 볼 때 미쳤다 울기는 왜 울어하고 속으로 웃은 일이 있습니다. 그 품앗이로 오늘은 내가 울고 나리가 웃겠지요!" 하고 울음을 물어 멈추려고 한동안 애를 쓰다가 암만해도 못 참겠다는 듯이 흑흑 흐느끼며,

"나같이 못난 것 생각 마시고 부모 봉양이나 잘 하셔요. 처자나 잘 기르셔요. 아까운 청춘에 이런 데 다니시지 마시고 만 사람이 우러러보게 잘 되십시오. 나는 진정으로 나리께 바라는 것은 이것뿐입니다. 나도 이를 악물고 나리를 잊겠습니다… 아아, 우리가 왜 알게 되었던가… 다시 오시지 말아 주셔요. 내 눈에 보이지 말아 주셔요. 나에게는 아버지가 있습니다.

딸자식 하나만 바라는 불쌍한 아버지가 있습니다. 그의 노경을 편안히 지낼만한 거리를 아니 장만하고는 내 몸이라도 내 몸이 아닙니다. 어제

도 딴 년처럼 사나이 삿갓 못 씌운다고 야단을 만났습니다. 내 한 몸만 같으면….”

말끝은 오열에 멈춰지고 말았다. 마츰 그 때이었다. 중문 흔드는 소리가 요란히 들렸다. 춘심이 다리러 또 인력거가 왔다. 옆방에 있는 금심은 나갔다 들어왔다. 춘심은 눈물을 숨기었다.

“저어… 김 승지 영감이, 식도원에서….”

“아파서 못 간다 하려무나.”

금심이가 미처 대답하기 전에 위협하는 듯한 차부의 소리가 가루질렀다.

“그러지 말고 가서요. 김 승지 영감이 부르셔요. 또 올걸입시오.”

“아픈데 어찌 간단 말인가?”

“꼭 모시고 오래요. 괜히 남 걸음 시키지 마시고.”

“우연만하면 가 보게그려.”

나는 곁에서 말 참여를 하였다.

이 김 승지란 자는 나의 가장 위험한 경쟁자이었다. 춘심의 말에 의지하면 궐자厥者는 일 년 전부터 자기에게 마음을 두어 가용家用도 대주고 세간도 장만해 주었으되 상관(?)은 없었다. 궐은 서울에서 굴지屈指하는 부호의 장자이니 재산은 유여하지만 그 인물에 이르러서는 영零이었다. 그 검고 얽은 얼굴이란 보기만 하여도 지긋지긋하되 돈 하나로 말미암아 괄시할 수 없는 손님이었다. 빚 6천 원 갚아 주고 5천 원짜리 집 사 준다는 조건 밑에 궐은 춘심을 떼어들이려고 하는 중이었다. 금력으론 싸울 수 없다. 인격이나 사랑으로 대항하려는 나는 궐이 부른 줄 알면 피해 주는 것이 항례이었고 가기 싫다는 것을 가보라고 권한 적도 있었다. 그러나 궐자로 말미암이 우연의 길운과 초자연의 기행奇行을 믿게 되어 습득횡령襲得橫領을 꿈꾼 것만 여기 자백해 두자. 춘심은 버티고 가지 않았다.

얼마 아니 되어 궐자가 친히 왔다. 금심이가 미닫이를 열자 춘심은 일어앉으며 인사하였다.

"어데가 그리 아프담?"

"어째 몸도 아프고 머리도 아프고…."

"에키, 몸살이 난 게로군. 그런 줄 모르고 나는 식도원에서 요리를 시켜놓고 불렀지. 시킨 요리를 퇴할 수도 없고 또 혼자야 먹을 수 있나? 그래 이리 가져 오라 하였지."

"아이고 그렇습니까? 퍽도 미안합니다. 좀 올라오시지요."

"손님이 계신데…. 나 곧 갈 터이야."

나의 피는 혈관에서 불을 피우며 미쳐 날뛰었다. 어떻게 생긴 놈인지 상판이라도 보고 싶었다. 그리고 춘심의 앞에서 보기 좋게 모욕해 주고 싶은 잔인한 생각이 불같이 일어났다. 그래서 나의 관대와 아량을 보이는 듯이,

"아니, 관계없습니다. 들어오시지요."라고 하였다.

"네 고맙습니다. 곧 가겠습니다."

간다고 하면서도 가지 않았다. 궐과 나는 한참 버티고 있었다. 그럴 사이에 요리상 온다는 것이 나의 용기를 꺾었다. 그것 오기 전에 나는 이 자리를 아니 떠날 수 없었다.

"더 노시다가 가시지요?"

춘심은 미안해 못 견디는 듯이 말을 하였다.

"신진대사新陳代謝라니 먼저 온 사람은 가야지."라고 점잖은 말을 하고 나왔다. 마루에 걸어앉은 이 경쟁자를 해치고 싶은 나는 전신을 떨었다.

"꼭 내가 가야 들어가시겠습니까?" 하고 나는 눈살로 궐자를 쏘며 웃음 속에 도전의 칼날을 빛내었다.

"이것 안 되었습니다. 매우 미안합니다." 하고 궐자도 홍소하며 눈이 불을 흘리었다. 궐의 얼굴은 마치 이글이글 타는 숯불 위에 놓여 있는 불

고기 덩이 같았다. 모르면 모르되 나의 얼굴빛도 그러하였으리라. 어찌하였든 나는 밀리어 나왔다. 패배하고 말았다. 분해서 견딜 수 없다. 다시 들어가 아까는 내가 나갔으니, 인제는 노형이 나가시오 하고도 싶었다. 그것보다 딴 사람을 들여보내 들부수는 것이 나으리라 하고 나는 미친 듯이 달음박질하였다. C의 여관 문을 두드렸다. C는 없었다. 나는 밤이 깊어 가는 줄을 모르고 다방골 근처를 빙빙 돌며 헛되이 보복 수단을 강구하고 있었다.

그런 창피를 당했으면 다시는 그의 집에 아니 갈 것이련만 나는 마치 흉한에게 빼앗기었던 애인의 안부를 살피려는 것처럼 그 이튿날도 춘심을 방문하였다 . 이만치 나는 춘심에게 정신을 잃게 되었다.

13

나는 임질淋疾에 걸리고 말았다. 공교하게 그 몹쓸 병은 옮았을 그때로 나타나지 않고 이튿날 후에야 증세가 드러났다. 거의 행보를 못 하리만큼 남 몰래 아팠다. 춘심으로 하여 이런 고통을 겪건만 조금도 그가 괘씸치 않았다. 나의 머리는 아주 이지적이었다. 그야 무슨 죄이랴. 짐승 같은 남자 하나가 그의 정조를 유린하고 그의 육체를 다독荼毒하였다. 저도 모를 사이에 그 독균은 또 다른 남자에게로 옮겨갔다. 저주할 것은 이 사회이고 한恨할 것은 내 자신이라 하였다. 그러나 그의 집에 가기는 싫었다. 한 사나흘 후이리라. 내가 사社에서 돌아오니 마당에 이불이 널리고 농짝이 들어내어 있었다. 그날은 춘기대청결春期大淸潔이었다.

어머님이 나를 보고 웃으시면서,

"건넌방에 가 보아라. 춘심의 부고가 와 있다."라고 하셨다. 어머님도 물론 그 일을 아셨다. 처음은 야단도 치셨지만 엎친 물을 담을 수 없고, 어머님 오기 전, 안해가 거짓 유언을 쓴 뒤로부터는 춘심의 집에 간대도 왼 밤을 새운 일은 없으므로 그들은 모다 나에게 알면서 속고 있었다.

나는 가슴이 조금 뜨끔하면서도 웃으며,

"공연히 거짓말 말으셔요. 부고가 무슨 부고야요?"

"아니, 가 보아. 내가 거짓말인가?"

나는 이상하게 생각하면서도 말씀대로 하였다. 이것이 웬일인가! 전일에 얻어온 춘심의 사진이 갈기갈기 찢기어 있다! 그의 참혹히 죽은 사체나 본 것처럼 간담이 서늘하였다. 칼로 에이어 내는 듯한 슬픔을 느끼었다. 그러자 뒤미처 불덩이 같은 의분(?)이 치받혀 올랐다. 묻지 않아 안해의 소위所爲인 줄 알 겨를도 없이 알았다. 지난날의 모든 현숙으로 할지라도 이 악행을 기울補 수 없었다. 아니다. 착하다고 믿었던 때문에 더욱 용서할 수 없었다. 이 잔인한 학살자?를 찾아 원수를 갚으려고 나는 맹렬히 문을 차고 나왔다. 범죄자는 머리에 흰 수건을 쓰고 마루에서 무엇을 치우고 있었다. 나는 그를 잡아먹을 듯이 노려보며 독독毒毒하게 소리를 질렀다.

"그것이 무슨 짓이야? 무슨 고약한 짓이야? 천하 못된 것 같으니…."

그는 나를 어이없이 쳐다보다가 같이 성을 내며,

"무엇이요? 그까짓 년의 사진 좀 뜯으면 어때요? 야단칠 일도 퍽도 없는가보다."

그가 이렇게 들이대기는 오늘이 처음이었다. 분노는 비등하였다. 나는 성을 어찌할 줄 몰라 침을 부글부글 흘리며 더듬거렸다.

"무엇이 어쩌고 어째? 뜯으면 어떠냐?"

"어때요? 그런 개 같은 년…."

저편도 씨근씨근거렸다. 포르족족해진 입술이 바르르 떨고 있다.

허파가 벌컥 뒤집히는 듯하였다. 숨이 칵 막힘을 느끼자 문득 때 아닌 눈물이 핑그르르 눈초리에 넘치었다. 나는 모든 것을 잃은 까닭이다! 이날 이때까지 나의 사랑하는 안해가 이런 계집일 줄이야 꿈에도 생각지 못한 까닭이다. 아아 나는 어찌할까?

"몰랐다. 몰랐다. 그런 계집인 줄은 참말 몰랐다. 왜 춘심이가 개 같은 년이야! 너보담 몇 곱이 나을지 모르지. 그의 사진을 왜 뜯어? 그 사진을 왜 뜯어? 둘도 없는 나의 애인이다. 이 세상에서 참으로 나를 사랑하는 이는 오즉 그 하나뿐이다! 참 착한 여자다! 어진 여자다! 말이 기생이지 참말 지상 선녀이다. 왜 내가 그에게 아니 갔던고? 왜 아니 갔던고? 나는 가련다. 나는 가련다. 그에게로 나는 가련다."

나는 흥분에 겨워 시나 읊조리는 어조로 눈물 소리를 떨었다.

"가지. 누가 못 가게 하나? 아주 끌려 덮어졌구먼!"

안해는 어디까지 냉랭하였다.

나는 집을 뛰어나왔다. 미친 듯이 춘심에게도 달렸다. 문간에서 금심을만났다. 그는 조금도 반기는 빛이 없었다.

"형 있니?"

"어제 살림 들어갔어요." 하고 금심은 입을 삐죽하고 고만 안으로 사라졌다.

남겨 놓은 그 한 마디 말은 비수같이 나의 심장을 찔렀다. 이때야말로 어안이 벙벙하였다. 한동안 화석 된 듯이 우두머니 서 있었다. 하늘도 무너지고 땅도 꺼지는 듯하였다. 눈앞이 캄캄하였다. 하건만,

"흥, 살림을 들어갔다!"라고 소근거리고 돌아서는 수밖에 없었다.

집 잃은 어린애나 같이 속으로 울며불며 거리로 거리로 방황하였다. 그러다 하릴없이 집으로 돌아왔건만 집에서는 또 얼마나 무서운 사실이

나를 기다리고 있었는지!

안해는 요강에 걸터앉아 왼 몸을 부들부들 떨고 있다. 차마 볼 수 없어 새빨갛게 얼굴을 찡그리고 있다. 그 눈에서는 고뇌를 못 이기는 눈물이 그렁그렁하였다.

나는 모든 것을 깨달았다. 병독은 벌써 그의 순결한 몸을 범한 것이다.

오늘 청결하느라고 힘에 넘치는 극렬한 일을 한 까닭에 그 증세가 돌발한 것이다! 춘심의 사진을 처음 볼 때에 웃고만 있던 그로서 그것을 찢게 된 신산한 심리야 어떠하였으랴!

그의 태중에는 지금 새로운 생명이 움직이고 있다. 이 결과가 어찌 될까? 싸늘한 전율에 나는 전신을 떨었다. 찡그린 두 얼굴은 서로 뚫을 듯이 마주 보고 있었다. 육체를 점점이 썹어 들어가는 모진 독균의 거취를 살피려는 것처럼. 그리고 나는 독한 벌레에게 뜯어 먹히면서 몸부림을 치는, 어린 생명의 악착한 비명을 분명히 들은 듯싶었다….

『개벽』, 1922년

작가 연보

현진건(1900~1943)
소설가, 언론인.

1900년 9월 9일 경북 대구에서 현경운의 4남으로 출생.
1912년 일본으로 건너가서 동경 경성중학교 입학.
1918년 동경 독일어 전수학교 졸업.
1919년 중국 상하이로 건너가 외국어학교에 입학하였으나 중퇴 후, 귀국함.
1920년 ≪개벽≫에 첫 단편 「희생화」 발표 후 문단 등단. 이어 번역소설인 「행복」 「석죽화石竹花」를 발표.
1921년 단편 「빈처」를 ≪개벽≫에 발표. 동인지 ≪백조≫의 동인으로 활동. 단편 「술 권하는 사회」 발표.
1922년 단편 「타락자」 「피아노」 「영춘류」 등 발표.
1923년 「지새는 안개」 발표.
1924년 단편 「운수 좋은 날」 「B사감과 러브레터」 「새빨간 웃음」 발표. 평론 「조선문학과 현대정신과 파악」 발표.
1926년 「사립정신병원장」 발표.
1927년 「해 뜨는 지평선」 등 단편 발표. 염상섭과 함께 사실주의적 단편문학을 개척.
1933년 1933년~1934년 《동아일보》에 「적도」를 연재.
1936년 동아일보 사회부장 재직 중 손기정이 베를린 올림픽 마라톤에서 우승하자 일장기를 삭제하고 보도한 사건으로 구속됨.

1939년 동아일보에 학예부장으로 복직. ≪동아일보≫에 장편 「흑치상지黑齒常之」를 연재하기 시작.

1940년 민족의 정체성을 회복하려는 의지를 북돋우고 식민지하에서의 한국인의 몰락과정을 드러내 보였다는 이유로 「흑치상지黑齒常之」의 연재가 강제 중단됨. 이 작품은 미완으로 남게 됨.

1941년 장편 〈무영탑〉 출간. 단편집 『현진건 단편선』 간행

1943년 4월 25일 장결핵으로 사망.